www.tredition.de

Konrad Schmid

Zu schön für die Fische

Kriminalroman

www.tredition.de

© 2017 Konrad Schmid

Coverfoto: © Andrey Kiselev/Fotolia

Verlag und Druck: tredition GmbH, Grindelallee 188, 20144 Hamburg

ISBN
Paperback: 978-3-7439-2608-0
Hardcover: 978-3-7439-2609-7
e-Book: 978-3-7439-2610-3

INTRO

Wer die genannten Städte in einem Atlas sucht, scheitert.
Sämtliche Personen und die politischen Parteien sind fiktiv.
Das Land, in dem das erzählte Geschehen spielt, trägt keinen Namen.
Es braucht keinen.
Kriminelles Geschehen ist überall zu finden.

Gibt es ein größeres Geheimnis als die Wahrheit?
Franz Kafka in einem Gespräch

Die unbekannte Tote

In den leeren Reihen hockt die Totenstille.
Wie jeden Morgen pflegt er den Blumenschmuck der Kirche St. Georg.
Er gießt die Hortensien auf den Stufen zum Hochaltar, als hinter ihm
eine Tür knarrt. Ein dumpfes Geräusch folgt. Miruts Birru dreht sich
um.
Niemand zu sehen. Die Kühle der Nacht füllt den Raum. Der Tag ist
noch trüb. Die Stille ist zurück.
Im fahlen Licht bemerkt er die offene Tür des Beichtstuhls. Sein Ord-
nungssinn lässt ihn nach hinten gehen, um sie zu schließen. Im Näher-
kommen entdeckt er sie. In seiner amharischen Muttersprache stößt
er einen Ausruf des Entsetzens aus.
„Um Gottes willen! Brauchen Sie Hilfe?"
Auf dem Marmorboden liegt der Oberkörper einer Frau mit dem Ge-
sicht nach unten. Ihre Beine stecken im Inneren des Beichtstuhls. Sie
rührt sich nicht.
Birru bückt sich und tastet nach der Halsschlagader.
Kein Puls zu spüren.
Kein Lebenszeichen.
Er richtet sich auf und schlägt das Kreuzzeichen. Vor ihm liegt eine
junge Frau ohne Oberbekleidung. Ihre großporigen Dessous sind tür-
kisfarben. Mit schwarzen Bordüren.
Er kniet vor ihr nieder und dreht ihren Kopf zur Seite.
Eine bildschöne, unbekannte Frau. In der Blüte ihrer Jahre.
Ihre Augen sind tot.
Birru kennt den Tod in den Augen von seiner Heimat. In Äthiopien
sterben alle zu Hause.
Er lässt die Leiche liegen und stößt an der Eingangstür mit einem grei-
sen Paar zusammen, das manchmal um diese Zeit sein Morgengebet in
der Kirche verrichtet.
„Draußen bleiben! Kirche entweiht", erklärt er aufgeregt den sprach-
losen Alten. Er streckt seine Arme zur Seite und hindert sie am Betre-
ten des Gotteshauses, das am Rande des berüchtigten Stadtviertels
Egenz liegt. Sie wissen nicht, wie ihnen geschieht. Eingeschüchtert

drehen sie um.

Der Kirchendiener eilt hastig ins nahegelegene Pfarrhaus. In stockenden Sätzen informiert er den Priester von St. Georg, der unverzüglich die Polizei anruft.

So beginnt der Tag, an dem die wichtigsten Vertreter der beiden stimmenstärksten Parteien zum entscheidenden Koalitionsgespräch nach den Parlamentswahlen zusammentreffen.

18. September

„Für die etablierten Parteien heißt es ab heute: Anschnallen! Die erstmals kandidierende Frauenpartei liegt in zwei aktuellen Umfragen mit 33 bzw. 35 % an erster Stelle."

Mit freudig erregter Stimme, so empfindet es zumindest Ludwig Kranzinger, präsentiert die jugendliche Moderatorin der Breakfast News des Senders HD1 die Topmeldung des Morgens.

Kranzingers Puls klettert in die Höhe. Er würde vorübergehend die Sprache verlieren, hätte er jemanden zum Reden in seiner Nähe. Mit einem Ruck erhebt er sich von seinem Bürosessel und tritt ans Panoramafenster. Die Stimmen aus dem Flat Screen überhört er, so sehr setzt er seinen Kopf unter Druck.

Eine Idee muss her! Sofort und Erfolg versprechend. Eine Sache, die der gesamten Wählerschaft den Atem nimmt. Ein außergewöhnliches Ereignis wie ein Attentat auf den volksnahen Präsidenten.

Kranzinger braucht einen Knaller, damit die Fortschrittspartei die Damenrunde, wie er sie manchmal verächtlich nennt, bis zum Wahltermin noch abfangen kann.

Vom elften Stockwerk des Alloro-Towers schaut er auf Steinfeld hinunter, ohne die Stadt wirklich wahrzunehmen. Er sieht nur die Projekte vor sich, in die er investiert hat. Im Vertrauen darauf, dass die Fortschrittspartei die Wahlen gewinnt. Also muss sie gewinnen.

Er wählt die Geheimnummer von Theo Valenti, dem langjährigen Premierminister und früheren Vorsitzenden der Fortschrittspartei.

„Guten Morgen, lieber Theo! Ich hoffe, ich störe dich nicht bei einer wichtigen Beschäftigung."

„Ich hätte nicht abgenommen, wenn heute ein normaler Tag wäre. Ich kann auch später mit dem Diktieren der Memoiren fortsetzen, Vic."

„Wie geht`s deinen Augen, Theo?"

„Es bringt mich nicht um, wenn ich eines Tages nur noch Schemen sehe."

„Du bist und bleibst ein vorbildlicher Kämpfer. Aber nun zu meinem Anliegen: Hast du heute Nachmittag für ein Saunagespräch bei mir Zeit? Du kannst dir denken, worum es geht, Theo."

„Ja, natürlich. Du willst den Stimmentrend wieder in den Griff bekommen. Wird nicht leicht sein, die Frauen zu stoppen, sage ich dir. Den Gegner zu unterschätzen ist ein Fehler, der sich rächt."

„Wir werden sehen, Theo. Mein Chauffeur Dragan, den du schon kennst, wird dich mit einem Auto holen. Etwa um 16 Uhr?"

„Ist gut, Vic. Wir sehen uns."

Kranzinger setzt seine Lesebrille ab, die sein markantes Gesicht entschärft und ihm das Aussehen eines Belesenen verleiht. Die Hakennase eines Jean Reno und das vorspringende Kinn gelten als maßgeblicher Grund, weshalb er niemals kandidiert hat. Man kann mit meinem Gesicht keine Wahl gewinnen, hat er stets betont, wenn jemand aus der Fortschrittspartei an ihn herantrat.

Sein Atem geht wieder ruhig. Er hat ein paar Stunden, bis Theo bei ihm sein wird. Aber er weiß, dass in den Mittagssendungen die ersten innenpolitischen Kommentatoren ihren TV-Auftritt haben.

Seinen angehobenen Unterarm lehnt er gegen die riesige Fensterfront. Er blickt auf die Stadt hinunter, von der ihm nicht wenige Filetstücke gehören. Ein Kosmorama, von weit oben betrachtet. Durch seine Lage am See besitzt Steinfeld ein sympathisches Aussehen, ohne dafür viel geleistet zu haben. Das Zentrum, das am Ufer beginnt, bilden die historischen Bauten um den barocken Dom von Sankt Paulus. Wie die Jahresringe eines Baumes werden die Gebäude stetig jünger, je weiter man sich von der Altstadt und seiner Fußgängerzone entfernt. Wo zwei Hügel sich vom ebenen Steinfeld abheben, haben die Reichen und Mächtigen ihre Villen errichtet. Von oben schauen die einen mit zufriedenem Stolz, die anderen mit eitler Überheblichkeit auf die Stadt am Keilsee hinunter. Eine Stadt, in der es sich gut leben lässt, wenn man den einen Randbezirk ausklammert, den kein Vernünftiger betritt und sogar die Einsatzkräfte manchmal meiden. In diesem schwarzen Fleck der Hauptstadt herrscht das Recht des Stärkeren statt der Kraft des Gesetzes.

Durch seine Heirat mit Constanze hatte Kranzinger ein Startkapital zur Verfügung, das er für die Sanierung von Immobilien verwendete. Von einem zuverlässigen Sachverständigen ließ er interessante Objekte auf ihre spätere Verwertbarkeit hin prüfen und bei einer guten Prognose kaufte er manchmal um einen Pappenstiel. Oder er beteiligte sich an Versteigerungen, für die er sich antrainiert hatte, im Saal immer leger zu sitzen und keine Emotionen zu zeigen. Die Körperhaltung von Konkurrenten, wenn sie ihr Kinn hochzogen und die Lippen aufeinanderpressten, und das Zögern beim Höherbieten ließen erkennen, wann sie ihr finanzielles Limit erreicht hatten. Lehnten sie sich in ihrem Sessel zurück, waren sie aus dem Rennen. Seine eigene Obergrenze lag immer knapp oberhalb von runden Summen, denn solche Beträge bedeuteten für die meisten Bieter stets eine Hemmschwelle, die sie nicht überschreiten wollten. Bei diesen Auktionen ging es manchmal rasant zu, länger als eine halbe Stunde war für die Versteigerung nicht vorgesehen. Möglichst schnell nannte Kranzinger damals seine Gebote, seine Beträge waren nie regelmäßig, manchmal stieg er erst in der Endphase in eine Auktion ein. Das Fallen des Auktionshammers war dann der Startschuss für ein neues Projekt, wenn seine Firma den Zuschlag erhielt.

Und jetzt, denkt er, bin ich mit meinen 54 Jahren zu jung, um meine Expansionspläne zu zerreißen. Deshalb muss Harald Stolz die Wahl gewinnen.

Er schaut hinüber zum imposanten Regierungsgebäude und dem Opernhaus am See, auf dem bei günstigem Wind Dutzende Segelboote kreuzen. Vor vielen Jahren hat er Schloss Seestein einer finanzschwachen Stiftung um einen bescheidenen Betrag abgekauft und zum Sitz des Premierministers umgebaut. Geblieben sind die Fassade und die tragenden Mauern, die Räumlichkeiten wurden in Funktion und Aussehen in eine Machtzentrale des 21. Jahrhunderts verwandelt. Noch während der Modernisierung hat die Regierung Kranzingers Angebot angenommen, Seestein als Regierungssitz anzumieten. Im Foyer erinnert eine Marmortafel an die Adaptierung und macht deutlich, wem das Schloss gehört. Mehrmals täglich kann der Premierminister lesen, in wessen Schloss er den Regierungsgeschäften nachgeht. Die Wälder auf den Hausbergen von Steinfeld zeigen unter einem strahlenden Muttertagshimmel die ersten herbstlichen Farbtöne. Der Wirtschaftsboss öffnet die gepolsterte Tür zu seinem Vorzimmer und ruft hinaus: „Bitte, sagt alle Termine für heute ab oder vereinbart eine Verlegung auf einen Termin nach der Wahl!"

Wie in einer Wandelhalle geht er in seinem Büro auf und ab, entwirft eine Idee und verwirft sie gleich anschließend. Er weiß, dass sich unter Druck selten eine gute Lösung einstellt. Er weiß aber auch, dass er keine Zeit zu verlieren hat. Als eine Szene aus einem Kriminalfilm in seinem Kopf auftaucht, hält er inne und vermutet, er könnte vor der gewagten Lösung seines Problems stehen.

Die Jüngste im Vorzimmer, eine meist auffallend gekleidete, attraktive Schwarzhaarige, serviert ihrem Chef den gewünschten Obstsalat auf den Couchtisch und ist bereits im Gehen, als er ihr nachruft: „Carmen, bleiben Sie einen Moment! Sie können Platz nehmen, wenn Sie wollen."

In ihrem Gedächtnis fahndet sie vergeblich nach einer Erklärung, weshalb sie Kranzinger gegenüber sitzen darf. Gespannt wartet sie, bis er ihr die harmlose Frage stellt, was sie vom Aufstieg der Frauenpartei halte. Er hat seine Informanten, die ihm die politische Stimmung von Stammtischen, aus Studentencafes und Golfclubs zutragen. Carmen, so scheint es ihm, wird ganz offen und ehrlich sprechen. So hat er sie immer eingeschätzt.

„Also, Herr Kranzinger, für mich ist die Sache schon klar: Frauen vertrauen nur Frauen restlos. Die Pontebba ist telegen und gescheit, was braucht es noch mehr für einen Erfolg?"

„Mhm. Sie sind ein kluges Kind, hätte man früher gesagt. Ich werde mir merken, was Sie gesagt haben. Danke! Ich brauche Sie nicht mehr. Sie können den Rest des Tages freinehmen."

„Super! Danke, Herr Kranzinger! Mit meiner Hilfe können Sie immer rechnen."

Er lächelt Carmen an. Es ist sein erstes Lächeln des Tages. Sie hat ihn auf eine Idee gebracht.

Um 12.30 Uhr schaltet er die Mittagsschau von HD1 ein. Die Moderatorin nennt zunächst die Lage im Nahen Osten und ein Grubenunglück in China als Schlagzeilen der Sendung. Anschließend moderiert sie als Schlagzeile der Schlagzeilen den Umsturz in den Umfragewerten zur nächsten Wahl an.

Der Berichterstatter des Live-Beitrags steht vor dem Portal der Hippokrates-Klinik, wo die Spitzenkandidatin der Frauenpartei das Gespräch mit Patienten, Besuchern und Klinikangestellten sucht.

„Frau Pontebba, ist Ihr Besuch hier ein Heimspiel, wenn man bedenkt, dass Sie Medizin studiert haben und Fachärztin für Radiologie sind?"

Sie zeigt ihr strahlendstes Lächeln und meint: „Wenn ich mit Menschen ins Gespräch komme, betrachte ich solche Begegnungen nicht als Spiel. Ich nehme ihre Sorgen und Wünsche ernst und stelle bei dieser Gelegenheit das Programm der Frauenpartei vor."

„Vor wenigen Stunden sind neue Umfrageergebnisse bekannt geworden, denen zufolge Ihre Partei erstmals an der Spitze in der Wählergunst liegt. Sind Sie überrascht?"

„Alle in unserem Wahlkampfteam sind natürlich hocherfreut über die Performance unserer Zustimmungswerte. Wir haben nach einem verhaltenen Start von Woche zu Woche zugelegt, wissen aber auch, dass die Wahl erst in zehn Tagen stattfindet."

Die Studio-Moderatorin erwähnt anschließend in einem einzigen Satz eine Pressemitteilung der Fortschrittspartei. Ihr Spitzenkandidat Harald Stolz kommentiert die neuen Zahlen als Zwischenergebnis, das in seiner Partei die letzten Kräfte im Endspurt freisetzen werde.

Als er das offizielle Statement seiner Partei hört, ist Kranzinger entsetzt. Zum zweiten Mal an diesem Tag.

Welche Kommunikationsnieten sind in dieser Partei am Werk? Für jeden Wähler muss diese Botschaft von den letzten Kräften nach Resignation klingen, denkt er sich. Haben diese Typen bisher etwa mit halber Kraft gearbeitet? Geglaubt, es geht mit Links? In welcher Verfassung muss Stolz sein, wenn er als Spitzenkandidat eine derartige Anfänger-Aussendung verantwortet? Kranzinger stellt sich den aufkommenden Shitstorm in den sozialen Medien vor. Er schüttelt den Kopf und resümiert voll Überzeugung: Der Stolz schafft die Trendwende nicht.

Der Mann muss ersetzt werden. Basta!

Die Politanalyse der Sendung befasst sich mit der erdbebenartigen Veränderung der Parteienlandschaft, wie es der erfahrene Kommentator bezeichnet. Vom klingenden Namen Saskia Pontebba bis zu den Themen sei offensichtlich alles angekommen, ja, die Frauenpartei sei sogar in männliche Wählerschichten eingedrungen, was ihr vor Beginn des Wahlkampfs niemand zugetraut habe. Der Reiz des Neuen reiche als Erklärung bei weitem nicht aus, das Zugpferd der Frauen komme authentisch und ehrlich rüber und die politischen Ziele seien nachvollziehbar. Man könne gespannt sein, ob die etablierten Parteien noch zulegen können.

Kranzinger hat genug. Er schaltet um. Eine Quizsendung des Vorabends wird wiederholt, die Frage nach dem ersten Präsidenten der USA kann jedoch Saskia Pontebba nicht aus seinem Kopf verdrängen. Warum hat die Fortschrittspartei dieses Polittalent nicht für sich entdeckt? Oder wäre sie dort niemals an die Spitze gekommen, weil es die Männer nicht zugelassen hätten? Solche Fragen quälen den Paten der Fortschrittspartei, wie er hinter vorgehaltener Hand manchmal genannt wird. Pontebba wirkt souverän, wenn sie im Fernsehen auftritt. Sie traut sich sogar in Quizsendungen, weil sie über das nötige Allgemeinwissen und eine noch größere Portion Selbstsicherheit verfügt. Eine Power-Frau wie aus einem Hochglanzmagazin, nur in der falschen Partei.

„Hallo, Constanze!"
Kranzinger erreicht seine Frau mitten in den Vorbereitungen für eine Charity-Veranstaltung.
„Frag mich bitte nicht, wie mein Vormittag war. Dein Vater hätte gesagt: Ein Tag für den Reißwolf. Sag bitte der Luise, sie soll um 16 Uhr die Sauna einschalten. Theo kommt zu mir. Und Luise bleibt, bis er abgefahren ist. Kann ja sein, dass er einen Imbiss möchte. Lass die Wohltäterinnen herzlich grüßen, meine Liebe!"
Auf einem meterhohen Sockel an der Fensterfront steht die Jugendstil-Büste einer jungen Frau. Ihr Kopf ist aus Alabaster geformt. Der Blick geht schüchtern nach unten, als ob sie sich ihrer Schönheit nicht bewusst wäre. Das nach hinten frisierte Haar versteckt nichts von ihrem ebenmäßigen Gesicht, die Schulterpartie ist nackt, ohne aufreizend zu wirken. Zu Kranzingers Leidenschaften gehört die stille Bewunderung schöner Dinge, die er sammelt, um einmal eine private Kunsthalle ausstatten zu können. All diese anbetungswürdigen Kunst-

werke, wie auch Constanze unter ihresgleichen nicht verhehlt, werden für die Wohlhabenden geschaffen. Den meisten anderen fehlen Ehrfurcht und Verständnis für das Schöne, ganz abgesehen vom erforderlichen Geld.

Das Jugendstilmädchen ist seine derzeitige Favoritin. Täglich betrachtet er sie mit atemloser Bewunderung. Seine bildhübschen Sekretärinnen tun es als skurrile Alterserscheinung ab, wenn ihr Chef bewundernde Blicke einem Alabasterkopf schenkt, die sie selbst verdienen würden.

Im Vorzimmer bestellt er ein Paar Burenwürste mit scharfem Senf. Wenn es Ärger gibt, greift er gerne zu ungesunden Mahlzeiten. Magenprobleme hin oder her, das darf an solchen Tagen keine Rolle spielen. Mit Genuss kräftig reinbeißen, dass das Fett spritzt, verschafft ihm Erleichterung. Krawatten hängen in jedem Farbton im Kleiderschrank. „Und bringen Sie mir die Börsenberichte, Magdalena!", ordnet er telefonisch an.

Eine Stunde später chauffiert ihn Dragan nach Hause. An guten Tagen ist die Fahrt von Steinfeld auf den Eichberg hinauf ein langsames Hinübergleiten in sein privates Refugium, von dem er Geschäfte und deren Vertreter möglichst fernhält. Eine Insel für den Seelenfrieden. So nennen Constanze und Ludwig die großzügige Villa, der ein Personal- und Gästehaus hinzugefügt wurde, als aus dem anfänglichen Wohlstand der verdiente Reichtum wurde. Ein Anwesen, das sich dezent in die Umgebung fügt und nicht gebaut wurde, um aufzufallen. An schlechten Tagen wie heute erkennt Dragan auf Anhieb: Heute braucht er etwas Wuchtiges. Er setzt sich ohne Begrüßung in den Fond des Bentley Bentayga und sagt: „Den Rachmaninow, Dragan! Laut!" Während der Fahrt kommen auf Kranzingers Straße des Erfolgs noch unbekannte Geisterfahrer ohne Gesicht entgegen. Ein neue Justizministerin, die Ermittlungen nicht einstellen lässt. Gleich dahinter eine Umweltministerin, die sein Kraftwerksprojekt stoppt. Und die unterschriftsreife Genehmigung für den Ausbau des Flughafens landet in der Schublade eines Vorzimmers. Der Alloro-Konzern kommt ins Wanken, wenn es ihm nicht gelingt, das Steuer noch im letzten Moment herumzureißen.

Kranzinger sucht nach Sicherheit. Wo ist sie zu finden, die für seine Geschäfte unverzichtbare Sicherheit?

Mit einer Tasse Kaffee sitzt er in der lichtdurchfluteten Veranda und liest in einem schmalen Traktat, der vor mehr als 500 Jahren von Niccoló Machiavelli verfasst wurde. Bei einigem Nachdenken fallen Kranzinger Politiker und Staatsmänner der Gegenwart ein, die markante Ähnlichkeiten mit dem Prototyp des Fürsten aufweisen. Doch die meisten von diesen mächtigen Herren, so seine Vermutung, können den Namen des alten Italieners nicht einmal richtig schreiben.

„Ach, du bist schon zu Hause, Ludwig", sagt Constanze, als sie ihn in der Veranda antrifft.

„Noch nicht lange, Constanze. Dragan hat mich vorhin heimgebracht." Er schaut seine Frau in Gedanken versunken an, als ob er soeben bei einer wichtigen Überlegung gestört worden wäre. Sie setzt sich trotzdem zu ihm.

„Was liest du denn?"

„Il Principe lautet der Originaltitel. Höchst interessant, was Machiavelli damals gedacht hat."

„Also, ich weiß nicht so recht. Mein Vater hat sich darüber nur kritisch geäußert. Eine Fibel für rücksichtslose Machthaber und Diktatoren, das war sein Urteil."

„Wundert mich nicht, Constanze", stimmt er ihr pflichtschuldig zu in der Hoffnung, das Thema damit sogleich wieder beenden zu können.

„Meine Vorfahren haben ethische Maßstäbe an ihre Geschäfte angelegt. Der Import von Kaffee, Tee, Kakao, Gewürzen und Rohrzucker hat sie nach und nach reich gemacht, weil sie über Generationen hinweg fleißig waren. Ihre Geschäftsbasis war immer das gute Gewissen", sagt sie voll Stolz auf die Leistungen des Handelshauses Menze.

„Constanze, ich weiß nur zu gut, was die Dynastie dieser Händler und Kaufleute in vielen Jahrzehnten geschaffen hat. Man muss es als vorbildlich bezeichnen und die Leistung deiner Familie wird immer wieder entsprechend gewürdigt. Aber heute herrscht ein anderes Gesetz. Unsere Zeitgenossen sind hinter dem schnellen Erfolg her, sie können oder wollen nicht warten und deshalb heiligt der Zweck sehr oft die angewandten Mittel."

Sie nickt zustimmend und versucht eine unerfreuliche Diskussion über die Macher der Gegenwart zu verhindern.

„Weißt du überhaupt, dass ich einer altmodischen Tugend meinen Vornamen verdanke?"

Ahnungslos wartet Ludwig auf ihre Erklärung.

„Constanze heißt die Beständige, die Charakterfeste. Eine, die sich vom richtigen Weg nicht abbringen lässt, auch wenn er große Ausdauer erfordert."

Er vertieft sich kommentarlos wieder ins Buch und schickt sie mit seinem anhaltenden Schweigen weg. Im Aufstehen spricht sie noch beiseite: „Ich schau mal, was Luise macht. Ich hab sie seit heute Früh nicht mehr gesehen."

Der Fürst hat sein Interesse geweckt, weil der Werdegang beider Männer ähnlich ist. Aus eigener Anstrengung haben sie sich hochgearbeitet. Der Fürst auf den Thron und Ludwig auf die Spitze eines von ihm geschaffenen Firmenimperiums. Dass sich einem Herrscher für die Machtergreifung auch eine günstige Gelegenheit bieten muss, legt Kranzinger auf seine Heirat mit Constanze um, der er den Einstieg in die Geschäftswelt der Hauptstadt Steinfeld verdankt. Zur Herrschaft tauge nur ein Mann, so schreibt Machiavelli, wenn es ihm nicht wichtig sei, ob er als gut oder böse gelte – wichtig sei allein der Erfolg. Seine charakterliche Anlage mache ihn zum Bösen fähig, wenn es im Interesse seiner Herrschaft notwendig sei. Mit kühler Distanz überlegt Ludwig, Menschen wie Constanze könnten diese Ansichten nur verteufeln. Für sie sei die bloße theoretische Fähigkeit, Böses zu tun, nichts als die latente Bereitschaft zu kriminellen Handlungen. Ein Vorgehen, das für die Familie Menze niemals in Frage käme, weil die Moral wichtiger als der Erfolg sei. Doch außergewöhnliche Umstände erfordern außergewöhnliche Maßnahmen, steht für ihn fest. Maßnahmen, die vom althergebrachten Verhalten abweichen dürfen, resultieren zwangsläufig aus einer Flexibilität, die sich von hochgelobten ethischen Grundsätzen gelegentlich verabschieden muss. Die edelsten Ansichten und die Spirale der Pragmatik nähren ein zeitloses Dilemma, das nur aus der Situation heraus gelöst werden kann.

Aber über dieses Thema verliert man zu Hause am besten keine Worte, sagt sich Kranzinger, als er nach Luise ruft, um einen irischen Whiskey zu bestellen.

Unkonzentriert blättert er später in einem Wirtschaftsmagazin, als Dragan vom Auto aus die Ankunft mit Valenti ankündigt. Er erwartet seinen Gast an der Auffahrt und sagt ihm auf dem Weg zur Sauna alle Stufen und Unebenheiten an, die Theo nur mehr verschwommen wahrnimmt.

„Weißt du noch, Theo, wann wir uns hier zum letzten Mal gesprochen haben? Beide nackt und ohne Blatt vor dem Mund", beginnt Kranzinger die Unterredung in der Saunakabine.

„Als Stolz für den Parteivorsitz kandidiert hat. Jetzt scheint es, als ob er bei passender Gelegenheit abgelöst werden muss."

„Ganz meine Meinung. Nach einem solchen Umfrageergebnis kann er höchstens auf seinen Namen stolz sein", legt der Hausherr höhnisch nach.

„Und für den kann er nichts", ergänzt Valenti schäkernd.

„Ich hätte auf Constanze hören sollen."

„Warum, Ludwig?"

„In ihrer treffenden Art hat sie damals gesagt, er habe mehr Ähnlichkeiten mit einem alternden Liebhaber eines Amateurtheaters als mit einem vorausschauenden Politiker."

Schmunzelnd meint Theo: „Eine gescheite Frau. Ihre Ratschläge sind Gold wert, Ludwig. Viel Gold."

„Ich weiß."

Der Gastgeber schaut in Gedanken verloren auf den Saunaofen, als ihn Valenti um Verständnis ersucht.

„Mach bitte keinen Aufguss, Ludwig! Der Dampf brennt in meinen Augen. Ich denke, du verstehst."

„Natürlich. Wie steht's um deine Sehkraft?"

„Allmählich schleicht die Finsternis heran. So allmählich, dass es mir kaum auffällt. Eine heimtückische Sache. Schon die alten Griechen hatten einen Namen für sie: Glaukom. Ihnen ist aufgefallen, dass sich die Iris dabei bläulich verfärbt. Eine Farbe wie das Meer. Später haben die Franzosen daraus den Grünen Star gemacht. Wie die Farbe des

Atlantiks. Manchmal kommt es mir vor, ich hätte eine Zeitbombe im Kopf."

„Hast du deine Augen regelmäßig untersuchen lassen?"

„Das war mein Versäumnis. Ich bin erst gegangen, als ich öfter gestolpert bin, weil ich ein kleines Hindernis nicht erkannt habe. Mir war meine Lage nicht bewusst. Schließlich merkt man nicht, dass die Sehkraft von Jahr zu Jahr minimal abnimmt. Das Gehirn stellt sich ja auf Veränderungen des Körpers ein. Man schiebt sie auch auf das Älterwerden. Jedenfalls war es zu spät, als der Grüne Star erkannt wurde. Jetzt kann ich Menschen oft nur mehr aus nächster Nähe erkennen. Was weiß ich, wie lange es noch einigermaßen gehen wird. Vielleicht noch ein Jahr. Oder zwei. Dann verschwindet die Welt hinter Milchglas. Dann werde ich in einer Wolke herumtapsen, die mir die Welt verschleiert."

„Eine schlimme Sache. Wie bleibst du auf dem Laufenden, Theo?"

„Mein Urteil muss ich mir aus dem Gehörten bilden. Aus der Stimme und aus dem, was die Person spricht. Es hat keinen Sinn mehr zu schauen."

„Aber deinem Körper sieht man an, dass du fit bist."

„Übertreib nicht! Ich habe mir zu Hause ein Rudergerät aufstellen lassen. Auf dem trainiere ich manchmal. Eine erzwungene Rückkehr in meine Jugend. Schließlich war ich vor einer gefühlten Ewigkeit Staatsmeister im Doppelzweier. Jetzt habe ich mehr Zeit zum Training als damals. Irgendwie verrückt."

Mit sentimentalem Tonfall sagt Kranzinger: „Ja, damals. Damals haben die Frauen noch gewählt, wie es ihre Männer vorgeschlagen haben."

„Das Rad der Zeit kann niemand zurückdrehen, Ludwig. Mit dieser Emanzipation müssen wir uns abfinden."

„Natürlich. Aber ich möchte unbedingt etwas unternehmen, damit unsere Partei die Wahlen gewinnt. Deswegen habe ich dich eingeladen – ich brauche deinen Rat, Theo."

„Den kannst du immer haben, Ludwig. Also sag, was du vorhast! Hier kann uns niemand hören."

„Ich denke, dass nur noch Pity Voting hilft, damit die Fortschrittspartei mit Hilfe von Mitleidsstimmen die Wahl doch noch gewinnen kann.

Und niemand wird später vorwerfen können, es sei ein Dirty Campaigning gewesen."

„Wie soll das funktionieren, Vic?"

„Nur zwei Personen müssen mitspielen: Stolz und seine Frau."

„Du machst es spannend. Wie schon einmal in deiner Sauna."

„Entschuldige, Theo! Mein Plan schaut so aus: Er verschwindet spurlos für eine ganze Woche. Theo, du schaust mich gerade so ablehnend an. Ich verstehe deine Skepsis auch, aber ich bin überzeugt: Eine ungewöhnliche Situation wie der drohende Verlust der Mehrheit verlangt nach einer außergewöhnlichen Lösung. Wenn Stolz als entführt gilt, kann er bei seiner Freilassung am Tag vor der Wahl mit einem nicht zu unterschätzenden Mitleidsbonus rechnen. Viele Menschen bringen reflexartig Sympathie für das Opfer eines Verbrechens auf, ganz besonders für den Vater von zwei kleinen Kindern. Seine Frau vertritt ihn bis zum Abend vor der Wahl. Sie hat acht Tage Zeit, als Frau und Mutter verlorene Stimmen für ihren Mann zurückzuholen. Immer in Begleitung ihrer Kinder, wenn eine TV-Kamera am Schauplatz auftaucht. Pontebba hat keine Kinder, also schon ein Punkt für die Stolz, bevor das Frauenduell erst begonnen hat."

Valentis Atem geht schneller, sein Gesicht hat sich gerötet.

„Ludwig, mir ist schon sehr heiß. Machst du, bitte, die Tür für eine Minute auf!"

„Sofort, Theo."

„Ah! Schon besser. Also ich weiß noch nicht so recht, was ich von deiner Idee halten soll. Kommt mir ziemlich riskant vor. Wie schauen die beiden Frauen denn aus? Von Pontebba kann ich mir gar kein Bild machen, die Frau von Harald habe ich einmal vor mehreren Jahren gesehen."

„Die Pontebba ist ein Bild von einer Frau. Sie punktet mit ihrem gewinnenden Dauerlächeln, an dem anscheinend jedes Problem abprallt. Ihr Charme übertrifft jede Stewardess aus der Business-Class. Wenn du die Schauspielerin Emma Thompson kennst, ihr sieht sie ähnlich. Und Florentina Stolz? Ich würde sagen, sehr gepflegt, mit einem freundlichen Gesicht, wie man sich bei uns eine typische Kolumbianerin vorstellt. Selbstverständlich eine fürsorgliche Mutter ihrer Kinder, eine natürliche Erscheinung wie eine hübsche Nachbarin. Oder wenn du eine andere Vorstellung bemühen willst: die Märchenausgabe einer Schwiegertochter."

„Und du glaubst, sie hält dicht?"

„Dieses Risiko gehe ich erst gar nicht ein. Für ihre Familie wird es wie eine richtige Entführung ausschauen. Gefühle wirken nur dann echt. Und verplaudern kann sich auch niemand."

„Ich verstehe. Du machst noch einmal den Puppenspieler, der die Fäden im Hintergrund zieht. Der Vic mit dem Siegeszeichen seiner Hand."

„Notgedrungen. Wer könnte sonst den Karren aus dem Graben ziehen, Theo?"

„Mhm. Du sagst es, wie es ist."

Nach einer kurzen Pause fragt er: „Wer wird eingeweiht?"

„Nur du. Nur drei Menschen wissen Bescheid."

„Du überlässt offensichtlich nichts dem Zufall."

„Es steht zu viel auf dem Spiel."

„Sicher. Ich verstehe dich schon, Ludwig. Ich habe dir aufmerksam zugehört. Eine Sache, in der ich geübt bin. Wegen meiner Augen. Vorhin hast du gesagt, du willst meinen Rat. Deinen Worten entnehme ich, dass du dich so gut wie entschlossen hast, das Ding durchzuziehen. Wie verhältst du dich, wenn ich dir abrate? Wenn ich es für besser halte, eine Niederlage in Kauf zu nehmen? Damit die Fortschrittspartei einmal durchgeschüttelt wird und sich auf interne Veränderungen einlassen muss. Auf eine offene Diskussion des Parteiprogramms, auf eine Erneuerung an Haupt und Gliedern, wie man so sagt. Was tust du also, wenn ich dir abrate?"

„Theo, ich habe mit deinen Bedenken gerechnet. Du bist ein ehrenwerter Politiker gewesen, einer mit sittlichen Grundsätzen, die nicht von heute auf morgen weggewischt werden können. Ich bin Geschäftsmann und für mich hat der wirtschaftliche Erfolg eine größere Bedeutung, schließlich hängen von ihm auch Arbeitsplätze und Steuereinnahmen des Staates ab. Der Alloro-Konzern ist mein Ruderboot. Ein Einer mit mir am Steuer. Gewohnt an ruhiges Wasser und nicht bereit, sich aus der Bahn drängen zu lassen, weil das Wahlkampfmanagement Fehler gemacht hat. Und morgen wahrscheinlich schon wieder machen wird."

Die beiden haben ihre legere Körperhaltung verändert. Sie sitzen wie Kontrahenten einander gegenüber und spüren schlagartig, welcher Graben zwischen ihnen klafft.

„Ludwig, wir haben unterschiedliche Positionen. Nicht zum ersten Mal. Deshalb beschränke ich mich auf eine Empfehlung: Lass diese Nacht vergehen! Morgen ist dein Umfrage-Kater verflogen. Morgen tut sich vielleicht ein anderer Weg auf. Morgen besprichst du die Sache am besten mit Constanze."

19. September

„Guten Morgen, Theo!", begrüßt eine heiter gestimmte Constanze ihren Mann in der Küche. „Willst du ein weiches Ei?"

„Ist Luise denn nicht da?"

„Ich habe ihr für den Vormittag frei gegeben. Sie hat gestern lange gewartet, ob sie noch gebraucht wird. Du hast wahrscheinlich auf sie vergessen."

„Stimmt."

Er wirkt abwesend. Ihr neues Parfum fällt ihm nicht auf. Wenn unsere Perle nicht da ist, kann er ungestört ins Gästehaus hinüber, fällt ihm ein. Luise soll von der ganzen Sache so wenig wie möglich erfahren. Es genügt schon Constanze.

„Theo! Ich hab dich gefragt, ob du ein weiches Ei möchtest."

„Entschuldige bitte! Hm, nein, mach mir bitte zwei Spiegeleier, richtig gut durchgebraten."

„Ist gut. Übrigens herzliche Grüße von Paula und Astrid. Stell dir vor, was die beiden bei unserem Treffen erzählt haben! Die Latinis lassen sich scheiden. Ist vorläufig noch geheim, was Astrid erzählt hat, aber es wird schon stimmen. Schließlich ist ihr Mann ein gesuchter Scheidungsanwalt. Wir sollen aber diskret damit umgehen, Theo."

„Ja, ja. Also, dem Latini wird höchstens ein Krokodil nachweinen. Ich hab schon einmal gesagt, seine Frau hätte wirklich einen besseren Ehemann verdient."

„Dass du immer so streng sein musst, Theo."

Er hört ihren Einwand schon nicht mehr, schaut auf seinen leeren Teller und verspürt spontanen Appetit. Schlagartig hat sich ein Problem für ihn gelöst. Das Gespräch mit Constanze, das Valenti ihm empfohlen hat, entfällt. Sie schafft es nicht, ein Geheimnis für sich zu behalten, urteilt er. Viel zu hohes Risiko, wenn sie weiß, was gespielt wird.

Damit bleiben noch die Details für die Abwicklung.

Die Spiegeleier gelingen ihr perfekt.

Die Schönheit zählte Constanze noch nie zu ihren Verbündeten. Ihr schlanker Körperbau und ihre Größe hätten sie in ihrer Jugend fürs Basketballspiel prädestiniert. Ihre Aussagen wiesen schon damals auf einen starken Charakter hin und besonders die braunen Augen zogen ihn beim ersten Anblick in ihren Bann. Er schätzte vornehmlich die glänzende Ausstattung der jungen Frau: Das Vermögen und die Geschäftsbeziehungen ihrer Familie warfen das beste Licht auf Constanze, deren praktische Intelligenz ihm schon damals auffiel. Ihre puritanische Ader ließ ihn eine Ehe ohne lästige Affären seiner Frau erwarten. Ohne entbehrliche Seitensprünge, die einen mühevoll erreichten guten Ruf und ein großes Vermögen mitunter gefährdeten.

Seine ungewöhnliche Zielstrebigkeit beeindruckte Constanze auf Anhieb. Als er sie in ein teures Restaurant einlud, das er sich zum ersten Mal in seinem Leben leistete – sie kannten einander gerade einmal zwei Wochen -, brauchte er nur einen Moment, um einen bereits vergebenen Tisch für sie zu bekommen.

„Herr Ober", erwiderte er in einer Schlagfertigkeit, die Constanze zunächst peinlich war, „Sie können uns zu Ihrem Bedauern keinen Tisch anbieten, weil das Lokal ausreserviert ist, wie Sie sagen. Sie müssen aber wissen, dass wir einen Ihrer Tische brauchen. Dringend sogar."

Der Ober schaute den jungen Gast verständnislos an.

„Ich werde nämlich meiner charmanten Begleiterin heute Abend in Ihrem Lokal einen Heiratsantrag machen. Sollten die angemeldeten Gäste kommen, empfehle ich Ihnen, von einem bedauerlichen Irrtum beim Datum zu sprechen."

Der Ober zeigte sich beeindruckt, zögerte jedoch eine Weile. Kranzinger nahm Constanzes Hand, bis die beiden an einen festlich gedeckten Tisch geführt wurden.

„Constanze", flüsterte er beim Aperitif, „ich will dich keineswegs überrumpeln, aber du weißt jedenfalls, was dir passieren könnte. Für den Augenblick sollten wir aber den Antrag ruhen lassen."

Ihre Anspannung löste sich, sie konnte wieder lächeln, nur ihr Herzschlag fand keine Ruhe bei diesem Abendessen, das mit Champagner auf Kosten des Hauses ein würdiges Finale hatte.

„Schmeckt wunderbar, Constanze! Frühstück ohne Luise ist ein schöner Anfang eines ungewissen Tages. Bringst du mir, bitte, noch Kaffee in die Veranda! Ich schaue mal in die Tagespost."

Der Aufmacher der Zeitung prallt ihm entgegen: „Sind die Frauen noch zu schlagen?" Und in der Seitenmitte das Lächeln der Pontebba. Ihr Bild nimmt mehr Platz auf der Titelseite ein als die Nachricht über die letzten Umfragen. Biedert sich die Tagespost schon bei den vermeintlichen Siegern an, ist Kranzingers erste Überlegung. Er legt das Blatt ungeöffnet wieder aus der Hand und geht ins Gästehaus hinüber. Die Einliegerwohnung im 1. Obergeschoß hält er für ausreichend ausgestattet für den Spitzenkandidaten. Das Doppelbett, der große Tisch mit bequemen Sesseln und das geräumige Bad müssen genügen, denkt er sich. Würde dieser Politamateur von Gangstern entführt werden, müsste er froh sein, regelmäßiges Essen zu bekommen. Die Fenster sind schon immer verspiegelt und die Griffe werden von ihm entfernt, die Klimaanlage muss für die Frischluftzufuhr genügen. Die Rollläden lässt Kranzinger herunter, den Drehknopf für den Elektromotor montiert er ab. Den Telefonapparat nimmt er mit, genauso das kleine Radiogerät. Stolz darf nicht erfahren, was draußen passiert, auf keinen Fall. So viel Simulation muss sein, damit er ansatzweise zu spüren bekommt, was eine Entführung bedeutet.

Auf der Fahrt in die Stadt hinunter sitzt er neben Dragan. Wegen der besseren Sicht. Kranzinger zeigt sich heute umgänglich. Kein Rachmaninow. Wäre auch eine schwere Kost vor dem Mittagessen, freut sich der Chauffeur insgeheim. Kranzinger tut so, als würde ihn das Ergebnis des Fußballländerspiels interessieren. Dann fällt ihm der Aufreger der letzten Tage ein.

„Wurde der so genannte Krawattenmörder gefunden, Dragan?"

Als der Chauffeur verneint, setzt Kranzinger das Thema fort.

„Sie sollen mich jetzt nicht falsch verstehen, Dragan! Aber ich stelle mir eine Begegnung mit einem Killer reizvoll vor. Würde nur zu gerne wissen, ob man ihm ansieht, dass er jemanden ins Jenseits befördert hat. Riecht so einer nach Mord? Irgendein Merkmal muss einen Mörder von uns unterscheiden oder nicht? Und wenn`s nur die Hände sind."

Er betrachtet seine Handteller. Ein Ahnungsloser könnte sie für die eines Bauarbeiters halten.

Mit jedem Kilometer wächst der Alloro-Tower, dessen glatte Fassade aus lorbeergrünem Glas ein architektonisches Rufzeichen geworden ist. Den Lorbeerkranz hat eine clevere Grafikerin zum Konzernlogo gestaltet, in dem das italienische Wort für Lorbeer und die Anspielung auf Kranzingers Namen kombiniert sind. Genial einfach, was der Frau eingefallen ist, denkt er, als er im Eingangsfoyer an den schwertförmig gestutzten Lorbeersträuchern vorbeigeht. Mit den immergrünen Blättern rieben die Legionäre Roms ihre Schwerter und Lanzen ab, um sie nach einem blutigen Kampf zu entsühnen.

Im 11. Stockwerk überreicht ihm Carmen eine Übersicht über die gewünschten Terminverschiebungen, von seinem Panorama-Büro aus ruft er den Wahlkampfleiter der Fortschrittspartei an und ersucht um ein persönliches Gespräch mit Harald Stolz. „So rasch wie möglich!" fügt er noch hinzu.

Die Tageszeitungen auf seinem Schreibtisch widmen der kommenden Wahl die größte Aufmerksamkeit. Roland Brunner, der Lodenträger der Nation, hat auf einer volksfestähnlichen Wahlveranstaltung der Unabhängigen am Vorabend gegen die Frauenpartei gewettert. Das Land brauche keine feministische Alleinregierung, das Land brauche eine mächtige Familienpartei: Die Unabhängigen. Nur sie würden sinnvolle Traditionen bewahren und aus einem Globalisierungsopfer eine Insel mit hoher Lebensqualität machen. Ein Bild zeigt ihn Hände schüttelnd mit seinen Anhängern.

Im Info-Kasten daneben rangieren Die Unabhängigen mit 15% Zustimmung an der letzten Stelle, knapp hinter den Kosmonauten, wie der Volksmund die Naturschützer bezeichnet.

In der Tagespost findet Kranzinger ein anderes Ranking, das die Akzeptanz der Wahlkampfslogans aller vier Parteien reiht. >Wohlstand für alle< der Fortschrittspartei rangiert hier deutlich vor dem Motto >Frauen verdienen Vertrauen<. Die Kosmos-Partei liegt mit >Die Natur braucht uns< an letzter Stelle. Wenig überraschend, denkt sich Kranzinger, als sein Handy läutet. Harald Stolz ruft an.

Kranzinger erwähnt die zugespitzte Lage für die Fortschrittspartei und die „nicht zu unterschätzende Abhörgefahr", wenn sie sich übers Telefon unterhalten müssten. Stolz zeigt sich einverstanden, am selben Abend von Kranzinger persönlich abgeholt zu werden. „Ich gehe auf Nummer Sicher, deswegen kein Chauffeur, Harald. Danke für den

Rückruf und den schnellen Termin! Wir sehen uns."
Er reibt sich die Hände. Er hat jetzt alle Hände voll zu tun.
Magdalena, der das lorbeerfarbene Kajal besser steht als der jüngeren
Carmen, wird beauftragt, alle Internet-Meldungen über Florentina
Stolz zu einem Dossier zusammenzustellen. „Absolut vertraulich, wie
Sie sich denken können!", fügt er hinzu und ordert seinen täglichen
Obstsalat, diesmal ohne Kiwis. „Die waren gestern so weich wie
Schneematsch. Ich will zubeißen, wenn ich den Mund aufmache. Zu-
mindest, so lange ich noch kann."
Auf seinem PC sucht er eine Sicherheitsfirma, die ihm ein Anbot für
den Bürotrakt liefern soll. Vom Projektleiter lässt er sich über den
Stand des Kraftwerksprojekts informieren, in das bereits neun Millio-
nen geflossen sind. Eine Kurzmeldung der offen liegenden Tagespost,
die für ihre seriöse Berichterstattung bekannt ist, widmet sich dem
Gesundheitszustand des bisherigen Premierministers, wegen dessen
schwerer Erkrankung die politischen Parteien den einstimmigen Neu-
wahlbeschluss gefasst haben. Seine Rückkehr in die Politik scheine
derzeit vollkommen ausgeschlossen.
Minuten später bringt Magdalena Carmens frischen Obstsalat ohne
Kiwi-Beteiligung und die gewünschte Aufstellung über Frau Stolz.
„Es ist über die Dame nicht viel zu finden, Herr Kranzinger."
Ernüchtert überfliegt er das Dossier.

Florentina Stolz, geborene Carillo, 41 Jahre alt
aus Cartagena (Kolumbien)
Vater: Arzt (aus Spanien während der Franco-Diktatur nach Kolumbien
ausgewandert)
Mutter stammt aus einer Familie von Großgrundbesitzern
Studium der Architektur in Barcelona
mit Harald Stolz in erster Ehe verheiratet
zwei Kinder: Anna (5), Cristiano (2)
Bemerkungen über ihre Heimat („Korruptionsbiotop", „Land der Dro-
genbosse") kontert sie scharfzüngig („Ich heiße Stolz und bin stolz auf
meinen Migrationsvordergrund", „Etikettierungen beweisen Denkfaul-
heit")

spricht sehr gut Deutsch
im Wahlkampf noch kaum in Erscheinung getreten.

Stand der Recherche: 19. 9.   Gez. Magdalena

Ein unbeschriebenes Blatt, resümiert Kranzinger. Offensichtlich keine Leiche im Keller, wie man bei Männern sagen würde. Auf die Mühen der Ebenen folgen jene der Berge, dämmert ihm, bevor er sich über die Vitaminschale hermacht.

Er ruft seinen Chauffeur an. Für die Fahrt mit Stolz braucht er einen unauffälligen Wagen, nicht den Bentley, der wegen seiner Lorbeer-Farbe in der ganzen Stadt bekannt ist.

„Dragan, ich brauche Sie heute nicht mehr. Machen Sie, bitte, den alten Land Rover fahrbereit. Ich verwende ihn am Abend für einen Ausflug ins Gelände."

„Bei allem Respekt, keine gute Idee von Ihnen. Sie wollen mit diesem Wagen irgendwohin? Wissen Sie, was das bedeutet?"

„Dragan, ich weiß Ihre Sorge zu schätzen und habe nicht vergessen, dass Sie auch mein Leibwächter sind. Aber in diesem alten Kübel wird ein verarmter Jäger vermutet und kein Unternehmer von meinem Kaliber."

„Aber dieses Auto ist ein Sicherheitsrisiko. Es lässt sich nicht einmal von innen verschließen. Eine Einladung für jeden Entführer!"

Kranzinger lacht hellauf, aber Dragan setzt nach.

„Für Sie würde ich glatt 40 Millionen verlangen. Dürfte schätzungsweise Ihr Marktwert sein."

„Was? Nicht mehr? Aber jetzt im Ernst: Ich nehme meine Glock mit, damit Sie beruhigt sind. Ich schieße für mein Leben gern. Gut so?"

Dragan seufzt und gibt auf.

Pünktlich zu Börsenschluss schaltet er den Fernseher ein: Die Kurswerte haben sich leicht erholt.

Auf Twitter taucht die Meldung auf, die Frauenpartei habe ein informelles Treffen mit Vertretern der Kosmos-Partei noch vor dem Wahltermin vereinbart. Es dauert nicht lange und ein Journalist aus der zweiten Reihe vermutet die Sondierung einer möglichen Koalition. Kranzinger wartet auf die 17 Uhr-Nachrichten auf HD1, um Gewissheit zu bekommen. Aus den involvierten Parteien meldet sich niemand zu Wort, was jede Deutung zulässt. In seinem Element ist jedoch Roland Brunner, der sein Statement in einer Fußgängerzone abgibt.

„Nichts gegen die Liebe zur Natur, aber wo landen wir, wenn nur mehr dort gebaut werden darf, wo schon etwas gestanden ist? Die Kosmos-Partei zeigt in diesem Wahlkampf, dass sie das Rad der Zeit zurückdrehen will. Nur mehr Sanierungen und Umbauten, aber kein neuer Kindergarten und keine Umfahrungsstraße – das muss man sich einmal vorstellen! Die Unabhängigen sprechen sich entschieden gegen ein vorindustrielles Matriarchat aus, in das uns eine solche Koalition bugsieren würde."

Von der Fortschrittspartei gibt es keine Stellungnahme.

Die Fahrt von Steinfeld zum Flughafen Dornen, wo er Stolz von einem Inlandsflug abzuholen gedenkt, verläuft reibungslos, obwohl der Land Rover mehr Aufmerksamkeit verlangt als der Bentley mit seiner Automatik-Schaltung. Auf einer schmalen und wenig frequentierten Abkürzung schließt sich ihm ein Wagen an, der so nahe auffährt, dass Kranzinger keine Scheinwerfer mehr sieht. Er fühlt sich in seinem robusten Auto sicher. Bis es kracht.

Der Hintermann hat den Land Rover gerammt. Stehen bleiben oder weiterfahren, überlegt Kranzinger. Er vermutet als Ursache eine Unaufmerksamkeit des Fahrers, Ablenkung durch ein Handy-Telefonat etwa. Also bleibt er stehen und stellt den Motor ab.

Er denkt an Dragan und entsichert seine Waffe. Auf seinem Smartphone stellt er die Notrufnummer der Polizei ein, um sie schnell alarmieren zu können. Vorsicht scheint ihm angebracht, äußerste Vorsicht. Er bleibt sitzen und wartet, was passiert. Er möchte nicht erkannt werden, aber auch keine Fahrerflucht begehen. Eröffnet sich ein Ausweg oder sitzt er in der Klemme, wird ihm bewusst. Ein banaler Unfall darf seinen Plan nicht gefährden.

Der Motor des anderen Autos läuft weiter. Niemand steigt aus. Im Rückspiegel kann er nicht erkennen, ob ein Mann oder eine Frau hinter dem Lenkrad sitzt. Ob mehrere Personen sich im Unfallwagen aufhalten. Die getönte Scheibe lässt keinen Einblick zu.

Niemand will den ersten Schritt unternehmen. Nichts geschieht.

Constanze hat vor ihrer Verlobung mit Ludwig flinker Hand eine Heldentat erfunden, um den jungen Mann ohne finanziellen Rückhalt vor ihrer Familie interessant erscheinen zu lassen. Er habe als Kind großen Mut bewiesen und das Leben seiner Großmutter gerettet. Ludwig sei in ihrer Obhut gewesen und die alte Frau habe vergessen, zwei Herdplatten abzuschalten. Er habe sie geweckt und beide hätten die verqualmte Wohnung aus eigenen Kräften verlassen können. Im letzten Moment, wie sie damals pathetisch hinzufügte. Das einmal Ausgesprochene ließ sich nicht mehr zurückholen. Er hätte sonst seine Verlobung gefährdet. Seine eigenen Verwandten musste er auf die erfundene Lebensrettung einschwören, um Peinlichkeiten zu vermeiden. Später ist eine Art Mythos entstanden, der ihm noch immer wie ein fremder Schuh vorkommt.

Der erfundene Held steigt aus. Die Glock steckt in der rechten Jackentasche. Er will den Schaden am Heck besichtigen.

Ein Wagen kommt im selben Moment entgegen und wird langsamer. Der Fahrer betrachtet mit einem kurzen Blick die Situation und fährt weiter.

Kranzinger steigt aus Sicherheitsgründen sofort wieder ein. Er will nichts riskieren und startet den Motor, um anzuzeigen, er werde nicht mehr lange warten. Ob sein Wagen beschädigt ist, interessiert ihn nicht mehr. Eine urblöde Situation, in die er gestoßen wurde. Er wollte unbedingt vermeiden, auf dieser Fahrt erkannt zu werden. Wenigstens den Bentley hatte er in der Garage gelassen. Dieses exquisite Luxusauto fällt sogar im Finstern auf. Nochmals vergeht Zeit, bis schließlich die Fahrertür geöffnet wird.

Eine Frau steigt aus. Die Lenkerin kommt auf ihn zu. Er kurbelt das Fenster ein Stück nach unten und blickt immer wieder in den Rückspiegel. Sie könnte ein Ablenkmanöver inszenieren, um ihrem Beifahrer den raschen Zugang zum Land Rover zu ermöglichen. Die junge Frau wirkt geschockt und fragt Kranzinger aufgeregt durch den Fensterspalt: „Sind Sie verletzt? Ich habe zu spät gebremst. Ist irgendwie dumm gelaufen."

„Mein Auto hält mehr aus, als Sie sich vorstellen. "

„Na dann ist es ja gut. Tut mir Leid, was passiert ist."

„Ich muss weiter. Ihr Schaden geht mich nichts an."

„Besser so."

Kranzinger steigt erleichtert aufs Gas. Sie hat mich nicht erkannt, sagt er sich zufrieden. Ein dummes Ding.

Auf dem Gelände des Flughafens ruft er Stolz an, um ihm den genauen Treffpunkt mitzuteilen.

„Ich bin mit einem uralten, grau-schwarzen Land Rover unterwegs, Harald."

„Ich bin schon lange in keinem Oldtimer mehr gesessen", sagt Stolz später zur Begrüßung.

„Ein altehrwürdiges Gefährt. Sicherheitsgurte wurden erst nachträglich montiert."

Er fährt los und bespricht mit Stolz den weiteren Ablauf des Abends.

„Wir haben totale Diskretion vereinbart, deswegen müssen wir unser Fahrziel ändern."

„Warum das, Ludwig?", fragt Stolz überrascht.

„Ich habe zufällig erfahren, dass am ursprünglich geplanten Gesprächsort ein Journalist über irgendeinen Bürgerprotest recherchiert. Deswegen schlage ich vor, wir unterhalten uns in meinem Gästehaus. Wenn es dir nichts ausmacht."

„Sicher nicht. Ich bin noch nie dort gewesen."

„Dann lass dich überraschen!"

Stolz erzählt von seinen Wahlkampfauftritten des Tages und meint, er habe ein besseres Gefühl, was den Wahlausgang betreffe, als die Umfragezahlen die Situation beschreiben würden.

„Die Leute sind an unseren Themen interessiert und sie wollen mich als neuen Spitzenkandidaten der Partei kennen lernen."

Kranzinger schweigt. Manchmal nickt er zustimmend und schaut zu seinem Beifahrer hinüber, öfter in den Rückspiegel, ob ihm ein Auto in verdächtiger Weise folge.

Auf dem Eichberg kommen sie ohne Zwischenfall an, der Hausherr stellt den Wagen hinter dem Gästehaus ab. In der Einliegerwohnung nehmen die Männer Platz.

Auf dem Tisch liegt vor ihnen das Buch „Nachricht einer Entführung" von Gabriel García Márquez. Stolz schenkt dem Titel keine Beachtung. „Also, Harald, kommen wir zur Sache. In acht Tagen finden die Parlamentswahlen statt und im Moment sitze ich nicht dem prognostizierten Sieger gegenüber. Aus alter Loyalität zur Partei erlaube ich mir die einfache Frage: Was unternimmt dein Wahlkampfmanagement, um in den nächsten Tagen den Trend zu stoppen und wieder aufzuholen? Derzeit trägt der Trend Stöckelschuhe. Was schlägt euer Mastermind vor, um deinen Arsch zu retten?"

Stolz wirkt kleinlaut. Diese deutlichen Worte hat er nicht erwartet. Schon gar nicht die Schärfe in seiner Stimme.

„Es hat natürlich vor Langem Überlegungen gegeben, mit welcher Taktik wir den Wahlkampf am besten bestreiten. Ein Mitarbeiterstab hat tagelang nach verwertbarem Material für ein Dirty Campaigning gesucht. Ohne Ergebnis! Alle Kosmos-Kandidaten sind sauber. Die Frauen genauso. Wir konnten niemandem von ihnen Trunkenheit am Steuer, einen Plagiatsverdacht bei einer Dissertation oder den Genuss von Kokain vorwerfen. Diese Leute sind so anständig, wie ein Papst sein soll."

„Lassen wir die Kirche aus dem Spiel oder willst du andeuten, dass nur noch Beten hilft?"

Stolz schaut ihn entrüstet an und schweigt betreten.

„Harald, ich wiederhole meine Frage: Welche Strategie habt ihr für den Endspurt bis zum Wahltag?"

„Es kommt noch eine Plakatoffensive, meine gesamte Familie in einem Ruderboot. Und wir kaufen noch mehr Werbezeit im TV und im Internet."

„Klingt nicht schlecht."

Insgeheim jubelt Kranzinger über das Plakat, weil es Florentina Stolz bekannter machen wird, und er setzt in schonungsloser Offenheit fort.

„Aber es ist nicht der Knüller, der die Frauen auf den zweiten Platz verweisen wird. Da bin ich mir ganz sicher. Ihr habt die Damenriege von Anfang an unterschätzt. Das war euer Kapitalfehler. Ihr habt geglaubt, diese Politamateurinnen werden nicht dazulernen. Ein Irrtum, wie wir heute leider wissen. Es müssen doch eure Alarmsirenen ge-

heult haben, als die Pontebba zum ersten Mal in einer Diskussions-
sendung auf HD1 aufgetrumpft hat. Sie ist attraktiver als jeder Mann,
sie ist schlagfertig und hat das Herz am rechten Fleck. Eine Naturbega-
bung, die nur alle paar Jahrzehnte auf der Bühne der Politik auftaucht.
Dieses Kaliber tanzt der mächtigen Fortschrittspartei auf der Nase
rum."

Er holt tief Luft und neuen Schwung.

„Aber es ist noch nicht zu spät. Ich empfehle dir etwas Unkonventio-
nelles. Wenn du so willst, einen Trick wie in einer Zaubershow. Wahrscheinlich ist dieser Trick noch nie versucht worden, aber ich halte ihn
für Erfolg versprechend."

Stolz verharrt in neugieriger Erwartung, wortlos richtet er seinen Blick
auf den Älteren. Kranzinger erhebt sich und geht auf und ab wie ein
Dozent ohne Rednerpult.

„Bevor ich auf den Trick zu sprechen komme, sollst du wissen, was er
bewirken wird. Er wird eine Stimmung erzeugen, die dir Stimmen bringen wird. Er wird die Wähler emotionalisieren. Ihre Gefühle werden
unserer Fortschrittspartei gehören und mit diesen Gefühlen werden
sie in der Wahlzelle stehen. Eine Stimmabgabe aus dem Bauch heraus
beschränkt sich nicht auf Protestwähler. Sie ist auch eine Sache des
Mitgefühls, Harald."

„Ludwig, komm, bitte, zur Sache!"

Stolz schaut ungehalten auf seine Uhr.

„Na gut. Dein einfacher Trick wird sein, als Entführungsopfer bemitlei-
det zu werden. Einen bis zwei Tage vor der Wahl tauchst du wieder in
der Öffentlichkeit auf. Bis dorthin ist das Mitgefühl der Wählerschaft
auf deine Seite gewechselt. An ihrer Wahlentscheidung wird der Reflex einer Art von ausgleichender Gerechtigkeit einen maßgeblichen
Anteil haben. Mit anderen Worten: Du wirst dieselbe Sympathie wie
das Opfer einer echten Entführung genießen. Und dem Bangen um
dein Leben folgt die Freude über deine Freilassung. Es entstehen posi-
tive Emotionen, die dir zugute kommen und den Premierminister sichern werden."

Stolz ist unentschlossen, wie er reagieren soll: hämisch lachen oder
Kranzingers Geisteszustand anzweifeln? Er zerbricht sich den Kopf,

während Kranzinger wieder Platz nimmt und auf eine Antwort wartet. Je länger er nachdenkt, desto weniger abwegig kommt ihm dieser Trick vor. Eine Wahlniederlage könnte man ihm nicht mehr anlasten.

„Ludwig, du machst deinem Namen >Der Pate< alle Ehre. Du musst aber auch bedenken, dass ich kein Schauspieler bin, der eine überstandene Entführung glaubwürdig vorspielt."

Kranzinger deutet auf das Buch.

„Dieser Roman gibt dir Anregungen, was du deiner Frau und der Öffentlichkeit berichten kannst, wenn du wieder frei bist. Du wirst es in deinem Interesse lesen."

Empört erwidert Stolz: „Verstehe ich dich richtig? Florentina soll mich für tatsächlich entführt halten? Sie und die Kinder sollen nicht wissen, was mit mir passiert ist?"

„Natürlich. Zum einen kann sie so kein Geheimnis verraten, zum anderen werde ich dem Parteivorstand empfehlen, dass sie dich als tapfere Ehefrau im Wahlkampf vertritt. Eine Woche lang Florentina Stolz gegen Saskia Pontebba! Ich freue mich schon auf dieses Duell."

„Tss!"

Stolz schüttelt den Kopf und lehnt sich mit seinem Sessel weit nach hinten.

„In welchem Loch willst du mich gefangen halten?", fragt er mit bösem Blick.

„Schau dich um! Diese nette Wohnung ist ab sofort dein Zuhause. Alles hier, was man für eine Auszeit braucht. Dreimal täglich kommt Essen, ohne dass du siehst, von wem. Der Kühlschrank ist gut gefüllt. Du kannst aus einem kleinen Fenster im Bad schauen, ohne dass man dich von außen erkennen kann. Natürlich gehört zu einer richtigen Entführung, dass Fernsehen, Radio und Internet nicht zur Verfügung stehen. Dein stillgelegtes Handy nehme ich vorübergehend in Verwahrung. Schließlich wird die Polizei nach dir suchen und eine Peilung machen. Nach deiner Freilassung wirst du zurückkehren wie einer, der eine Woche lang im Tiefschlaf gelegen ist."

„Ich weiß noch immer nicht so recht, Ludwig, ob das eine gute Idee ist. Bin ich hier im Gästehaus überhaupt sicher?"

„Wie in Mariens Schoß."

„Mariens Schoß? Warum nicht Abraham?"

„Feministische Neufassung", antwortet Kranzinger mit kaltem Spott.

„Geh den Weibern nur entgegen, du gewinnst sie, auf mein Wort! Hat irgendein kluger Mann seinem Sohn hinterlassen."

„Aha. Und was ist mit frischer Kleidung?"

„Gibt es nicht, passt auch nicht zur Simulation."

„Und die einzige Abwechslung ist dieses Buch?"

„Vorläufig. Wir machen`s also so, wie ich vorgeschlagen habe?"

Stolz holt tief Luft und gibt sich geschlagen, weil er keine bessere Alternative sieht.

„Die Verantwortung liegt bei dir, Ludwig", gibt der Spitzenkandidat der Fortschrittspartei nach, dem der Wahlsieg wichtiger ist als die tagelange Ungewissheit seiner Familie.

„Ich weiß."

Nach einer Pause setzt er fort: „Wenn du das Buch gelesen hast, könnte dir eine interessante Frau Gesellschaft leisten. Vorausgesetzt, du bist einverstanden."

„Du könntest doch auch die Pontebba entführen, ich hätte nichts gegen ihre Anwesenheit", meint er scherzhaft.

„Lass dich überraschen, Harald."

Kranzinger lässt sich das abgeschaltete Handy geben, wünscht ihm eine spannende Lektüre und schließt das Versteck von außen ab.

20. September

Sein Wecker hat um 5.45 Uhr nicht geläutet. Sie erwacht mit Verspätung und greift schlaftrunken nach ihrem Mann. Sein Bett ist leer. Unberührt.

Ruckartig setzt sie sich auf. Auf ihrem Smartphone ist kein unbeantworteter Anruf verzeichnet, auch keine SMS. Sie wählt seine Handy-Nummer an. Das Gerät ist abgeschaltet.

„Què pasa?" Was ist da los, fragt sich Florentina Stolz.

In der Parteizentrale ist noch niemand erreichbar. Kein Wunder um diese Zeit. Es ist 6.25 Uhr.

Kann ich auf einen Termin außerhalb der Hauptstadt vergessen haben? Einen Wahlkampfauftritt, der eine Übernachtung dort nahelegt? Unmöglich, entscheidet sie. Ich hätte eine Nachricht von ihm bekommen, er hätte mir Bescheid gegeben.

Also ein Unfall auf der Heimfahrt? „Madre de Dios!" Aber doch nicht auf der Strecke vom Flughafen in die Stadt. Keineswegs. Das wäre zu banal.

Sie zieht hektisch ihr Nachthemd aus und wirft es auf das zur Hälfte zerwühlte Bett.

Hat er eine Affäre mit einer anderen? Wenige Tage vor der Wahl ein One-Night-Stand? Seine Position macht ihn für manche Frauen sexy, hat Tanja einmal gesagt. Ergibt einen Sinn und garantiert, dass er bald mit einer unüberprüfbaren Ausrede heimkommt. Wenn ich dahinterkomme, dass er bei einer anderen war, dann kann er was erleben. Ist kein Kindergeburtstag, wenn sich eine Kolumbianerin rächt.

Was kommt noch in Frage für letzte Nacht?

Natürlich, ein Verbrechen. Ein Politiker hat keine Freunde, sagt Harald manchmal. Er könnte getötet worden sein oder entführt. In Kolumbien nichts Außergewöhnliches, aber hier? Ich war noch in der Grundschule, als Onkel Luis Carlos verschleppt wurde. Neun Tage waren wir ohne Nachricht und mit den Nerven am Ende. Die ganze Verwandtschaft hat sich geweigert, das geforderte Lösegeld zu bezahlen, weil die Gangster keinen Beweis geliefert haben, dass der Onkel noch am Leben war. Eine Woche später verschwand ein Bürgermeister und der Onkel kam frei. Er hatte Glück, weil für das zweite Entführungsopfer sehr rasch eine Lösegeldsumme geboten wurde. Luis Carlos sprach später ungern über den Vorfall, bei dem sein Leben auf dem Spiel stand. Seiner Verwandtschaft vertraute er nicht mehr, er mied sie argwöhnisch.

Was sage ich den Kindern, fragt sich Florentina in ihrer Verzweiflung, wenn sie sich nach Papa erkundigen? Anna glaubt mit ihren fünf Jahren an die Märchen aus Büchern, aber wo nehme ich für heute Abend eine gute Geschichte mit ihrem Papa her?

„Jesus y Maria! Ich brauche jetzt eure Hilfe."

Beim Frühstück bemüht sie sich um Normalität. Was soll sie ihren Kindern schon erklären, wenn sie selbst nicht die geringste Ahnung hat, was mit ihrem Mann los ist?

„Anna, Cristiano, das Flugzeug mit eurem Papa konnte gestern nicht starten. Aber macht euch keine Sorgen, heute Abend ist er wieder daheim."

Die beiden geben sich zufrieden und stellen keine Fragen. Kinder sind dankbare Abnehmer von Notlügen, wenn der Tonfall stimmt. Für das Hausmädchen Milla, überlegt Florentina Stolz, wird es mehr brauchen, zumindest ein technisches Problem der Abendmaschine, das zu einem Flugausfall geführt hat.

Während Milla die Kleinen in den Kindergarten und die Vorschule bringt, ruft sie den Vorsitzenden der Fortschrittspartei an. Marius Haas benötigt ein paar Sekunden, bis ihm die Tragweite der Nachricht bewusst wird. Bedächtig und jedes Wort betonend schwört er Florentina auf die vorläufige Geheimhaltung ein.

„Solange es keinen Anhaltspunkt gibt, der für die Medien geeignet erscheint, bleibt Haralds Verschwinden eine Sache zwischen uns beiden. Kann ich mich auf Sie verlassen, Frau Stolz?"

Sie bejaht ohne zu zögern, ihre Stimme klingt fest und Haas gebietet ihr, als Erklärung einen schon länger geplanten Arzttermin zu verwenden. Eine Routineuntersuchung, die in keinem Zusammenhang mit den aktuellen Umfragewerten stehe. Das Wahlkampfbüro werde er umgehend informieren. Alle weiteren Schritte seien mit ihm abzustimmen.

„Unsere Devise muss jetzt Schadensbegrenzung sein, Frau Stolz. Also Kopf hoch! Sie werden sehen, es findet sich bald eine plausible Erklärung. Und eines versteht sich von selbst: keine Polizei!"

Auf dem Eichberg steht Kranzinger vor einer ähnlichen Herausforderung. Er informiert Constanze über einen Besuch, der für mehrere Tage im Gästehaus logieren werde. Seine Identität könne er nicht preisgeben, er sei zur strengsten Verschwiegenheit verpflichtet worden.

„Ich verrate dir nur so viel: Es geht um eine brisante Form der Industriespionage. Das muss genügen, Constanze."

Sie zeigt sich wenig interessiert und will gar keine Details kennen. Lapidar fügt sie hinzu: „Ist gut, Ludwig."

„Schön. Ab sofort hat niemand Zutritt zur Gästewohnung, weder du noch Luise. Die Schlüssel liegen schon in meinem Safe. Das Essen werde ich hinüberbringen. Luise soll heute ein Menü für 13.30 Uhr kochen. Wie wär`s mit Vitello tonnato, einem gebratenen Entrecote und einer Schüssel Salat?"

„Vitello tonnato haben wir nicht zu Hause. Er muss sich mit einer pikanten Pasta begnügen."

„Auch gut. Vitello tonnato dann vielleicht morgen."

Constanzes Blicke wandern jetzt unruhig zwischen ihrem Mann und der dunklen Eichentür hin und her, die in die Vorhalle führt. Die ungewohnte Situation eines anonymen Gastes irritiert sie viel weniger als das befremdende Misstrauen Ludwigs ihr gegenüber. Es wäre doch nicht notwendig, die Schlüssel im Safe zu verstecken, denkt sie verärgert. Und von Luise sollte er doch längst wissen, dass sie schweigen kann wie eine Tote.

In Domstedt, dem historischen Zentrum der Hauptstadt, beginnt um 11 Uhr ein Openair-Konzert, das unter der Patronanz der Fortschrittspartei steht. Ein international gefeierter Gitarrist und ein kleines Barockorchester spielen Werke von Antonio Vivaldi. Harald Stolz soll die Veranstaltung auf dem Brunnenplatz eröffnen, ist jedoch wegen eines unaufschiebbaren Termins verhindert, wie seine Vertreterin, eine kulturell beschlagene Abgeordnete, als Entschuldigung vorbringt. Die von vielen Politikern gefürchtete Journalistin Ilona Marton kommt auf ihrem Weg in die Redaktion der Tagespost im selben Moment auf den Platz, als die Begrüßung erfolgt. Sie wittert eine Neuigkeit und wartet, bis die Abgeordnete die Bühne verlässt. Nach mehreren inquisitorischen Fragen bedankt sich Marton bei der Politikerin und eilt in Beutestimmung in ihr Büro. Minuten später hat die Welt der Polit-News ein brandheißes Thema mehr. Mutmaßungen und aggressive Fragen zum abgesagten Auftritt und zur ärztlichen Routineuntersuchung des Spitzenkandidaten ergießen sich in der Online-Version der Zeitung sowie über Twitter und Konsorten auf die digitalisierten Leser.

Was steckt hinter dem Fernbleiben von Harald Stolz von der Konzerteröffnung?

Hat der noch unerfahrene Stolz angesichts der drohenden Wahlniederlage die Nerven weggeworfen?

Ist der Spitzenkandidat der Fortschrittspartei ernsthaft erkrankt?

Steht eine Abberufung von Stolz als Spitzenkandidat bevor?

Nach wenigen Minuten gleicht die Parteizentrale einem Schulgebäude bei einem Brandalarm. Die Mitarbeiter eilen hektisch hin und her, laute Rufe hallen über die Flure. Das Mastermind des Wahlkampfbüros versucht den Vorsitzenden der Partei zu erreichen, dessen Telefon ständig besetzt ist. Als sich die erste Aufregung gelegt hat und die gegenseitigen Kommunikationsblockaden vorüber sind, beruft Haas für 15 Uhr eine Krisensitzung des Parteivorstands ein. Außerhalb der Hauptstadt tätige Mitglieder werden über Skype zugeschaltet. Haas verlangt von allen eine Nachrichtensperre bis nach der Sitzung, was die Spekulationen der Medien weiter wuchern lässt.

Knapp nach 14 Uhr parkt ein Wagen der Fortschrittspartei in einer Seitengasse des Kaiviertels, wo die Familie Stolz im Obergeschoß einer Villa mit Blick auf den Keilsee wohnt. Haas und der junge Thomas Potyka, das Mastermind der Wahlkampagne, holen vertrauliche Informationen über den Verschwundenen ein und machen sich bei der Gelegenheit ein Bild von der psychischen Verfassung seiner Frau. Ein Verhältnis mit einer anderen oder eine Verzweiflungstat, so die Ehefrau, könne vollkommen ausgeschlossen werden.

„Je länger ich darüber nachdenke, umso mehr bleiben für mich nur zwei Möglichkeiten übrig: ein dummer Unfall, der noch nicht entdeckt wurde, oder ein Verbrechen."

„Ein Verbrechen?", reagiert Haas entsetzt. „Wer sollte Ihrem Mann schon nach dem Leben trachten?"

„Herr Haas, ich bin in Kolumbien aufgewachsen, wo es immer wieder zu Entführungen kommt."

„Aus politischen Gründen oder wegen des Lösegeldes?", fragt Potyka.

„Meistens wegen des Geldes. Sogar mein Onkel Luis, der einen Autohandel betrieben hat, wurde einmal entführt, um Geld zu erpressen."

„Ist er freigekommen, Frau Stolz?"

„Durch einen glücklichen Zufall."

Die Männer schweigen nachdenklich, bis Potyka den Faden wieder aufnimmt.

„Was würden Sie machen, wenn sich der Entführer bei Ihnen meldet, Frau Stolz?"

„Ich habe genügend Zeit, um darüber nachzudenken. Entführer melden sich nicht sofort. Sie lassen die Angehörigen zunächst tagelang zappeln, bis sie mit den Nerven am Ende sind. Bis sie sogar aufatmen, wenn ein abgeschnittener Finger als Lebenszeichen im Postfach liegt. Angst ist das Lieblingsgefühl der Entführer. Sollte Harald verschleppt worden sein, dann werde ich keine Angst zeigen. Diesen Gefallen werde ich den Gangstern nicht tun. Wer sich in Angst versetzen lässt, hat schon verloren."

Die Männer zeigen sich beeindruckt und Haas bittet die Frau, sich für den Rest des Tages zur Verfügung zu halten.

Die zwölf Mitglieder des Parteivorstands kommen rasch zu einem Ergebnis, das ganz der Linie Potykas und seiner Strategen entspricht. Da sich keine Nebelgranate anbietet, um das Verschwinden des Spitzenkandidaten zu vertuschen, und kein Erfolg versprechendes Ablenkmanöver bei der Hand ist, wird beschlossen, offen über die kritische Situation zu kommunizieren.

Harald Stolz wird bei der Polizeibehörde als vermisst gemeldet und seiner in der Parteizentrale erschienenen Frau der einstimmige Wunsch mitgeteilt, sie möge während der bedauerlichen Abwesenheit ihres Mannes ihn im Wahlkampf vertreten. Haas nennt ihr die beiden Gründe für diese Personalentscheidung: Sie besitze hinreichend mentale Stärke und das einhellige Vertrauen der Partei, auch wenn sie als Quereinsteigerin unvorbereitet zu dieser Rolle komme. Er erwähnt ihr gegenüber weder den erhofften Mitleidsbonus bei den Wählern noch denselben Familiennamen, der in der Bevölkerung bereits bekannt ist. Ebenso verschweigt er, dass die Partei eine fotogene und junge Frau ins schon verloren geglaubte Rennen gegen Saskia Pontebba schicken wolle.

Hinter verschlossenen Türen hat Potyka bereits zum Angriff auf die führende Frauenpartei motiviert: „Wir holen uns jetzt die Wähler zurück, denen das Aussehen der Pontebba den Verstand beschattet."

Florentina Stolz trägt, nachdem sie Haas offiziell um die Übernahme im Sinne ihres Mannes gebeten hat, einen Kampf mit sich selbst aus. Sie wartet mit ihrer Antwort und bittet um eine Stunde Bedenkzeit. Ohne Begleitung verlässt sie die Zentrale der Fortschrittspartei in Domstedt. Sie geht durch die Fußgeherzone und steht in wenigen Minuten am Seeufer, wo viele Frauen mit ihren Kindern unterwegs sind. Menschen, die sie gewinnen könnte, überlegt sie, wahrscheinlich leichter als die von den Magazinen gepushte Single-Frau mit dem geschenkten Power-Image. Auf den Plakaten wirkt sie wie eine austauschbare Werbefigur für eine Kosmetikserie, diese Pontebba. Das Staatmännische fehlt ihr komplett, wahrscheinlich lässt sie diese Männervokabel gar nicht über die roten Lippen. Wie hätte Tante Maruja zu diesen Fotos auf den Plakaten gesagt? „Hinter jedem Lächeln lauert ein Gebiss." Wer weiß, was die Frauenpartei wirklich vorhat, wenn sie an der Macht ist?

Als die Brise vom Keilsee her kräftiger wird und das Wasser aufraut, geht Florentina auf einen Landungssteg hinaus. Die kühle Luft dringt durch ihre Kleider, der Wind nimmt sich die dunklen Haare. Was ist zu tun, fragt sie sich, wenn Harald wirklich entführt ist? Wenn sich der Verdacht bestätigt, weil sich die Gangster melden. Wenn die grässlichen Geister meiner alten Heimat auch hier ihr brutales Spiel treiben? Die Antwort kann nur Widerstand sein. Widerstand mit Leidenschaft.

Vom Ufer aus verständigt sie Haas von ihrer Zusage und ersucht Milla, ab sofort in der Villa zu schlafen, die Kinder rund um die Uhr zu betreuen und keine Unbekannten in ihre Nähe zu lassen. Sie werde sich um einen Personenschutz bemühen. Aus den Nachrichten könne sie bald die näheren Einzelheiten für die außergewöhnliche Situation erfahren.

Für 19 Uhr wird eine Pressekonferenz angesetzt. Als Veranstaltungsort wünscht Frau Stolz die Bühne auf dem Brunnenplatz. Bis dorthin steht ein Briefinggespräch mit Haas und Potyka auf dem Programm, anschließend ein Besuch bei ihrer Kosmetikerin. Für Blicke auf ihr Smartphone, ob ihr Mann sich gemeldet habe, bleibt kaum mehr Zeit.

Als nach den Begrüßungsworten des Vorsitzenden Marius Haas Frau Stolz ans Rednerpult tritt, geht ein Raunen durch die Reihen der Zeitungs- und Fernsehjournalisten.

„Sehr verehrte Damen und Herren!

Auf dieser Bühne hätte mein Mann Harald Stolz heute Vormittag eine Konzertveranstaltung eröffnen sollen. Heute Abend kann ich Ihnen mitteilen, warum er daran gehindert wurde.

Die mit den Ermittlungen befasste Polizei nimmt an, dass er Opfer einer Entführung wurde. Bis mein geliebter Mann wieder unter uns weilt, werde ich ihn vertreten – so lautet der einhellige Wunsch des Parteivorstands. Wie manche von Ihnen wissen, stamme ich aus Kolumbien, wo es immer wieder zu Entführungen kommt. Der Umgang mit einer solchen Ausnahmesituation ist für mich nichts Neues, zumal auch ein Verwandter in meiner Jugendzeit einmal verschleppt wurde. Sie können deshalb sicher sein, dass mich die Entführung meines Mannes in meiner politischen Tätigkeit nicht behindern wird.

Die von der Fortschrittspartei seit langem angestrebte Gleichstellung der Frauen mit den Männern gehört selbstverständlich zu meinen wichtigsten Themen – gerade in diesen Zeiten, in denen eine neue Partei hier als Trittbrettfahrerin unterwegs ist. Gleicher Lohn für Frau und Mann in allen Berufen in unserem Land – nicht mehr und nicht weniger verlangt der politische Anstand von einer neuen Regierung.

Nur die Fortschrittspartei garantiert einen bescheidenen Wohlstand für alle durch ein permanentes Wirtschaftswachstum, das in den letzten Jahren auch erreicht wurde. Die Fortsetzung des eingeschlagenen Weges verhindert, dass der Staat neue Schulden machen muss.

Die künftige Regierung soll ein zahlenmäßiges Abbild unserer Gesellschaft darstellen. Damit meine ich eine 50:50-Aufteilung der Ministerämter. Gleich viele Frauen wie Männer werden dieser Regierung angehören, gibt es doch genauso viele fähige Frauen wie Männer in unserem Land.

Für das Erreichen dieser Ziele kämpfe ich ab heute gemeinsam mit einem erfahrenen Team.

Mit einer Leidenschaft, die alle Frauen und Mütter dieses Landes auszeichnet."

Während des letzten Satzes schickt Milla den kleinen Cristiano und seine Schwester Anna zu ihrer Mutter auf die Bühne. Frau Stolz nimmt die beiden an der Hand und verlässt mit ihnen unter Blitzlichtgewitter und vor mehreren Fernsehkameras die Bühne.

Haas und Potyka nicken einander zu und strecken den Daumen in die Höhe.

Im kaum überschaubaren Stadtteil Egenz, wo slumähnliche Zustände herrschen, leben Langzeitarbeitslose und Zuwanderer ohne regelmäßigen Job. Tagsüber durchquert nur in Ausnahmefällen eine Polizeistreife das Ghetto der Armen und Outlaws, in der Regel tauchen zwei bereits beschädigte Polizeiautos hintereinander auf dem Umschlagplatz für Rauschgift, Waffen und Hehlerwaren auf. Ortsfremde, die sich in die Egenz verirren, bleiben ohne Orientierungshilfe, weil die Straßentafeln abmontiert sind und nicht mehr angebracht werden. Warntafeln mit dem Hinweis, das Betreten des Stadtteils Egenz geschehe auf eigene Gefahr, reduzieren die Verantwortung der Stadtpolitiker für das totgeschwiegene „Lost Quarter", in dem sich nur selten Tötungsdelikte ereignen, weil die Bewohner ein ausgeprägtes Solidaritätsgefühl besitzen.

Abgebrannte Gebäude bleiben als Ruinen stehen. Kein Investor ist bereit, in diesem Viertel ohne Hoffnung sein Geld zu verbrennen. Bei

Dunkelheit sind keine Fußgeher unterwegs, nur noch Ratten, streunende Hunde und Katzen, die um den Müll kämpfen.

Als die Nachricht von der Entführung auf den gestohlenen Kommunikationsgeräten der Bewohner aufscheint, eilen viele auf die verlassenen Straßen und brechen in Jubelstimmung aus. Sie skandieren Sätze wie „Haut den Reichen auf den Rüssel!" und „Wir Autonomen scheißen auf euren Wohlstand und pissen auf den Anstand". Die Polizei beobachtet aus dem Hubschrauber die brodelnde Menge und verzichtet auf ein Eingreifen, weil keine gewaltsamen Zusammenstöße zu sehen sind.

Bei der letzten Wahl wurde zum ersten Mal mit brachialer Gewalt gegen die Demokratie und ihre vielgepriesenen Errungenschaften rebelliert. Kleine Trupps mit schwarz gefärbten Gesichtern und Schlagstöcken drangen in die paar Wahllokale ein und vertrieben die Kommissionen, die im Wahlkreis Egenz die Stimmenabgabe leiten sollten. Anschließend türmten sie die Wählerverzeichnisse und die Stimmzettel aufeinander, gossen Spiritus darüber und zündeten die Dokumente an.

Das Entsetzen über die Ausschreitungen war genauso groß wie die spätere Ratlosigkeit der Politiker, mit welchen Maßnahmen die kommende Wahl im aufständischen Stadtteil gesichert werden könne. Ein realitätsnaiver und als penibel bekannter Verfassungsjurist warnte davor, in der Egenz keine Wahllokale einzurichten, als die nominierten Kommissionen unisono ankündigten, sie würden sich am Tag vor der Wahl in den Krankenstand begeben, bevor sie ihr Leben für die Stimmenabgabe von Gewaltbereiten aufs Spiel setzen. Als die Journalistin Ilona Marton den Juristen öffentlich aufforderte, die anarchieähnlichen Zustände in der Egenz einem Augenschein zu unterziehen, erklärte sich der Ahnungslose dazu bereit. Er parkte sein Auto in einer namenlosen Straße und trat an die Passanten heran. Seine Fragen nach einer Wahlteilnahme wurden von niemandem beantwortet. Für die Menschen war der Fremde in seinem dunklen Anzug und mit einer tadellos gebundenen Krawatte ein Eindringling, dem sie kaum Beachtung schenkten. Er solle sich vom Acker machen, war noch das Freundlichste, was er zu hören bekam. Als er nach einer knappen Stunde unverrichteter Dinge und resignierend zu seinem Auto zurückfand, fehlte den Reifen die Luft. Kein einziges Taxiunternehmen, das er anrief, schickte ihm einen Wagen, um ihn aus der unbekannten Straße zu holen. Die innerstädtischen Verkehrsunternehmen meiden das ganze Viertel wie ein Minenfeld, seit ein Vandalentrupp auf die Erhöhung der Fahrpreise mit der Abfackelung eines Linienbusses reagiert hat. Ihm blieb nur mehr ein mühevoller Fußmarsch, den er wie ein Flüchtling hinter sich brachte. Er kochte vor Wut und jagte außer Atem wegeilend einer Idee nach, wie er einen militärischen Stoßtrupp mobilisieren könne, der seine kostbare Karosse aus der Gefahrenzone birgt. „Perlen vor die Säue" lautete sein spontaner Kommentar bei der Rückkehr nach Domstedt. Es müsse ganz offen einmal darüber diskutiert werden, fügte der Jurist hinzu, ob wirklich alle Staatsbürger reif genug seien, an einer Wahl teilzunehmen. Das Wahlrecht sei schließlich kein Geschenk des Himmels, sondern setze die Identifikation mit dem Staatswesen voraus. Der Pöbel solle sich darauf beschränken, seine Kreuze beim Spiel Tic-Tac-Toe zu kritzeln.

Wo rohe Kräfte sinnlos walten, kann sich kein Gemeinschaftssinn entfalten.

Mit dieser entliehenen Sentenz schloss Ilona Marton ihren damaligen Kommentar in der Tagespost.

Die Abendschau auf HD1 widmet den ersten Block der neuen Situation im Wahlkampf und sendet einen längeren Ausschnitt aus der Pressekonferenz auf dem Steinfelder Brunnenplatz. Florentina Stolz wird von interviewten Augenzeugen als Fels in der Brandung charakterisiert. Zum Stand der Ermittlungen verliest die Moderatorin die stereotypen Sätze aus der Polizeidirektion, denen zufolge die Polizeiarbeit erst am Anfang stehe. Aus ermittlungstaktischen Gründen könnten keine näheren Angaben gemacht werden.

In ihrem Statement bedauert Saskia Pontebba die Entführung und wünscht der Familie Stolz, dass der Spitzenkandidat der Fortschrittspartei bald unversehrt freigelassen wird. Politische Beobachter werten diesen Wunsch nicht als bloße Höflichkeitsfloskel, denn Harald Stolz sei für die Frauenpartei ein angenehmerer Gegner als seine Ehefrau, die im wahren Wortsinn ein unbeschriebenes Blatt in der Politszene sei. Und eine standfeste Frau obendrein.

21. September

Alles sollen sie nicht über ihn erfahren, nimmt er sich wieder einmal vor.

Als er vorgestern zu seinem am Gautschplatz abgestellten Wagen kam, wurde ein zerknülltes Wahlplakat von seinem Vorderreifen eingeklemmt. Eine mächtige Sturmbö musste es von einer Litfasssäule abgerissen haben. Harald Stolz lag ohne Kinn und ohne Hals einem Geköpften gleich auf den nassen Pflastersteinen. Kaum jemand hätte dem Fetzen Papier seine Aufmerksamkeit geschenkt. Warum ist das Plakat ausgerechnet an seinem Auto hängen geblieben, fragte er sich, bevor er die Parklücke verließ. Links und rechts davon standen Dutzende Wagen, an seinem hatte sich das Papier verfangen. Ein Zufall ohne jede Bedeutung, überlegte er am Morgen des 19. September angestrengt, als er ins Büro fuhr. Oder ist es eines dieser Vorzeichen, die ihn von Zeit zu Zeit treffen. Wieder ein Omen aus einer Serie, die vor fünf Jahren begonnen hat.

Dann also kein Zufall.

Damals schnitt er sich bei der morgendlichen Nassrasur am Hals. Sein Blut tropfte ins Waschbecken und bildete einen rötlichen Faden. Am Nachmittag wurde in einem Parkhaus eine männliche Leiche gefunden. Die grässlichen Stichwunden am Hals hatten ein widerliches Blutbad angerichtet. Die Leute aus seiner Abteilung schauten einander zögernd an. Die Erklärung des Gerichtsmediziners, in jedem Menschen befänden sich rund 97.000 Kilometer Blutgefäße, wirkte alles andere als motivierend. Es komme selten vor, dass von einem Toten das ganze Blut austrete. Da müsse der Täter schon nachgeholfen haben. Mit Kenntnissen eines Schlachters ließe sich das ganz gut machen. Keiner wollte als Erster in den Blutsee treten, um nach verwertbaren Spuren am Toten zu suchen. Also musste der Chef in die rote Sauce steigen. Wo kämen wir denn hin, schoss ihm durch den Kopf, wenn der Leiter der Kriminalabteilung vor einem erkalteten Lebenssaft zurückschreckt? Es hörte sich nicht anders an, als wenn man in eine Wasserlache tritt. Nur die Farbe und die Herkunft der Flüssigkeit machten den grässlichen Unterschied aus.

So begann diese Serie. Mit einem Mord aus Geldgier.
Dass er von Omen verfolgt wird, muss sein Geheimnis bleiben. Alles
sollen sie nicht über ihn wissen. Auf keinen Fall. Könnte doch der
Nächstbeste diese Sache aufbauschen: Kriminalkommissar Julius Nidda hat das Zweite Gesicht. Mit einem solchen Fehlschluss käme seine
unzweifelhafte Professionalität unter die Räder wie dieses zerrissene
Plakat. Und zu guter Letzt posaunt ein anderer herum: Der Nidda hört
das Gras wachsen, sogar im tiefsten Winter, wenn Schnee liegt. Niemand hätte etwas von diesem törichten Gerede. Also wird niemand
von den Omen erfahren. Privatsphäre und aus, Amen.
Keines dieser Vorzeichen hätte ein Verbrechen verhindern können.
Bisher. Er ist immer zu spät gekommen. Der Fluch seines Berufes. Welches Gewaltverbrechen kann die Polizei schon verhindern? Wir sind
immer die Zweiten, sagt sich Nidda ohne Illusion zum hundertsten
Mal.
Am Morgen wird auf Anordnung des Innenministeriums eine Sonderkommission eingerichtet, die sich dem Verschwinden von Harald Stolz
widmet. Zwei Polizisten rekonstruieren seinen 19. September und
erstellen ein Bewegungsprofil des Spitzenkandidaten der Fortschrittspartei. Ein Techniker installiert in seiner Wohnung ein Gerät, das sämtliche Telefongespräche aufzeichnet, auch die ausgehenden. Nidda
instruiert Florentina Stolz und das Hausmädchen Milla, wie sie den
Entführer hinhalten können, wenn er sich telefonisch melden sollte.
Zum Schutz der Bewohner bleibt ein Polizist in der Villa, was die Kinder
noch mehr ängstigt und ihre Fragen nach dem Vater vermehrt. Als der
Kommissar der gefassten Frau zum Abschied die Hand reicht, ist das
zerstörte Plakat wieder da. Er hofft, dass sich das Bild in seinem Kopf
nicht verwirklicht. Beim Verlassen der Villa schwillt das Summen in
seinen Ohren an, als er auf eine Traube von Journalisten zugehen
muss, die auf der Straße auf ihn warten. Sie stellen sich Nidda in den
Weg und bestürmen ihn mit einem unverständlichen Fragengewirr.
Ihre Stimmen in den unterschiedlichsten Tonlagen legen sich über das
Summen, das ihn seit zehn Monaten heimsucht. In routinierter Weise
hebt er seine rechte Hand zum Zeichen, damit Ruhe einkehre. Mit
sicherer Stimme wendet er sich an die Vertreter der Medien.

„Sie haben das Recht auf Informationen durch die Polizei und Sie werden auch welche bekommen, soweit es die Ermittlungen erlauben. Im Augenblick haben wir keinen gesicherten Hinweis auf eine Entführung von Herrn Stolz, sodass wir auch anderen Ursachen für sein Verschwinden nachgehen müssen. Wir haben seinen Tagesablauf des 19. September rekonstruieren können und herausgefunden, dass sich seine Spur am Abend verliert. Zeugenbefragungen dazu laufen im Moment. Mehr Angaben bekommen Sie aus taktischen Gründen nicht, weshalb weitere Fragen überflüssig sind. Vielen Dank für Ihr Verständnis."

Nidda bahnt sich seinen Weg durch die enttäuscht murrenden Presseleute und geht ans nahegelegene Ufer des Keilsees. Sein einziger Begleiter ist sein Tinnitus der Stufe 2. Er hat kein Auge für den Collie, der einen pinkfarbenen Tennisball apportiert, und keines für das junge Paar, das wild gestikulierend einen Streit austrägt und sich bald wieder versöhnt. Die behagliche Temperatur des Spätsommertages spürt er nicht. Seine Gedanken sind einem verschwundenen Politiker ausgeliefert. Einem, der zum Premierminister gewählt werden möchte. Sollte er noch am Leben sein.

Stolz ist vorgestern nicht nach Hause gekommen. Ist eine Tatsache. Die einzige, welche die Polizei von Steinfeld in diesem Fall hat, sieht man davon ab, dass sein Handy am Abend zum letzten Mal im Bereich Eichberg im Netz war. Nidda kaut auf seinen Überlegungen herum und hofft auf eine Eingebung, welcher Ermittlungsweg als Erster eingeschlagen werden soll. Macht die Mordtheorie irgendeinen Sinn? Oder ist es ein Unfall, der noch nicht entdeckt wurde? Stolz wäre nicht der Erste, der tagelang tot im See treibt, wenn ihn kein Fischer entdeckt. Wer kann schon ausschließen, dass seine Leiche ins Wasser geworfen wurde? Wir haben nur Mutmaßungen, ganz besonders diese vage Idee einer Entführung. Haben wir dieser rassigen Kolumbianerin zu verdanken, die ihr Trauma von daheim mitgenommen hat. Ganz inoffiziell, denkt sich Nidda spöttisch, muss die Frage erlaubt sein, wer einen unserer Politiker entführt. Noch dazu einen, der die Wahl kaum mehr gewinnen wird. Nicht einmal, wenn er seine Stimme bekommen sollte. Warum soll gerade dieser Stolz gekidnappt worden sein? Jeder Schauspieler einer beliebten Fernsehserie bringt mehr Lösegeld als Stolz. Wenn die Entführer ihn im Dunkeln mit einem TV-Star verwechselt haben, hat er unglaubliches Pech gehabt. Wie die Entführer auch. Dann waren alle zur falschen Zeit am falschen Ort. Eine köstliche Vorstellung, amüsiert sich Nidda und fährt über seinen Drei-Tage-Bart. Sollte das Plakat ein ernst zu nehmendes Omen sein, dann könnte es sich um Mord handeln. Also müssen die Ermittler in das ganze Umfeld von Stolz hineinstechen.

Der Gedanke an einen Polit-Mord dreht seinen Tinnitus noch mehr auf. Kein Summen mehr in seinem Kopf, eher ein Rauschen wie das eines Wasserfalls. Zweiter Grad, wie die Ärzte zu seiner Beruhigung sagen. Die Stufen 3 und 4 sind zurzeit ausgeschlossen, aller Voraussicht nach. Für wie lange? Wenn Sie einmal im Ruhestand sind, legt sich das Geräusch wahrscheinlich wieder. Vielleicht oder möglicherweise oder unter Umständen. Den langjährigen statistischen Zahlen entsprechend liegt die Heilungschance bei annähernd X Prozent oder so ähnlich lauten ihre Aussagen. Die Ärzte haben einen großen Wortschatz für die Zukunft. Bis dorthin meldet sich der lärmende Ohrwurm bei jeder größeren Stresssituation. Zum Verrücktwerden, wenn es wie jetzt am Keilsee angenehm ruhig ist, aber das Ohr ohne Unterlass Geräusche macht. Wenn man zum Einschlafen eine Tablette schlucken muss, regelmäßig von einem Glas Merlot begleitet. Wenn man die Stille nicht mehr hören kann. Dass der Mensch seinem Körper ausgeliefert ist, kann nur ein Fehler der Schöpfung sein.

Während Nidda geistesabwesend auf das unbewegte Wasser schaut, ertönt Beethovens fünfte Sinfonie. Die markant pochenden Töne des Schicksals kündigen seine Assistentin Karen Wintrich an, seine engagierteste Mitarbeiterin, auf die er sich zu 98 Prozent verlassen kann. 100 Prozent gibt er nicht einmal sich selbst, schließlich ist das Ich keine Konstante. Ihr Anruf informiert ihn über die Auswertung der Koordinaten des Mobiltelefons, das Stolz am Tag seines Verschwindens im Netz verwendet hat.

„Eine delikate Sache, Julius! Der letzte feststellbare Aufenthaltsort seines Geräts liegt im Bereich des Wohnsitzes von Ludwig Kranzinger."

„Don K!"

„Genau. So bezeichnet ihn Das Schnelle Blatt regelmäßig, wenn es News aus seinem Firmenimperium gibt."

„Okay. Ich fahre anschließend auf den Eichberg zur Einvernahme. Ohnedies höchste Zeit, dass ich den Fürsten persönlich kennen lerne. Danke, Karen!"

„Warte, noch etwas wurde herausgefunden: Zwischen seinem Telefon und Kranzingers Handy gab es am 19. September mehrere Gespräche. Nur für den Fall, dass Don K eine andere Auskunft gibt."

Mit frischem Elan verlässt Nidda das Ufer. Sein Tinnitus ist schwächer geworden. Gute Nachrichten sind besser als die beste Medizin.

Eine halbe Stunde später stellt er seinen Wagen auf einem Waldweg ab. Er spaziert am Zaun entlang, hinter dem der Wohnsitz von Kranzinger durch hohe Hecken und Büsche uneinsehbar versteckt ist. Nidda will die Mentalität der Bewohner an Ort und Stelle kennen lernen. Soweit es ihm gelingt. Soweit sie ihn heranlassen. Wie ticken Milliardäre im Unterfutter, die wie frühere Herrscher leben. Sie gehen auf Distanz und leben fast im Verborgenen. Dennoch üben sie eine Anziehungskraft auf viele Menschen aus, vor denen sie Schutz suchen. Ist das der Preis der Macht, fragt er sich. Wenn solche Leute eine tief sitzende Angst kennen, dann kann man sie auch verunsichern. Vorausgesetzt, man stellt die richtigen Fragen. Richtig unangenehme.

Nach dem Läuten am Einfahrtstor hält er seinen Dienstausweis vor die Kamera, bis ein Summen ertönt. Mit zügigen Schritten geht er auf das feudale Gebäude zu, wo Don K ihn erwartet. Einem Monolithen ähnlich steht der Hausherr schweigend auf der Schwelle, zu der eine breite Treppe mit üppigem Blumenschmuck an den Seiten hinaufführt. Nidda verlangsamt seinen Schritt. Einem eventuell lauernden Vorzeichen will er keine Chance geben. Er hütet sich vor dem Stolpern auf der Treppe. Vor dem Don will er auf keinen Fall auf die Knie gehen.

„Herr Kranzinger, es freut mich, dass ich Sie zu Hause antreffe. Mein Name ist Julius Nidda, ich leite die Sonderkommission Harald Stolz."

„Ich begrüße Sie. Folgen Sie mir in den Salon!"

Augenblicke später sitzen die beiden in geräumigen Ledersesseln einander gegenüber wie zwei Politiker im Kalten Krieg. Kranzinger streicht mehrmals über seine fortgeschrittene Glatze, gibt sich freundlich und zeigt sich wenig besorgt um das Leben von Harald Stolz.

„Sie glauben demnach, dass Herr Stolz noch am Leben ist? Habe ich Sie da richtig verstanden?", fragt der Kommissar nach.

„Ganz recht. Wenn ich kein Optimist wäre, hätte ich es nicht so weit gebracht. Ich stamme, wie Sie vielleicht schon einmal gehört oder gelesen haben, aus sehr bescheidenen Verhältnissen."

„Ich verstehe. Unsere Ermittlungen stehen erst am Anfang, wie Sie sich denken können. Wir suchen intensiv nach Spuren, denen wir nachgehen werden, um mehr und mehr Licht in den Fall zu bringen."

Nidda lässt sein Gegenüber nicht aus den Augen. Seine unausweichlichen Blicke haften auf Kranzinger, der konzentriert zuhört und sich keine Verunsicherung anmerken lässt.

„Herr Kranzinger, meine erste Routinefrage lautet: Wer wohnt hier außer Ihnen?"

„Meine Frau Constanze. Unsere Haushälterin Luise ist nur tagsüber hier. Nach Arbeitsschluss fährt sie zu ihrer kleinen Stadtwohnung."

„Aus den Koordinaten des Mobiltelefons, das auf Harald Stolz angemeldet ist, lässt sich erkennen, dass sein Gerät auf Ihrem Grundstück am 19. September eingeschaltet war. War der Verschwundene an diesem Abend bei Ihnen?"

„Das kann ich bestätigen. Wir haben uns zu einem kurzen vertraulichen Gespräch getroffen. Angaben zu seinem Handy kann ich Ihnen nicht machen. Ich bin mir nicht einmal sicher, ob er es dabei hatte."

Während des letzten Satzes hören sie ein unterdrücktes Husten, das aus einem Nebenzimmer stammt. Eine der beiden Frauen, vermutet der Kommissar, hört mit. Sie will etwas erfahren, was ihr gar nicht zusteht. Den Blicken Kranzingers ist zu entnehmen, dass dieses Geräusch hinter der Tür mit ihrem Gespräch zu tun haben muss. Er überlegt blitzartig die Verlegung von Stolz in den ABC-Schutzraum, die Gästewohnung hält er plötzlich nicht mehr für sicher.

„Wissen Sie noch, wann Ihr Gespräch ungefähr beendet war?"

„Es dürfte etwa 20 Uhr gewesen sein."

„Anschließend hat Sie Herr Stolz wieder verlassen?"

„Das ist nicht ganz korrekt. Ich habe ihn mit meinem Wagen in die Stadt zurückgebracht. Er ist in der Nähe seiner Wohnung ausgestiegen."

„Wissen Sie, was er an diesem Abend noch vorhatte? Einen Wahlkampfauftritt etwa?"

„Ich kann Ihnen dazu keine Angaben machen, weil er sich diesbezüglich nicht geäußert hat. Der Wahlkampfleiter wird Ihnen sicher mehr
sagen können."

„Wie spät war es, als Sie ihn abgesetzt haben?"

„Etwa 20.30 Uhr. Vielleicht auch schon 21 Uhr."

„Hat er sich irgendwie außergewöhnlich verhalten? Hat er nervös oder
niedergeschlagen auf Sie gewirkt? Wir dürfen vorderhand auch seinen
Selbstmord nicht ganz ausschließen."

Kranzinger reagiert mit heftigem Kopfschütteln, als er von dieser Möglichkeit hört.

„Mir ist nicht aufgefallen, dass er niedergeschlagen gewesen wäre.
Aber Sie müssen wissen, ich kenne ihn nicht so genau. Oder können
Sie in einen Menschen hineinschauen?"

„Natürlich nicht. Was haben Sie anschließend gemacht?"

„Nach Hause gefahren."

„Womit sich der Kreis schließt."

Julius Nidda erhebt sich und bedankt sich für die Auskünfte.

Beim Weggehen fallen ihm zwei geparkte Autos auf, deren Kennzeichen er notiert. Vom Büro erfährt er, dass die Wagen auf Constanze
Kranzinger und Luise Kurasa angemeldet sind.

Als er bei seinem Auto am Waldweg ankommt, weiß er, worauf er
vergessen hat.

Er freut sich sogar darüber. Durch den Zufall ist er plötzlich guter Laune. Simple Zermürbungstaktik, eine knappe Viertelstunde später wieder aufzukreuzen. Grundwissen aus der Verhörmethodik, amüsiert er
sich, als er den Polizeiausweis zum zweiten Mal in die Kamera hält.

„Verzeihung, Herr Kranzinger, wenn ich Ihnen lästig falle. Aber beim
Weggehen sind noch Fragen aufgetaucht, deshalb habe ich wieder
umgedreht. Ist doch angenehmer für Sie, als wenn ich am späten
Abend läuten würde."

Kranzingers Gesicht zeigt eine mühsam unterdrückte Verärgerung.

Wie ein großgewachsener Türsteher eines billigen Nachtclubs bleibt er mit verschränkten Armen auf der Schwelle stehen. Nidda wird nicht zum Eintreten aufgefordert, sondern Don K herrscht ihn an.

„Herr Nidda, bitte, fassen Sie sich kurz!"

„Selbstverständlich. Also, wo beginne ich am besten? Ah ja! Wie ist der Verschwundene vorgestern zu Ihnen auf den Eichberg gekommen?"

„Mit meinem Wagen."

„Wer ist am Steuer gesessen?"

„Ich selbst. Der Chauffeur hatte schon frei."

„Wie heißt dieser Chauffeur?"

„Dragan Lubic."

„Mit welchem Wagen waren Sie unterwegs?"

„Mit einem grünen Bentley. Ist mein Auto für offizielle Fahrten."

„Sie haben also auch eines für inoffizielle Anlässe?"

„Wenn Sie so wollen. Es ist der Wagen meiner Frau."

„Wo ist Stolz eingestiegen?"

„Ich habe ihn am Flughafen Dornen abgeholt."

„Interessant. Wissen Sie, mit welchem Flug er gekommen ist?"

„Nein."

„Wo steht der Bentley jetzt?"

„Mein Chauffeur ist zu einer Waschanlage gefahren. Er müsste bald zurück sein."

„Danke. Das war alles für heute. Ich warte auf Ihren Chauffeur an der Einfahrt. Könnte sein, dass ich eine belanglose Frage an ihn habe. Bloß eine unbedeutende Formalität. Sie kennen das wahrscheinlich von Kriminalfilmen. Beim Weggehen tauchen im Kopf des Kommissars meist harmlose Fragen auf und schon sind die Ermittlungen ein Stück weiter. Also nichts für ungut und Auf Wiedersehen, Herr Kranzinger."

Don K schließt lautstark die Haustüre, weil er es eilig hat, was Nidda keineswegs entgangen ist. Kranzinger ruft Dragan an und trägt ihm auf, die Sache mit dem Land Rover zu vergessen. Er sei mit dem Bentley vorgestern unterwegs gewesen. Der Land Rover sei gar nicht fahrbereit gewesen. Das sei äußerst wichtig, schärft er ihm ein.

Der Kommissar wartet auf den Chauffeur vor der Einfahrt nur kurz, dann verlässt er den Eichberg. Sein Büro meldet ihm die Wohnadresse von Dragan Lubic, wo er eine ungepflegte Frau antrifft, die ihm Achsel zuckend den zweiten Wohnort ihres Mannes nennt.

Im Lokal „Splitter" ist am späten Nachmittag an der Theke einiges los, was Nidda in diesem Ausmaß nicht erwartet hat. Während er auf seinen Kaffee wartet, schweift sein Blick von den ausschließlich männlichen Gästen zwischendurch immer wieder zu den kleinen Tischen in seiner Nähe. Unter jeder Glasplatte räkelt sich eine Nackte. Auf jedem Tisch ein anderes Aktfoto, jedes für Männer geschossen, jedes an der Grenze zur Pornographie. Nur die beiden Fotos mit Motiven aus der Hafenstadt Split oberhalb der Flaschenregale sind jugendfrei. Ein verrauchtes Macholokal wie aus einem einschlägigen Reiseführer, urteilt Nidda und fragt sich, welcher der slawisch aussehenden Gäste Dragan Lubic sein könnte. Auf einem Sessel liegt Das Schnelle Blatt, die auflagenstärkste Zeitung des Landes. Er holt sich die Ausgabe des Morgens. Auf der Titelseite hält Florentina Stolz ihre Kinder an der Hand. Das riesige Foto stammt von ihrem Auftritt auf dem Brunnenplatz. Die Schlagzeilen verleihen dem Bild erst die entsprechende Brisanz.

SCHOCK FÜR DIE NATION – WAS WIRD AUS DEN WAHLEN?
HOLT SEINE FRAU DEN SIEG IN LETZTER MINUTE?

Wann hat es zuletzt eine solche Titelseite gegeben, überlegt der Kommissar. Er vermutet, es war der 12. September 2001. Nidda trinkt den Kaffee aus und lässt sich vom Wirt den gesuchten Mann zeigen. Lubic zieht es vor, die Fragen des Kommissars vor dem Lokal zu beantworten, und Nidda kommt seinem Wunsch nach. Schließlich liegt gegen den Mann kein Verdacht vor.

Als Lubic aus Niddas Anfangsfragen einen Zusammenhang mit dem Verschwinden von Harald Stolz ahnt, reagiert er mit heiserem Gelächter.

„Sie vergeuden bei mir Ihre Zeit, Herr Kommissar. Merken Sie sich eines: Der 19. September war ein Tag wie jeder andere. Am Vormittag habe ich den Boss mit dem Bentley vom Eichberg zu seinem Büro im Alloro-Turm gebracht. Unterwegs hat er mich nach dem Krawattenmörder gefragt – damit Sie`s richtig verstehen: Er wollte wissen, ob ihn die Polizei endlich geschnappt hat. Schon überfällig – oder nicht? Am

Nachmittag hatte ich frei. Kranzinger hat den Bentley für irgendeine Fahrt gebraucht. Keine Ahnung, wohin."

„War dann ein urgemütlicher Tag für Sie, Herr Lubic."

„Schon. Ist aber die Ausnahme."

„Dann ist heute wieder ein Ausnahmetag. Ihr Boss vermutet Sie mit dem Bentley in einem Waschsalon für Luxuskarossen, in Wirklichkeit finde ich Sie in Ihrem Stammlokal. Geht mich nichts an, ob Sie Ihren Chef anschwindeln. Geht mich überhaupt nichts an, das weiß ich natürlich. Vergessen werde ich die Sache aber auch nicht, klar? Jetzt sagen Sie mir: Besitzt Herr Kranzinger noch andere Autos?"

Die Miene des Chauffeurs hat sich inzwischen verfinstert. Er kratzt sich am Hinterkopf und schaut angewidert auf Niddas staubige Schuhe hinunter. Er fühlt sich auf die Zehen getreten und würde ihn am liebsten stehen lassen wie ein leeres Glas.

„Seine Frau fährt einen Porsche und in der Garage steht ein uralter Land Rover. Mit dem bin noch nie gefahren. Ich vermute, ein Fall für den Schrotthändler, nicht einmal ein Oldie."

„Wissen Sie, wann Kranzinger zuletzt damit gefahren ist?"

Lubic macht sich lautstark über die Frage lustig und schaut dem Kommissar staunend ins Gesicht.

„Tss! Also sowas! Sie meinen doch nicht, ich führe ein Fahrtenbuch für meinen Chef? Der Land Rover ist eine bessere Schrottkiste. Mehr kann ich dazu nicht sagen."

„Ich verstehe."

Nidda neigt seinen Kopf zur Seite und schweigt eine Weile, ohne seinen Blick von Lubic zu lösen.

„Was für ein Mensch ist Ihr Boss eigentlich?"

„Schwer in Ordnung. Er redet nicht viel mit mir, aber ich kann mich auf sein Wort verlassen. Er hat einmal auf einer langen Fahrt erzählt, sein Vater hatte in einer Vorstadt ein kleines Geschäft. Obst und Gemüse, wenn ich mich nicht irre. Deshalb spürt man: Er weiß, wie einfache Leute denken und worauf es Ihnen ankommt."

„Solche wie Sie, Herr Lubic?"

„Exakt. War`s das? Ich möchte wieder hinein."

Nidda schaut ihn prüfend an, wiegt seinen Kopf ein paar Mal hin und her und räuspert sich.

„Noch nicht. Wir sind`s noch nicht. Wenn ich Sie anschaue, fallen mir ständig neue Fragen ein. Muss an Ihrem Gesicht liegen – es schweigt niemals und das gefällt mir. Ich frage mich schon die ganze Zeit, wo ich zum letzten Mal so ein ehrliches Gesicht gesehen habe. Vermutlich war`s meine Enkelin, als ich sie vom Kindergarten abgeholt habe. Es ist ja eine unangenehme Sache, dass wir Polizisten es nur selten mit ehrlichen Menschen zu tun haben. Verdammt unangenehm, wie Sie sich denken können. Aber Ihr Gesicht – das ist ganz offen und ehrlich. Deshalb weiß ich auch schon einiges über Ihre Narbe an der Unterlippe. Ein glatter Schnitt von einem Linkshänder, oder nicht?“

Lubic fühlt sich ertappt und hüllt sich in Schweigen. Seine rechte Hand ballt er zu einer Faust.

„Zum Beispiel könnte mir Ihr Gesicht erzählen, ob in letzter Zeit ein Besucher oder mehrere inoffizielle Gäste auf dem Eichberg waren.“

„In letzter Zeit? Tss! Die letzte Zeit reicht bei mir drei Monate zurück, aber mein Gedächtnis nicht, Herr Kommissar.“

„Macht nichts, Herr Lubic, macht heute gar nichts. Wir sehen uns vielleicht demnächst schon wieder und bis dorthin können Sie in Ihrem Gedächtnis graben, nicht wahr?“

Nidda nickt ihm grinsend zu und dreht sich weg. Lubic flucht dem Weggehenden lautlos nach.

Karen Wintrich und ihr Chef fahren mit dem Lift in die vierte Etage, wo die Kriminalpolizei untergebracht ist. Wortreich berichtet sie von ihrem Gespräch mit Marius Haas, dem Vorsitzenden der Fortschrittspartei, aber Nidda hört kaum zu. Seine Aufmerksamkeit gilt dem großen Spiegel in der Kabine. Das Mikadonest ihrer kurzen, rotbraunen Haare verlangt im grellen Deckenlicht nach einer Bürste. Mit ihren 33 Jahren kann sie das Modell für eine Statue der Gesundheit liefern, denkt er sich, während er ohne jeden Zweifel als zermürbter Frührentner durchgeht. Als sie ihn anschaut, zwingt er sich zu einem Lächeln. Blitzartig reißt er sich zusammen. Ihrem aufmunternden Trost, den sie ihm einmal in der Manier einer Krankenschwester gespendet hat, will er unbedingt entgehen. Ihm fehle nichts, hat er damals unwirsch reagiert, er sei doch nicht ihr herzkranker Onkel.

„… hatte am Abend seines Verschwindens keinen bekannten Termin, auch keinen überraschenden Auftritt in einem TV-Studio."

„Wer?", klinkt sich Nidda wieder ein.

„Julius, hörst du mir überhaupt zu?", fragt sie ungehalten.

„Natürlich! Es geht um Stolz, wen denn sonst. Wofür hältst du mich denn?"

„Gut. Ist ja schon gut, Julius."

Sie verlassen den Lift und in ihrem Büro setzt sie das Gespräch fort.

„Haas wusste von keinen Aussagen oder auch nur von vagen Andeutungen des Spitzenkandidaten, die eine Bedrohung erkennen ließen. Er hat nicht den geringsten Verdacht, was ihm passiert sein könnte. Es ist alles äußerst rätselhaft, hat er wörtlich gesagt."

„Mh. Habt ihr auch über den Wahlkampf gesprochen?"

„Klar. Zunächst hat Haas betont, dass es um keine Persönlichkeitswahl geht, glücklicherweise scheinen ja auf dem Stimmzettel nur die Namen der Parteien auf. Und dann haben seine Augen einen besonderen Glanz bekommen."

Nidda stutzt und verlangt eine Erklärung.

„Was für einen Glanz? Was meinst du damit, Karen?"

„Er hat seiner Begeisterung für Frau Stolz freien Lauf gelassen. Einen regelrechten Glücksgriff hat er sie genannt, eine warmherzige Frau mit einem Gesicht, das einen Hauch Exotik verbreitet. Sie schlägt sich phantastisch und ist obendrein eine unbelastete Quereinsteigerin, waren seine Worte."

„Interessant, was du sagst. Klingt so, als würde ihr Mann gar nicht mehr vermisst."

„Genau das ist mein Eindruck! Stell dir vor, in der ganzen Parteizentrale läuft alles in Ruhe ab. Ich habe keine Nervosität feststellen können. Business as usual. Also wenn du mich fragst, sind das alle abgebrühte Profis oder schlaue Akteure in einem abgekarteten Spiel rund um das mysteriöse Verschwinden von Stolz."

„Da müssen wir nachbohren, Karen. Mit deinem Aussehen und deinem Charme schaffst du es sicher, einen Insider aufs Glatteis zu führen. Ein einziger Versprecher, eine einzige Andeutung genügt uns wahrscheinlich, um mehr Licht in diese Sache zu bringen."

Sie schüttelt den Kopf, weil sie heute keine Diskussion über die Waffen einer jungen Frau führen will, und lenkt sogleich von seinem Vorschlag ab.

„Kommt Zeit, kommt Hinweis, sagst du immer. Was hast du bei Don K erfahren?"

„Das Allerwichtigste: Kranzinger hat Stolz nach dem Gespräch auf dem Eichberg persönlich in die Stadt zurückgebracht und ihn in der Nähe seiner Wohnung abgesetzt. Etwa um 20.30, spätestens 21 Uhr. Auch Kranzinger wusste nicht, ob Stolz an diesem Abend noch etwas vorhatte."

„Dann müssen wir die Umgebung seiner Wohnung nach Spuren untersuchen und Anwohner befragen. Wäre doch möglich, dass Stolz ein zufälliges Opfer eines plumpen Raubüberfalls wurde, der aus dem Ruder gelaufen ist, weil er sich gewehrt hat. Solange sich die Entführer nicht melden, brauchen wir uns über diese Variante keine Gedanken machen."

„Glaub ich auch, Karen."

Nidda schließt seine Augen, neigt den Kopf nach vorne und stützt ihn auf beide Hände. Er überlegt und sie wartet auf das Ergebnis. Er richtet seinen Oberkörper wieder auf und schaut seine Assistentin grübelnd an.

„Karen, mir geht das einfach nicht aus dem Kopf, was Haas über Frau Stolz gesagt hat. Wie eine Erleichterung hat das aus seinem Mund geklungen. Wie eine aufkeimende Hoffnung für die Wahlen. Als ob man in der Partei froh wäre, dass er von der Bildfläche verschwunden ist. Ist das wirklich nur ein Zufall?"

„Worauf willst du hinaus, Julius?"

„Auf die einfachste Erklärung für sein Verschwinden, die wir bisher übersehen haben. Ich stelle mir einen Deal zwischen den Eheleuten vor. Sie soll für ihn die Kastanien aus dem Feuer holen."

„Und nach dem Wahlsieg geht sie wieder an den Herd zurück", ergänzt Karen illusionslos.

22. September

„Mami, wirst du auch einmal entführt?", will die verängstigte Anna wissen, als Florentina Stolz am frühen Morgen aus ihrer Wohnung aufbricht.

„Aber nein, mein Liebling", beschwichtigt sie die Tochter und zieht den kleinen Cristiano an sich heran, „ihr braucht keine Angst zu haben. Ich habe immer einen Leibwächter bei mir, der mich beschützt. So einer wie der Polizist, der jetzt bei uns wohnt."

„Hm. Ach so. Und wie lange musst du noch Papi spielen?"

„Bis er wieder bei uns ist, vielleicht schon übermorgen. Anna, Cristiano, ich muss jetzt weg, das Auto wartet schon. Aber Milla und der nette Polizist sind bei euch. Sie passen auf euch auf. Weißt du noch, Anna, wie mein Beruf jetzt heißt?"

„Polikerin oder so", fällt aus ihrem Mund.

„In voller Länge: Politikerin. Also, macht`s gut, ihr beiden! Wir sehen uns am Abend."

Sie küsst die Kinder, nimmt im Stehen noch einen Schluck Kaffee und eilt davon.

Im Wagen der Fortschrittspartei blättert sie im Magazin SIE!. Ihr Chauffeur hat die aktuelle Ausgabe besorgt. Florentina Stolz sitzt im Fond, neben ihr ein Bodyguard, auf dem Beifahrersitz eine Mitarbeiterin des Wahlkampfteams. Auf dem Weg zum ersten Termin des Tages liest sie im Porträt von Saskia Pontebba, das mit mondän wirkenden Fotos garniert ist.

Die Ärztin nimmt ihren Mund recht voll, wenn sie über die „versinkende Ära der Männerpolitik" spricht. „Traditionelle Denkmuster" wirft sie ihnen auf Hochglanz vor, die Bevölkerung habe endgültig genug von willigen Quotenfrauen und dem angestaubten Bild einer Männerregierung mit einer einzigen Alibi-Ministerin. Das sei ein Zerrbild und entspreche nicht der Realität, weil es die gesellschaftlichen Proportionen verleugne. Dem hartnäckigen Gerücht über eine geplante Koalition mit der Kosmos-Partei erteilt sie eine verhaltene Absage. Es stamme aus einer dummen Ecke, weil es annehme, die Stimmen seien schon ausgezählt.

Sehr zurückhaltend, dieses Dementi, urteilt Florentina; die Kosmos-Partei dürfte doch die einzige sein, welche sich mit den Amazonen überhaupt an einen Tisch setzen will.

Welche Eigenschaften muss ein Mann haben, mit dem Sie sich eine private und dauerhafte Beziehung vorstellen können, lautet eine wirklich interessante Frage an Pontebba, die aus ihrem Privatleben ein großes Geheimnis machen will.

Aha, denkt sich Florentina, die Radiologin und ihr größtes Geheimnis. Warum überhaupt diese Geheimnistuerei? Weil es offensichtlich nichts zu sagen gibt. Kein Finanzminister der Welt spricht gerne über ein Defizit. Zur Antwort gibt Pontebba die üblichen Stereotypen, wie Florentina sie erwartet hat. Dieser Mann müsse Respekt vor den Leistungen der Frauen haben, ein Gentleman, der keine Macho-Witze erzähle, und zugleich ein gut aussehender Kumpel sein.

„Auf das gemeinsame Stehlen von weißen Pferden hat sie verzichtet. Wahrscheinlich zu kriminell", sagt sie schmunzelnd zu ihrem Leibwächter, ohne ihm Näheres zu erklären. Sie schließt das Magazin und geht mit der Beifahrerin die Termine des Tages durch.

Als Constanze Kranzinger im Mittelgang der Georgskirche steht, ist sie allein. Am späten Vormittag ist das Gotteshaus menschenleer wie die Straße, in der sie ihren Wagen abgestellt hat. Das Areal rund um St. Georg gehört bereits zum Problemviertel Egenz. Ihre vorsichtigen Schritte hallen. Sie ist noch nie in der dreischiffigen Kirche gewesen, deren Pfarrer sich um die Kinder des Stadtteils bemüht. Vor dem Hochaltar hält sie inne. Ein letzter Geruch von Weihrauch dringt in ihre Nase. Am Morgen hat ein Gottesdienst stattgefunden, schließt sie daraus. Vor ihr kämpft der Heilige Georg mit siegessicherem Gesichtsausdruck gegen einen Furcht erregenden Drachen, der die Attraktion jeder Geisterbahn wäre. Ihre mächtige Zunge reckt die Riesenschlange einem Spieß gleich dem Widersacher entgegen. Ihre finsteren Augen versprühen tiefsten Hass. Constanzes ganze Aufmerksamkeit gehört dem Kampf zwischen dem Heiligen und dem Bösen, dem die Schattenseiten der Menschen verfallen sind. Sie merkt nicht, dass sich von hinten jemand leise nähert, so sehr konzentriert sie ihre Sinne auf das

Altarbild. Ein dezentes Räuspern neben ihr erschreckt sie zu Tode. Mit einem schrillen Schrei weicht sie zur Seite und sieht dabei aus dem Augenwinkel, wie der Mann neben ihr rasch seine Hände wie zur Beschwichtigung faltet. Sie will den Menschen genauer anschauen, der sie gerade erschreckt hat, und wendet sich zu ihm hin. Seine buschigen Augenbrauen und sein stechender Blick tragen keineswegs zu ihrer Beruhigung bei. Sie vergisst, wo sie sich befindet. Dass ihr in einer Kirche keine Gefahr auflauere. Dass hier kein Mann mit bösen Absichten sein könne, auch wenn er unheimlich aussehe. Dass sie unter keinen Umständen davonrennen müsse. Ihr Schreckensschrei hallt noch nach, als der Mann zu flüstern beginnt, ohne Constanze eines Blickes zu würdigen.

„Georg zählt zu den vierzehn Nothelfern. Er möge Ihnen beistehen, wenn Sie seiner Hilfe würdig sind", spricht er zum Altarbild gewandt. Ihr kommt vor, seine Stimme steige aus der Tiefe einer muffigen Krypta empor. Constanze steht wie angefroren und hadert mit ihrer Hilflosigkeit.

„Wir leben in einer finsteren Zeit. Schon lange", gibt er mit Bestimmtheit von sich.

„Wie? Was sagen Sie?", fragt sie schüchtern.

„In dieser finsteren Zeit glauben die Menschen nicht mehr an die Sünde. Sie begehen schwere Sünden, manche sogar Todsünden. Doch mein Beichtstuhl bleibt leer wie ihre Seele."

Seine Stimme hat eine drohende Schärfe angenommen, ohne lauter zu werden. Sein erhobener Zeigefinger will sie vor dem Seelenunheil warnen. Constanzes Anspannung hetzt ihren Atem. Sie fühlt sich ausgesetzt, direkt vor dem Hochaltar. Davonlaufen scheint ihr die beste Lösung. Einfach aus der Kirche hinausstürmen, auch wenn es sich für eine Dame wie sie nicht gehört.

„Beichtstuhl? Wo steht der Beichtstuhl?", fragt sie zaghaft.

„Er ist hier, hinter uns, hier in Sankt Georg."

Sie atmet hörbar auf und bemüht sich um eine freundliche Miene.

„Sind Sie Priester? Etwa der Pfarrer von Sankt Georg?"

„Jawohl. Ich bin Pater Wolfram."

„Bin ich froh! Sie haben mir einen gehörigen Schrecken eingejagt."

Erleichtert atmet sie auf. Sie hat ihre Fassung wieder gefunden.
„Keine Läuterung ohne Schrecken, keine Beichte ohne Buße, meine Tochter."

Seine Stimme klingt noch immer wie die eines besessenen Mörders, bevor er mit einem Messer auf sein Opfer einsticht.

Constanze Kranzinger fühlt sich von seinen flackernden Blicken durchbohrt und schweigt. Am liebsten würde sie dem Furcht einflößenden Eiferer und dem Heiligen Georg den Rücken zukehren, wäre sie nicht als Vertreterin ihres Charity-Clubs hier. Mit Feuer und Schwert gegen alles Böse zu kämpfen, das traut sie dem Mann Gottes zu.

„Pater Wolfram, ich bin nicht gekommen, um meine Sünden zu beichten."

„Das bedauere ich. Hoffentlich wird Ihnen das nicht einmal Leid tun. Sie müssen wissen: Die Türe unseres Herrn steht immer offen, Tag und Nacht. Für Sünder und für Menschen reinen Gewissens."

Sie schaut ihn verständnislos an und legt ihm ihr Anliegen dar.

„Ich bin eine Abgesandte des Supporter-Clubs, der Ihre Pfarre finanziell unterstützen möchte."

Augenblicklich nehmen die Augen des Paters einen ungeahnten Glanz an. Seine Gesten unterstreichen den Schwenk zur Freundlichkeit.

„Wenn das so ist, spreche ich Sie von Ihren Sünden los. Vorausgesetzt, Sie bereuen diese aus ganzem Herzen."

„Ich bereue es immer, wenn ich etwas angestellt habe. Genügt Ihnen mein Wort, Pater?"

„Ihr Wort in Gottes Ohr."

Sogleich nimmt er eine feierliche Haltung an und spricht: „Absolvo te a peccatis tuis in nomine patris et filii et spiritus sancti."

Während seines Kreuzeichens flüstert sie ein „Amen" der Erleichterung, weil sie ohne Kniefall vor dem Priester und ohne das übliche Beichtgestammel die Absolution erhalten hat.

„Pater Wolfram, ich bitte um Vergebung. In der Aufregung vorhin habe ich mich noch gar nicht vorgestellt. Ich bin Constanze Kranzinger."

„Ach so. Deswegen kein Niederknien. Besuchen Sie denn manchmal einen Gottesdienst?"

„Eher selten. Sie kennen ja die Schwäche der Menschen."

„Sie ist überall zu finden, nicht nur bei Frauen. In den Vierteln der Reichen und Satten wie in der Egenz, wo Not und Kriminalität zu Hause sind."

„Womit wir bei meinem Auftrag sind, Pater. Die Damen vom Supporter bieten Ihnen eine größere Summe für soziale Projekte in diesem benachteiligten Stadtteil an. Wir gehen davon aus, dass Sie das Geld am besten einsetzen werden, weil Sie die Verhältnisse am besten kennen. Wir vertrauen Ihnen, Pater Wolfram."

„Mit großer Freude höre ich von Ihrem Angebot. Der Herr möge es Ihnen lohnen. Nun gehen wir besser ins Pfarrhaus, um die bürokratischen Angelegenheiten zu besprechen."

Zügig schreiten sie das Seitenschiff entlang. Sie passieren ein Bild des Heiligen Sebastian, dessen Leib von Pfeilen durchbohrt ist. In einer dunklen Nische hält der Geistliche inne und deutet auf die Heilige Afra, die mit entblößtem Leib auf einem brennenden Holzstoß den Märtyrertod erleidet. Mit einer einladenden Geste pocht er auf die hölzerne Wand des Beichtstuhls und meint: „An dieser Stelle erhalten die Gläubigen die Vergebung ihrer Sünden."

„Wäre zu einfach gewesen", kommentiert Karen Wintrich am späten Nachmittag die Ergebnisse der Spurensuche im Kaiviertel. Im Umkreis der Stolz-Wohnung wurde von der Polizei kein einziges Indiz für einen Überfall auf den verschwundenen Politiker gefunden. Die befragten Nachbarn meldeten keine einzige verwendbare Beobachtung. Manche beteuerten gegenüber der Sonderkommission, den Gesuchten nicht einmal persönlich zu kennen. Von Plakaten und den Bildern aus Presse und Fernsehen wüssten sie, wie Stolz aussehe. Aber das sei auch schon alles. Seine Frau fänden sie sehr sympathisch und sie würden ihr wünschen, dass ihr Mann wieder auftaucht.

Am Abend läutet Karen an der Wohnungstür von Thomas Potyka, dem Mastermind der Fortschrittspartei. Sie möchte ihre Zweifel beseitigen, die Partei könnte mit dem Verschwinden etwas zu tun haben, und tritt dem etwa gleichalten Mann gegenüber so charmant auf wie eine Nachbarin, die um etwas Zucker bittet. Mit einem unübersehbaren Augenaufschlag hält sie ihm ihren Dienstausweis entgegen und entschuldigt sich für ihr Eindringen, während er noch ihr Foto betrachtet.

„Mal was anderes, Frau Wintrich", sagt Potyka erfreut, „die Kriminalpolizei auf Hausbesuch bei mir. Wie komme ich zu dieser Ehre?"

„Wenn Sie`s als Ehre ansehen, dann darf ich wohl kurz Platz nehmen. Im Sitzen können wir uns gleich entspannter unterhalten."

Er gibt der Überrumpelung mit einer einladenden Geste nach und ein verstohlener Blick auf ihre fabelhafte Figur bringt ihm die Sprache zurück.

„Worum geht es, Frau Kommissarin?"

Sie lehnt sich zuerst im schwarzen Ledersessel zurück und schlägt ihre langen Beine übereinander. Dann schaut sie ihn streng an.

„Jetzt tun Sie doch nicht so, als ob Sie das nicht wüssten, Herr Potyka."

„Mh. Lassen Sie mich raten. Es geht um die Sicherheit von Frau Stolz. Deswegen sind Sie bei mir. Eine speziell ausgebildete Frau wie Sie wird sich um unsere Florentina kümmern. Und ganz persönlich erlaube ich mir hinzuzufügen: Jeder kann sich glücklich schätzen, einen kompetenten Bodyguard wie Sie an der Seite zu haben."

Dass sich dabei seine Blicke ihren Händen widmen, irritiert Karen für einen Augenblick. Der Typ ist mit allen Wassern gewaschen, denkt sie sich. Würdigt meinen Busen keines Blickes, indem er den schüchternen Kavalier spielt.

„Herr Potyka, ich muss Sie enttäuschen."

Nach einer absichtlichen Pause, in der er wie erwartet keine Reaktion zeigt, setzt sie fort.

„Wegen Harald Stolz bin ich bei Ihnen."

„Aha. Das wäre ohnedies mein zweiter Tipp gewesen. Darf ich Ihnen etwas zu trinken anbieten?"

„Gerne. Was nehmen Sie um diese Tageszeit, wenn Sie zu Hause sind?"

„Campari Orange, mit frisch gepresstem Saft."

„Okay! Schenken Sie uns ein!"

Potyka entschwindet in die Küche und sie schaut sich im Wohnzimmer um. Eine Ansammlung von Unterhaltungstechnik, wenige Bücher, an den Wänden mehrere Lautsprecher und satirische Zeichnungen, die frühere Politiker aufs Korn nehmen. Kein einziges Personenfoto, was auch immer das bedeuten könnte. Die schwarzen Möbel stehen auf einem weinroten Teppichboden, der frisch verlegt wirkt. Die Farbe des Bodens, fällt ihr spontan ein, würde sehr gut ins Büro des Kommissariats passen. Das Blut von den Tatort-Fotos an der Wandtafel könnte auf den Boden tropfen. Ein Teppichboden saugt doch gut. Die Abteilung für Schwerverbrechen in einer stimmigen Farbe. Potyka hält ihr ein orangerotes Glas entgegen, sie bedankt sich und agiert so, als würden ihr die Fragen von einem anderen aufgezwungen.

„Bevor es zu gemütlich wird und ich auf das eine oder andere vergesse, muss ich Ihnen noch schnell einige Fragen stellen. Sollten Sie eine nicht beantworten wollen, ist es nicht weiter schlimm. Aber meinen Teil denke ich mir schon dazu, nur sollen Sie jetzt nicht glauben, die Kriminalpolizei nimmt immer das Schlechteste an."

„Aber, aber. Sie reden mit mir, als hätte ich etwas verbrochen."

„Ich kenne Sie überhaupt nicht. Ich habe auch keinen Blick in das Vorstrafenregister getan. Ich weiß über Sie nur, was die Medien berichten: Die Fortschrittspartei geht meistens den Weg, den Sie ihr vorschlagen."

„Das sollten Sie nicht unbedingt glauben, Frau Wintrich. Meine Aufgabe heißt vor allem Kommunikation."

„Gut! Fangen wir also an."

Sie stellt ihre Beine nebeneinander und blickt ihn nachdenklich an.

„Herr Potyka, Sie kennen die innerparteiliche Situation wie kaum ein anderer. Wie wird der Fall des verschwundenen Harald Stolz jetzt verstanden? Als ein nicht aufgeklärtes Verbrechen, eine verheimlichte Familienangelegenheit oder eine dubiose Affäre der Fortschrittspartei?"

Der Befragte schluckt, seine Augen fixieren wieder die Hände der Polizistin. Mit einem Mundwinkel zuckt er. Potyka weiß, dass er vorsichtig sein muss. Am liebsten würde er diese Frage auf die lange Bank schieben, aber ihm ist klar, dass mit jeder Sekunde des Zögerns das Misstrauen der Kommissarin anwächst.

„Also, nach reiflichem Nachdenken gibt es für mich nur eine Antwort: Es ist absolut keine Parteiaffäre."

„Wurde einmal der Ernstfall simuliert, Harald Stolz könnte aus irgendeinem Grund nicht in der Lage sein, den Wahlkampf bis zum Tag der Entscheidung mitzumachen?"

„Nein. Außer, der Parteivorstand hat sich diskret damit befasst, was ich nicht erfahren habe."

„Welche Probleme sind für die Partei zu erwarten, wenn Stolz auch am Wahltag noch verschollen ist?"

„Das lässt sich nicht leicht beantworten. Einerseits werden bei diesem Urnengang Parteien gewählt und keine Personen, andrerseits ist die Abwesenheit unseres Spitzenkandidaten ein absolutes Novum."

„Aber es mehren sich die Stimmen, dass die Fortschrittspartei über das Verschwinden von Herrn Stolz nicht allzu unglücklich ist."

„Seriöserweise muss man sagen: Wir sind besorgt um unseren Spitzenkandidaten und gleichzeitig glücklich über Florentina Stolz, weil sie ihren Job äußerst professionell macht."

„Als hätte sie sich darauf vorbereitet?"

Potyka kaut auf seiner Oberlippe und reagiert abweisend.

„Frau Wintrich! Ich habe Florentina Stolz vorher kaum gekannt, also müssen Sie verstehen, dass ich Ihre Frage offen lasse."

„Aber Sie kennen die Einschätzung der Öffentlichkeit, wonach Frau Stolz als Auswechselspielerin das wichtige Siegestor schießen soll."

Er wirkt ungehalten, erhebt sich und schaut auf seinen Gast von oben herab.

„Was Sie gesagt haben, greift zu kurz. Es gibt absolut keine Parteitaktik, die eine Auswechselung angeordnet hat. Der Vorstand wurde zur befristeten personellen Veränderung gezwungen. Verstehen Sie? Es musste etwas geschehen!"

Seine Antwort ist unüberhörbar von Emotionen unterlegt, weshalb Karen nachlegt.

„Habe ich Sie vorhin richtig verstanden, Herr Potyka? Sie haben eine diskrete Personalrochade für den Ernstfall nicht ausgeschlossen, als wir über eine Simulation gesprochen haben. Aber soeben haben Sie eine Parteitaktik bestritten. Für mich heißt das: Was hinter dem Vorhang einer Partei passiert, darf für einen politischen Laien nicht nachvollziehbar sein. Gibt es inzwischen Pläne für eine dauernde Verwendung von Frau Stolz in einer politischen Funktion?"

„Da müssen Sie den Vorsitzenden fragen. Ich gehöre nicht zum Vorstand und ich bin sehr froh darüber, keine Personalentscheidungen treffen zu müssen."

„Das kann ich verstehen."

Sie steht auf und reicht ihm ihr leeres Glas.

„Sie wollen doch nicht schon gehen, Frau Wintrich?"

„Haben Sie erwartet, dass ich mit Ihnen den ganzen Abend verbringen möchte?"

„Nein, aber ein zweites Glas ist doch noch drinnen, oder? Als Sie gekommen sind, haben Sie Gemütlichkeit angekündigt, Frau Wintrich."

„Das haben Sie sich selbst zuzuschreiben. Mit Ihren Antworten schicken Sie mich direkt zu Herrn Haas. Soll ich Grüße von Ihnen übermitteln?"

REDEVERBOT FÜR DIE SONDERKOMMISSION?
WURDE STOLZ INS AUSLAND VERSCHLEPPT?
KOMMISSAR NIDDA VOR DER ABBERUFUNG?

Beim Blick auf die Schlagzeilen des Tages nimmt die Störung seines auditorischen Systems an Intensität zu. Das Rauschen ist wieder da. Menschen über 50 zählen mehrheitlich zu den Betroffenen. Von Kriminalkommissaren über 55 gibt es keine Statistikzahlen. Wäre eine interessante Aufgabe für Arbeitsmediziner, ist Julius Nidda überzeugt. Wer kann schon gesund bleiben, wenn er wichtige Ermittlungen vorantreiben soll, aber nichts weitergeht?

Stolz ist wie vom Erdboden verschluckt und die Presse zerreißt die SoKo. In meinen Ohren tut sich mehr als bei der Suche nach dem Verschwundenen, stellt Nidda mit müder Selbstironie fest. Eine katastrophale Blamage kommt demnächst auf die gesamte Kripo zu, wenn wir nicht bald einen Fortschritt präsentieren. Er ist wütend und weiß zugleich, dass die Wut sein Denken blockiert. Merkwürdig, dass der Innenminister noch nicht Druck macht. Aber Wahlzeiten sind abnormale Zeiten, da tritt so einer nur bei Erfolgen auf und ignoriert am liebsten die politische Verantwortung für die Arbeit der Polizei.

Eine unkonventionelle Aktion, die keiner erwartet, die man den Ermittlern kaum zutraut, fehlt der SoKo. Der unbewegliche Fall kommt dem hadernden Kommissar wie ein zweiter Gordischer Knoten vor, der vor den Augen der Polizei versteckt wird. Genau genommen hat`s der Große Alexander leichter gehabt als die SoKo: Ist er doch direkt vor dem komplizierten Knoten gestanden. Er brauchte nur mehr sein Schwert ziehen und mit einem wuchtigen Hieb dreinhauen. Zack und alles war erledigt. Durchschlagen ist eine leichte Übung, wenn man weiß, wo man treffen muss.

Karen hat ihr Smartphone deaktiviert und Nidda weiß nicht einmal, wo sie gerade im Einsatz ist. Oder habe ich es vergessen, überlegt er. Wahrscheinlich beschäftigt sie sich noch einmal mit der Parteispitze. Wenn dort gemauert wird, können wir machen, was wir wollen. Dann schauen wir wie blutige Anfänger aus.

Auf der Suche nach seinem Tageshoroskop blättert er in der Tages-post. Im Lokalteil stößt er auf eine Meldung über eine geplante Spen-denaktion des Supporter-Clubs. Ein Name sticht Nidda ins Auge. Constanze Kranzinger wird genannt, ihr Club werde der Pfarre St. Georg eine hohe Summe für soziale Projekte zur Verfügung stellen, alles durch eine Charity-Veranstaltung aufgebracht. Das Geld solle für den unterprivilegierten Stadtteil Egenz verwendet werden. Sein gro-ßes Herz für die Ärmsten unserer Gesellschaft habe der Supporter-Club wieder einmal bewiesen – mehr interessiert Nidda nicht mehr, er schwenkt zum Foto einer Prominentenhochzeit. Möchte nicht wissen, was mit dem Geld wirklich geschieht, stößt es ihm säuerlich auf. Wahrscheinlich bekommen auch Frauen und Kinder von Kriminellen ihren Anteil. Wäre nicht zum ersten Mal in unserer Stadt, dass Kurz-sichtige ihr karitatives Engagement an falscher Stelle einsetzen. Als ihm auf der vorletzten Seite sein Horoskop das Blaue vom beruflichen Himmel verspricht, kommt er sich verspottet vor. Verärgert legt er die Zeitung beiseite.

Niddas Gedanken fahren Karussell. Eine Forderung nach Lösegeld wä-re die Erlösung. Auch für die Familie Stolz. Unser Kollege hat seit ges-tern Hausarrest im Kaiviertel. Möglich, dass das Hausmädchen ihm die Zeit verkürzt, diese Milla. Mit ihr könnte sich morgen jemand beschäf-tigen. Wäre nicht das erste Mal, dass jemand vom Personal in eine Entführung involviert ist. Wie es heute aussieht, müssen wir auf das

Agieren der anderen Seite warten. Bis sich die Täter melden. Oder der Fall ist ganz anders gelagert. Dann brauchen wir seine Leiche.

In miserabler Laune verlässt er am frühen Abend sein Büro und läuft vor dem Gebäude geradewegs Ilona Marton über den Weg.

„Herr Kommissar, ich bin auf dem Weg zu Ihnen."

„Habe ich den Termin vergessen, Frau Marton?"

„Nein, es war ein spontaner Einfall."

„Ihnen sollte Besseres einfallen", meint er gereizt. „Aber jetzt sind Sie schon einmal da. In welcher Sache wollen Sie mich sprechen?"

„Ich biete Ihnen einen Deal an, den Sie kaum ablehnen werden in Ihrer jetzigen Situation."

Die Journalistin der Zeitung Tagespost steht erfolgsbewusst auf dem Gehsteig vor Nidda und entblößt ihr S T O N E H E N G E-Gebiss. Jeder Schneidezahn ein pflegeleichter Solitär. Die modische Brille und ihre chice Frisur können nichts mehr gutmachen. Sobald sie den Mund öffnet, ist der erste Eindruck beim Teufel.

„Welchen Deal meinen Sie?"

„Ich verrate Ihnen eine Frauenaffäre von Harald Stolz und im Gegenzug honorieren Sie meine Information mit den neuesten Ermittlungsergebnissen, bevor Sie Ihre Pressemitteilung an die anderen Redaktionen absenden."

Nidda schaut einfach weg. Er blickt einer hübschen Passantin nach, die ihre makellosen Beine in keiner Hose versteckt, und lässt Marton zappeln. Marton, die Marter. So heißt sie bei ihm seit ihrer ersten Begegnung vor vielen Jahren. Eine Frau, die alles besser weiß. Und das immer.

„Ist diese Seitensprung-Story gehobener Tratsch oder ein anonymes Gerücht aus einer Damentoilette?"

Er provoziert aus seiner Laune heraus, weil er sie auf der Stelle loswerden will, aber Marton lässt sich nicht abschütteln.

„Herr Nidda, was erlauben Sie sich? Ich bemühe mich zu Ihnen und Sie denken an ein latrineskes Gerücht. Was glauben Sie, wen Sie vor sich haben?"

„Sie haben eine Frauenaffäre erwähnt, mit der Sie mir imponieren wollen. Für mich hat das weder Hand noch Fuß. Wo kämen wir hin, wenn die Kriminalpolizei jedem Gerede nachginge?"

Um ihrer Mundpartie zu entgehen, visiert er das Straßenschild über ihrem Kopf an. Halten und Parken verboten!

„Mäßigen Sie sich, Herr Kommissar! Man sieht Ihnen schon von weitem Ihren Frust an. Ihre Abteilung könnte bald einmal in den üblen Verdacht geraten, die Ermittlungen in der Sache Stolz mit Absicht zu verzögern. Ich spreche es ganz ungeschminkt aus: Wenn Sie nicht demnächst Ergebnisse liefern, wird man eine politische Absicht vermuten. Dann können Sie einpacken und tagsüber Schwäne füttern."

Er bricht in lautes Lachen aus, sodass sich Passanten zu ihm umdrehen.

„Woher wissen Sie, dass ich Schwäne mag? Sie haben eine wunderbare Gabe: Sie können nicht reden. Herrliche Tiere! Und diese grazilen Hälse."

„Mein letzter Versuch, Herr Kommissar. Und damit Sie meine Kooperationsbereitschaft merken: Stolz hatte eine leidenschaftliche Affäre mit einer Frau aus einer anderen Partei. Na, was sagen Sie jetzt? Für diese Mitteilung erwarte ich Ihr Entgegenkommen, wenn es Neuigkeiten gibt. Unsere Zeitung muss ganz einfach schneller sein als die anderen."

Nidda simuliert sein Interesse, um Marton nicht grundlos abblitzen zu lassen. Etwas Hochtrabendes wie Korrektheit kommt ihm in den Sinn, auch wenn er sie um diese Tageszeit nicht mehr zu seinen Pflichten zählt.

„Wie heißt die Frau?"

„Mit Rücksicht auf die Dame kann ich keinen Namen nennen. Ich muss es nicht einmal: Sie wissen, das Redaktionsgeheimnis!"

Er zögert mit seiner Antwort, steckt seinen kleinen Finger ins rechte Ohr, um einen verzweifelten Versuch gegen das Rauschen zu unternehmen. Muss senil wirken, was ich da mache, denkt er dabei und zeigt sich entgegenkommend.

„Mein Vorschlag zur Güte: Sie verraten mir die Initialen des Seitensprungs, dann bekommen Sie, was Sie den Konkurrenzblättern voraushaben wollen. Wenn nicht, dann hat die Dame ihre Ruhe vor der Polizei. Ist doch auch was Schönes."

„Kommt gar nicht in Frage."

Sie entfernt sich verärgert und Nidda atmet auf. Die Ruhe der Nacht kann beginnen. Marton will immer die Pole-Position im Nachrichtenrennen, sagt er sich wieder einmal. Welcher Narr ist überhaupt auf die Idee gekommen, die Presse über die Arbeit der Polizei berichten zu lassen? Genügt doch vollkommen, wenn die Menschen merken, dass für die allgemeine Sicherheit gesorgt wird. Wozu die Meldung, überlegt er, dass ein rabiater Familienvater verhaftet wurde? Dass ein Bankräuber angeschossen wurde? Dass ein Vereinskassier Geld veruntreut hat? Damit sich der Leser über Kriminelle entrüsten kann. Genügen nicht die Unmengen an Kriminalromanen, in denen man mehr erfährt als in den Meldungen über die neuesten Verbrechen?

In seinem Stammlokal betrachtet er vor dem ersten Schluck den Bierschaum beim allmählichen Zusammenfallen. Besonders heute mag er das leise Knistern und den Kampf mit sich selbst, den ersten Schluck hinauszuzögern. Zwei Bier und danach zu Chrystelle ins Lusthaus? Der Kommissar lässt sich offen, wie er den Abend beenden wird. Wieder kommt seinem Kopf die elegante Südamerikanerin in die Quere. Er hat zwar noch keine Frau aus Kolumbien kennen gelernt, kann sich aber gut vorstellen, dass sie die Fäden zieht. Dass sie Rache für die Affäre ihres Mannes geschworen hat und zugleich von ihrer Vergeltung groß profitieren will. Da könnte was dran sein, überlegt er. Sie verhindert, dass er die Wahl gewinnen kann, und startet gleichzeitig ihre eigene Karriere.

Er nimmt einen großen Schluck und setzt sein Puzzle fort. Harald Stolz könnte auf dem falschen Fuß erwischt worden sein. Sie konfrontiert ihn mit dem Vorwurf des Ehebruchs, setzt ihn mit einer anonymen Veröffentlichung der Affäre unter Druck und bringt ihn in ein Versteck. Nidda hält diese Variante für gut möglich, denn Florentina Stolz ist ihm eine Spur zu kaltblütig. Noch dazu als Kolumbianerin. Kaum ist ihr Mann weg, geht sie sofort in den Wahlkampf wie jemand, der auf diesen Moment gewartet hat. Muss einem zu denken geben.

Frauen können zu allem fähig sein, weiß Nidda. Besonders, wenn sie verletzt sind. Er hat es am eigenen Leib verspürt. Mehr noch, an seiner Seele, obwohl ihm das Wort pathetisch erscheint. Klingt ihm zu stark nach Kirche oder Kitschroman. Auf alle Fälle hat es wehgetan. Ella hat sich von ihm scheiden lassen, weil er seinen 70-Stunden-Job ernst genommen hat. „Deine Kraft geht zu 90 Prozent in den Job", hat sie ihm verbittert vorgeworfen, „10 Prozent bleiben für unsere Ehe. Zwei Monate gebe ich dir noch, damit du dich änderst, Julius. Wenn du es nicht schaffst, bin ich weg. Und zwar für immer."

Er konnte sich nicht so rasch ändern und es gab schwierige Fälle aufzuklären. Nach 61 Tagen bat er sie um die Verlängerung ihres Ultimatums.

„Könntest du mir noch einen Monat geben, Liebling? Bis dahin brauchen wir noch, um unsere Ermittlungen abzuschließen."

Ella schaute ihn mit versteinertem Gesicht an und sagte kein einziges Wort.

Auf den Konjunktiv „könntest du" ließ sie sich nicht mehr ein. Sie hatte das Warten satt. Sie wusste nie, ob er gesund nach Hause kommt oder in einer Notfallaufnahme liegt. Angeschossen oder zusammengeschlagen. Sie hatte genug davon, mit dem Schlimmsten zu rechnen. Sie wollte nicht mehr.

Drei Tage später war Ella weg. Sie nahm alles genau und den kleinen Rafael mit.

Auf der anderen Seite gilt die Unschuldsvermutung für die Mutter von zwei kleinen Kindern. Ein Verhör mit Frau Stolz bleibt wohl kaum geheim und was passiert dann? Die Frauenpartei reibt sich die Hände und jubelt schon vor dem Wahltag. Nein, sagt er sich, ich unternehme auf keinen Fall etwas, was den Wahlausgang beeinflussen könnte. Abwarten, bis etwas passiert, dann geht die Arbeit weiter.

Das erste Bier ist ausgetrunken, als Karen das Lokal betritt.

„Na, Julius, bist du weitergekommen?"

„Eine Verdächtigung gegen die Stolz, mehr hat der Tag nicht gebracht. Und du?"

„Ähnlich berauschend gewesen. Potyka, das Mastermind der Fortschrittspartei, streitet eine Parteiaffäre ab und kennt Frau Stolz zu wenig, um ihr etwas anhängen zu können."

„Außerdem wäre es dumm von ihm, die zweite Spitzenkandidatin knapp vor der Wahl zu demontieren."

„Völlig klar, Julius. Was machen wir also?"

„Wir geben nicht auf."

Karen bestellt Prosecco mit Holunder, Julius sein zweites Bier. Mit seinen Zeigefingern verschließt er für Sekunden die Ohren und blickt dabei auf Karens Hände. Am liebsten würde er sie festhalten. Für eine Weile. Solange er darf. Sie will es bloß nicht. Kräftige Hände, sorgsam gepflegt. Ein schöner Anblick wie die ganze Frau. Er schaut länger als sonst in ihre braunen Augen. Als sie zum Nebentisch blickt, zwingt er seine Gedanken zum Fall Stolz zurück.

„Kann man sich in einem Menschen vollkommen täuschen, Karen?"

„Mh? Du meinst einen bestimmten, oder?"

„Ja. Mich beschäftigt diese Stolz. Sie ist kaltblütig wie eine Anwältin vor Gericht und besitzt vermutlich das Temperament einer Kolumbianerin. Wie verträgt sich das?"

„Ich kenne sie überhaupt nicht, also kannst du keine Antwort erwarten. Höchstens, dass die eiskalte Politik ihr neuer Beruf ist, für den es sture Regeln gibt."

„Du kennst sie also gar nicht. Was hältst du davon, wenn du sie persönlich kennen lernst? Ich muss wissen, ob sie nicht doch verdächtigt werden soll, am Verschwinden ihres Mannes Anteil zu haben. Du findest sicher einen Vorwand für einen Besuch bei ihr zu Hause."

Sie nickt und schaut ihn lange nachdenklich an.

„Julius, du schaust mitgenommen aus. Was ist los mit dir?"

Er blickt sie überrascht an, eher abweisend als dankbar für die Frage.

„Nichts. Ganz einfach: nichts!"

„Heißt das, mit dir ist nichts los? Dass du niemanden hast, der auf dich wartet? Dass niemand an dich denkt?"

Er schweigt betroffen. Sie weiß Bescheid.

„Julius, Julius, du lässt dich hängen. Wenn ich dich von weitem beobachte, denke ich mir manchmal, du wärst am liebsten eine Insel. Himmel und Meer deine einzigen Nachbarn –"

Rasch ergreift er ihre Hand und lächelt.

„Und du die einzige Bewohnerin auf meiner Insel, Karen. Eine wunderbare Vorstellung."

„Zum x-ten Mal: Schlag dir diese Vorstellung aus dem Kopf! Du wirst sehen, das Leben ist nicht so schwer, wenn man auf das Unmögliche verzichten kann."

Sofort lässt er ihre Hand wieder los und kontert leidenschaftlich.

„Ihr jungen Leute redet euch das Leben leichter, als es ist. Eines Tages wirst du mich vielleicht verstehen, Karen. Es wird hoffentlich niemals so weit kommen, dass du ein permanentes Geräusch hörst. Dass du schlecht einschlafen und niemals durchschlafen kannst. Dass deine Konzentration ein Wechselspiel zwischen Sonne und Dunkelheit ist. Dass du dich am liebsten verkriechst, weil im Ohr die Hölle tobt. Weil du die Lebenslust der anderen nicht sehen und nicht spüren willst."

Seine Stimme klingt brüchig und ungehalten.

„Tut mir Leid, Julius, ich wollte dich nicht ärgern", versucht sie ihn zu besänftigen, obwohl sie ihm lieber sein Jammern vorhalten würde.

„Ist schon gut, Karen. Drei Jahre noch, dann bin ich in Frührente. Dann erfülle ich mir einen alten Traum."

Sie schaut ihn fragend an.

„Mit einem schweren Motorrad auf der Panamericana, von LA bis nach Chile. Eine phantastische Vorstellung für mich: Der Motorlärm ist lauter als die Hölle im Ohr."

23. September

Constanze und Ludwig Kranzinger lassen sich von Luise das Frühstück servieren, während die Moderatorin der Breakfast News auf HD1 den nächsten Filmbeitrag ankündigt. Zum ersten Mal werde der Appell von Florentina Stolz ausgestrahlt, mit dem sie das rätselhafte Verschwinden ihres Mannes einer Aufklärung näherbringen wolle.

„Seit vier Tagen gibt es kein Lebenszeichen von Harald Stolz. Die intensive Suche nach meinem Mann ist bisher ohne Ergebnis geblieben. Seit vier Tagen leben seine Familie, seine Freunde und alle Parteikollegen in einer quälenden Ungewissheit. Die ermittelnde Sonderkommission hat Gründe, seine Entführung anzunehmen.

Dass mein Mann, der als Spitzenkandidat für die Fortschrittspartei antritt, gerade in der Endphase des Wahlkampfs verschleppt wurde, lässt ein politisches Motiv für dieses Verbrechen vermuten. Jedoch möchte ich ganz entschieden betonen: Keinem politischen Gegner traue ich eine solche Untat zu. Bisher hat sich kein Entführer gemeldet, sodass völlig im Dunkeln liegt, welches Motiv dieser schrecklichen Tat zugrunde liegt.

Daher appelliere ich heute an die Täter, ein Lebenszeichen meines Mannes zu übermitteln. Benehmen Sie sich wie ganze Männer und melden Sie sich bei mir für die Aufnahme von Verhandlungen! Sie stören einen fairen Wahlkampf und berauben einen unschuldigen Menschen seiner Freiheit. Sollten Sie Lösegeld fordern, so muss ich Sie enttäuschen: Wir besitzen keine Millionen, wir haben nicht einmal ein eigenes Haus.

Was also bleibt für Sie?

Sie können nichts Vernünftigeres tun, als Harald Stolz freizulassen. Nur so sichern Sie sich den Respekt der Gesellschaft. Indem Sie zur Menschlichkeit zurückkehren.

Im Namen der fünfjährigen Anna und des zweijährigen Cristiano ersuche ich Sie, ihrem Vater sein Leben in Freiheit zurückzugeben."

Alle drei haben wie gebannt die Ansprache von Frau Stolz verfolgt. Das Frühstück steht noch unberührt auf dem Tisch.

„Eine starke und sympathische Frau", lobt Constanze die Ehefrau des

Entführten. „Und Sie hat das passende Aussehen gewählt: eine dunkle, einfach geschnittene Bluse und absolut keinen Schmuck."

„Mein Gott, was muss die Arme mitmachen! Unvorstellbar, welcher Schmerz ihr und den Kindern zugefügt wird", ergänzt Luise mit weinerlicher Stimme.

Ludwig Kranzinger übt sich in Gelassenheit und äußert seinen Zweifel, dass das Video einen Erfolg bringt. „Ich würde nur zu gerne wissen, ob der Fernseh-Appell mit der Polizei abgesprochen ist, um die Täter aus ihrem offensichtlich perfekten Versteck zu locken, oder ob Florentina einen Alleingang unternommen hat, weil die Ermittlungen der SoKo ins Stocken geraten sind."

„Und was sagst du zur Möglichkeit eines politischen Motivs, gerade jetzt in der Endphase des Wahlkampfs, Ludwig?"

Er winkt sofort ab und meint: „Wenn es sich wirklich um eine Entführung handelt, dann wäre eine Partei als Drahtzieher für mich undenkbar. So etwas beherrscht kein Politiker. So etwas traut sich keiner zu. Dazu braucht man eine kriminelle Erfahrung, damit die Sache klappt. Eine Entführung ist ja keine Kleinigkeit."

Das Ehepaar widmet sich dem Frühstück und in Ludwigs Kranzingers Kopf jagt ein Gedanke den anderen. Diese attraktive Kolumbianerin ist absolut telegen und glaubwürdig noch dazu. Wird nicht mehr lange dauern, bis in den Medien von der charismatischen Senkrechtstarterin die Rede ist. Wer weiß, was da noch alles auf mich zukommt, wenn sie populär wird. Ist nur gut, dass sie die Rolle einer trauernden Witwe nicht einnehmen wird.

Ihn beschleicht eine schmerzliche Ahnung, dass ein anderer Stil die künftige Politik bestimmen wird. Eine neue Art von Macht, die sich geschickt öffnet. Eine Politik ohne die geheimen Absprachen in Hinterzimmern oder Saunakabinen. Eine junge Generation, die ihn für seine Verdienste ehrt und vielleicht sogar als Senior Consultant akzeptiert, wenn`s hochkommt. Im nächsten Moment verscheucht er die Vorstellung von einer anderen Zeit, die ihn noch zu Lebzeiten unter die erfolgreichen Ahnen reiht. Die sein Bild in der Galerie von Unternehmern aufhängt – mit einer Leerstelle für sein Todesjahr.

So ein Unsinn, sagt er sich. Eine Lückenbüßerin wie diese Stolz kann dich doch nicht verunsichern. Du giltst noch immer als einflussreichster Macher des ganzen Landes, den selbst der einmal erhobene Vorwurf der ethischen Blindheit nicht treffen konnte. Wo kämen wir da hin? Noch im hohen Alter wirst du fest im Sattel sitzen. Solange die Weste weiß bleibt, wird sich gar nichts ändern. Schmutzige Hände lassen sich waschen. Am besten zu zweit.

Um 10.06 Uhr präsentiert sich die Website der Frauenpartei völlig verändert. Wer die Seite aufruft, liest von einer „Jungfrauenpartei", das Wort „Frauenpartei" ist verschwunden. In der Menüleiste am linken Rand reihen sich Büstenhaltersymbole in diversen Farben aneinander, mit denen Kapitel wie „Pontebba" oder „Weiberherrschaft" angeklickt werden können. Auf der Startseite prangen in übergroßen Lettern zwei Sätze:
„MÄNNER MACHEN GESCHICHTE" – „FRAUEN MACHEN NUR GESCHICHTEN".
Von Saskia Pontebba wird ein riesiges Foto gezeigt, das in einem Urlaubsresort der „Vergnügungsinsel" Ibiza aufgenommen wurde, falls die Angaben stimmen. Ein Hotelgast, der anonym bleiben will, hat das spektakuläre Foto zur Verfügung gestellt. Es wird als erster Erfolg gegen die Verdunkelung ihres Privatlebens gepriesen und zeigt die angeblich aalglatte und unangreifbare „Spasskia" bei einem mitternächtlichen Wettbewerb. Sie sei Siegerin im Tabledancing geworden und habe damals ihren Spaß daran gehabt, oben ohne auf einem Tisch zu tanzen. Wörtlich heißt es noch: „Ihre Titten haben schon damals ihre Wirkung gezeigt, wie die leuchtenden Männeraugen beweisen".
Zum Privatleben der Spitzenkandidatin werden anschließend knallharte Fragen gestellt:
„Warum macht sie aus ihrem Privatleben ein Geheimnis?"
„Ist es ihr peinlich, sich als Single zu outen?"
„Lebt sie in einer lesbischen Partnerschaft, von der niemand wissen soll?"
„Hat sie eine Beziehung zu einem verheirateten Mann?"
Am Seitenende geht es um die Kandidatur von Saskia Pontebba:
Niemand solle sich vom perfekten Styling Pontebbas blenden lassen,

beim Regieren sei Hirn gefragt, nicht die weibliche Schönheit.

„Was kommt ans Licht, wenn diese Kandidatin ihre politischen Hüllen fallen lässt?"

Das Kapitel „Weiberherrschaft" bringt einen Frontalangriff auf die Frauenpartei.

Die Politik sei schon immer eine Domäne der Männer gewesen. „Verhindert mit eurer Stimme die Weiberherrschaft! Verhindert ein Frauenkränzchen als Regierung! Erteilt Pontebba eine Abfuhr! Sie und die Frauenpartei bringen nichts als Unfrieden in die Ehen und Partnerschaften."

Von wem der Aufruf gegen die Frauenpartei stammt, wird nicht veröffentlicht.

Unterlegt ist die gehackte Website mit dem Song „No more Mr. Nice Guy", den Alice Cooper singt.

In Windeseile verbreitet sich die Cyberattacke auf die Partei der Frauen. Experten stufen den Angriff als Defacement ein, mit dem die Website verunstaltet wurde, ohne dass Malware eingeschmuggelt wurde. Die ganze Seite wird vom Administrator vom Netz genommen, um den Imageschaden zu begrenzen. Eine Anzeige gegen Unbekannt geht an die zuständige Polizeibehörde.

„Warst du am Vormittag bei Frau Stolz, Karen?", erkundigt sich Julius Nidda, als er sie an ihrem Schreibtisch im gemeinsamen Büro antrifft.

„Nein, war ich nicht. Wäre mir auch unpassend vorgekommen nach ihrem Appell auf HD1."

Julius macht ein ahnungsloses Gesicht.

„Welcher Appell, Karen?"

„Mein Gott, hat dich noch immer niemand informiert? Ich habe es zweimal telefonisch versucht, dann habe ich aufgegeben."

„Mein Mobiltelefon war auf lautlos gestellt. Ist doch kein Grund, verärgert zu sein."

„Frau Stolz hat heute in den Breakfast News an die Entführer appelliert, ihren Mann freizulassen."

Niddas Stimme explodiert.

„Was? Was hat sie? An die Entführer appelliert? Habe ich da richtig

gehört?"
Sie nickt.
„Ohne Abstimmung mit unserer SoKo? Oder weiß ich das auch nicht?",
fragt er scharf.
„Jetzt beruhige dich, Julius! Der Aufruf ist ein Alleingang von Frau
Stolz. Und wenn du meine Meinung hören willst: Sie hat das Recht
dazu. Vielleicht kommt dadurch etwas Bewegung in diesen beschisse-
nen Fall."
Die ganze Zeit schüttelt er seinen Kopf und verzieht das Gesicht vor
Ärger. Aus dem Säuseln in seinen Ohren ist wieder einmal ein lästiges
Brausen geworden.
„Karen! Karen! Geht`s noch? Du verstehst also die ganze Sache. Quasi
ein Naturgesetz: Eine Frau hat Verständnis für die andere. Nur des-
halb, weil ihr Onkel einmal entführt worden ist, braucht sie sich nicht
einzubilden, eine Spezialistin für ungelöste Entführungsfälle zu sein,
diese Latina."
Nidda redet sich in Wut. Seine Assistentin zieht es vor zu schweigen.
„Ich fasse zusammen: ein Solo der Kandidatin der Fortschrittspartei.
Genau das hat uns noch gefehlt. Und wenn bei der Aktion etwas
schiefgeht? Wenn von ihm nur eine Leiche übrigbleibt? Wer kriegt
dann die Prügel? Ha?"
„Wir. Das ist mir völlig klar, Julius. Aber sag mir um Himmels willen:
Wie hätten wir das verhindern können? Diese Stolz ist nicht irgendeine
hilflose Frau, die nur konfus agiert, weil ihr Mann verschwunden ist."
Langsam beruhigt sich Nidda. Die beiden schauen einander wortlos an
und wissen keinen Rat.
„Karen, du hast Recht. Wir hätten es wahrscheinlich nicht verhindern
können. Schon gar nicht, wenn die Betroffene ein Image als Prob-
lemlöserin braucht. Verdammte Scheiße! Jetzt muss ich als Nächstes
den Nationalen Sicherheitsdirektor anrufen und ihm klarmachen, dass
die gute Frau Stolz an uns vorbei agiert. Pah! Sie soll uns überhaupt
mitteilen, ob unser Kollege in ihrer Wohnung nicht inzwischen überflüssig geworden ist, weil sie neben dem Wahlkampf auch das Verschwinden ihres Mannes aufklärt. Ein Wahnsinn, was da läuft!"
Er erhebt sich ruckartig von seinem wegprallenden Bürosessel, dreht

Karen den Rücken zu und schaut starr zum Fenster hinaus.

„Irgendwo im Süden gibt es ein Sprichwort, das mir beim Blick auf den Dom manchmal einfällt: Möge Gott uns ersparen, was wir fähig sind zu ertragen."

Julius liegt richtig, denkt sich Karen Wintrich beim Verlassen des Kommissariats. Nicht immer liegt der Alte richtig, aber diesmal sicher. Wir werden an der Nase herumgeführt, ohne sehen zu können, von wem. Wir treten auf der Stelle und müssen uns Vorwürfe gefallen lassen, ohne dagegenhalten zu können. Wer auch immer hinter dem Verschwinden von Stolz steckt, der kann doch nicht so viel schlauer als eine ganze SoKo sein. Wäre andernfalls ein Supergau, wenn ich annehme, dass wir erfolgreich hinters Licht geführt werden. Unsinn! Wo sind wir denn? Ich halte mich lieber an den Standardsatz von Klaus Gasparin, meinem Ausbildner auf der Polizeiakademie in Bernheim. Er hat jedes Mal unsere Motivation gestärkt, wenn ein Planspiel unlösbar schien. Die Verbrecher, hat er immer betont, sind nicht schlauer als ihr. Glaubt das auf gar keinen Fall! Sie haben bloß noch keinen Fehler gemacht. Da heißt es warten oder sie zu einem Fehler provozieren. Das wird auch in unserem Fall zutreffen, macht sich Karen wieder Mut. Gleich darauf fällt ihr ein, was der alte Fuchs Gasparin im Fall Stolz vermutlich raten würde: Wenn das Zentrum nicht zu knacken ist, lässt es sich von der Peripherie her attackieren.
Sie sitzt inzwischen in ihrem Wagen und sucht in ihrer Vorstellung die Peripherie ab. Der Erste, der auftaucht, heißt Dragan Lubic und hängt um diese Tageszeit wahrscheinlich in seinem Stammlokal rum.
Als sie das „Splitter" betritt, ist sie in einem Reservoir gelandet. Nicht einmal hinter der Theke mit den Bildern der Küstenstadt Split steht eine Frau. Zum Putzen sind wir aber gerade recht, kommt ihr in den Sinn. Dann zwinkert sie den versammelten Machos zu, als würde sie den Aufdringlichsten von ihnen abschleppen wollen. Sie stellt sich zu einem freien Bistrotisch, unter dessen Glasplatte ein nackter Frauenpo glänzt. Absolut ästhetisch, an dem Hinterteil kann sie nichts aussetzen. Kann mit deinem mithalten, flüstert ihre Selbstironie der Polizistin zu. Die bewundernden Pfiffe, die sie beim Betreten des Lokals erwartet

hat, kommen mit Verspätung in dem Augenblick, als der Barmann ihr einen doppelten Slibowitz serviert.

„Auf dein Wohl, Puppe!" ruft er ihr mit einem herablassenden Grinsen eine Spur zu laut zu und will schon wieder weggehen, als sie ihn am Oberarm festhält.

„Vielen Dank auch! Bevor du wieder abziehst, sagst du mir, wer von deinen sympathischen Gästen Dragan ist, Dragan Lubic."

„Aber gern. Was willst du von ihm?"

„Bist du sein Sekretär oder sein Vormund? Schicke ihn ganz unauffällig zu mir, dann mache ich dir keine Probleme! Alles klar, Mann?", zischt sie ihn gebieterisch an.

Ihr giftiger Blick und ihr kräftiger Haltegriff am Oberarm bleiben nicht ohne Wirkung. Der Barkeeper nickt verhalten und Augenblicke später steht Kranzingers Chauffeur an ihrem Tisch.

„Dragan Lubic?", schaut sie ihn fragend an.

„Seit meiner Geburt", antwortet er mit der Überheblichkeit eines Pubertierenden, dem sein erster Diebstahl gelungen ist.

„Sie sind der Chauffeur von Ludwig Kranzinger?"

„Wer will das wissen?"

„Karen Wintrich, Kommissarin einer Sonderkommission. Hier ist mein Dienstausweis, Herr Lubic. Julius Nidda, meinen Chef, kennen Sie bereits."

Lubic verzieht kurz sein Gesicht zu einer Grimasse, dann schaut er Wintrich frech an.

„Sie gefallen mir um Hochhäuser besser als der Alte, wenn ich ehrlich bin."

Freudestrahlend entgegnet sie ihm: „So ein Glück aber auch! Hätte ich vom heutigen Tag nicht mehr erwartet. Aber leider muss ich zunächst dienstlich werden. Meinem Chef haben Sie vor zwei Tagen gesagt, Ludwig Kranzinger besitzt einen dunkelgrünen Bentley und seine Frau fährt einen Porsche. Bleiben Sie bei dieser Aussage?"

„Natürlich. Diese Autos werden weiterhin von ihnen gefahren."

„Verstehe. Unsere Erkundigung bei der Zulassungsbehörde hat uns in der Zwischenzeit auf einen Land Rover gebracht, der ein eigenes Kennzeichen besitzt. Warum haben Sie uns das verschwiegen?"

„Pah! Also so was! Natürlich habe ich ihn erwähnt, diese Schrottkiste, mit der schon lange keiner mehr gefahren ist. Ich lasse mir in dieser Sache nichts vorwerfen, damit das klar ist. Ich habe dieses Auto im Gespräch mit Ihrem Chef nicht verschwiegen. Aber eines sollten Sie sich merken: Ich bin der Chauffeur des Bentley und nicht mehr. Wenn es noch immer ein Kennzeichen für den verrosteten Land Rover gibt, so habe ich es noch nie gesehen. Oder zumindest längere Zeit nicht mehr."

„Klingt plausibel, was Sie sagen. Ihre Aufregung dabei verstehe ich bloß nicht."

Sie schaut ihn mit einem bohrenden Blick an, als wolle sie ihn durchleuchten, dann schwenkt sie zu einem anderen Thema.

„Als Chauffeur, Herr Lubic, haben Sie einen gewissen Überblick, wer zu Besuch auf dem Eichberg ist. Was ich sagen will: Welche Autos vor der Villa parken, wer mit einem Taxi kommt und so. Welche Erinnerung haben Sie an den 19. September?"

Lubic unterdrückt mit Mühe seine nächste Erregung.

„Schon wieder der 19.! War ein gemütlicher Tag, soweit ich mich erinnern kann. Herr Kranzinger hat den Bentley am Nachmittag für eine private Fahrt verwendet und mir deshalb freigegeben."

„Hat er gesagt, wo er hinwollte?"

„Natürlich nicht! Wo denken Sie hin! Er ist mir doch keine Rechenschaft schuldig, was er mit seinem Wagen unternimmt."

„Das ist alles, was Ihnen zum 19. einfällt?"

„Wenn ich noch so lange nachdenke, das war's! Vormittags Bentley und anschließend Splitter. Gibt's was Schöneres? Vielleicht von einem vergnüglichen Abend mit Ihnen abgesehen, Frau Kommissarin."

„Mann, oh Mann! Schau zu, dass du den Boden unter deinen ungewaschenen Füßen nicht verlierst!"

„Keine persönlichen Untergriffe, sonst verweigere ich jede weitere Auskunft!"

„Schon gut. Ich merke, ich verursache Ihnen einen ungewohnten Stress. Deshalb meine letzte Frage – die letzte für heute, wohl gemerkt! Ist Ihnen in den vergangenen Tagen ein Besucher auf dem Eichberg aufgefallen? Oder haben Sie von ihm bloß gehört? Ein fremdes Auto oder ein seltener Gast der Familie? Denken Sie genau nach, Herr Lubic!"

Er schüttelt den Kopf und antwortet, wobei er jede Silbe für sich betont: „Ab-so-lut nie-mand."

„Auch nicht Harald Stolz?"

„Sie meinen den Verschwundenen?"

„Genau den meine ich."

„Nein. Auch den habe ich auf dem Eichberg nicht gesehen. Aber damit wir uns verstehen: Ich bin nicht der Türsteher bei den Kranzingers. Schon gar nicht während der Nacht."

„Aha. Nicht bei Nacht. Das war jetzt ein interessanter Hinweis. Schade! Ich finde es jammerschade, dass Sie mir nicht helfen können. Ich hätte es Ihnen wirklich gegönnt, der Sonderkommission einen entscheidenden Tipp zu geben. Aber es ist noch nicht aller Tage Abend, wie`s im Abendland so schön heißt. Vielleicht rufen Sie mich schon morgen an, weil Ihnen eine Kleinigkeit eingefallen ist. Ein winziges Detail, dem Sie bis jetzt noch keine Beachtung geschenkt haben. Würde mich ehrlich freuen, Ihre Stimme bald wieder zu hören. Übrigens: Wenn Sie meinen Slibowitz trinken wollen: Sie können ihn gerne haben. Ist nicht mein Geschmack. Vermutlich ist er gewässert, weil er so lasch hinunterrinnt. Ganz schwach im Abgang, würde ein Weinverkoster sagen. Nicht mehr als ein schlechter Witz! Ich zahle ihn aber trotzdem. Also bis bald, Herr Lubic!"

Karen gibt ihm ihre Visitenkarte und lässt den verblüfften Mann und ihren Schnaps stehen. Sie begleicht ihre Rechnung an der Theke und verlässt das Lokal.

„Der hab ich`s gegeben!" hört sie Lubic` Stimme noch im Weggehen. Kurz spielt sie mit dem Gedanken, ihm zum Abschied den erigierten Mittelfinger zu zeigen. Einen kurzen und sofort wieder bedeutungslosen Moment ihrer Emotion.

Mit barock ausladenden Lettern leuchtet der Schriftzug des Lokals die Straßenszene aus: „Der Bauch". Ein Name wie eine Einladung für hungrige Passanten im Kaiviertel. Julius Nidda betritt zum ersten Mal das gemütlich wirkende Lokal. Am frühen Abend bevölkern großteils junge Leute die Stehtische im Bereich der Theke und der Kriminalpolizist überlegt länger als einen Moment, ob er bleiben soll. Viele von den Gästen, die sich lautstark über einen Kino-Blockbuster und eine satirische Wochenbilanz eines Fernsehsenders unterhalten, könnten seine Kinder sein. Als er im hinteren Teil des Lokals zwei freie Tische entdeckt, lässt er sich dort nieder. Eine üppig tätowierte Kellnerin ist bald zur Stelle und überrascht ihn mit einer ungewöhnlich offensiven Bedienungsart.

„Hallo! Ich hab dich bei uns noch nie gesehen. Mich nennt man Lola. Und du willst sicher was essen. Unser Koch hat mehr drauf, als man seinem langweiligen Gesicht ansieht."

Er blickt ihr aufmerksam ins freche Gesicht und betrachtet die unzählbaren Sommersprossen. Nidda entschließt sich, die junge Frau einmal versuchsweise ernst zu nehmen.

„Lola, du machst einen tollen Job. Alles ohne lange Vorrede und ohne höfliche Floskeln. Schätze ich außerordentlich. Welcher Gast kann dir schon widersprechen? Also, leg Tempo zu und bring mir auf der Stelle eure Speisekarte! Sonst gehe ich wieder."

Verblüfft mustert sie den neuen Gast. Hat sie sich getäuscht? Ist das kein typischer Alter, der seine besten Jahre im Rückspiegel entschwinden sieht? Keiner, der alles von den anderen hinnimmt, weil er schon resigniert hat?

„Du imponierst mir, Mann. Wie du reingekommen bist, habe ich dich für ein Weichei gehalten. Aber jetzt! Wow! Kommt selten vor, dass ich falsch liege mit meiner Menschenkenntnis. Jetzt lass mich mal raten. Du bist vermutlich ein Schuldeneintreiber. Oder ein Delogierungsspezialist?"

„Ist wenig anständig von dir, was du mir zutraust. Nur so viel für den Anfang, Lola: Ich habe tatsächlich keinen anständigen Beruf. Nicht wenige in dieser Stadt fürchten mich sogar. Am liebsten gehen sie mir aus dem Weg."

Nidda setzt ein dreckiges Lachen dazu und Lola gibt sich wortlos geschlagen. Im Laufschritt bringt sie ihm die Speisekarte.

Auf der linken Seite heben sich die Tagesangebote der Küche nur schwer vom nackten Frauenbauch im Hintergrund ab, rechts präsentiert ein trainierter Männerbauch die Hauptspeisen. Die beiden Fotos sind kinder- und jugendfrei, durchaus Appetit anregend. Ohne ein einziges Härchen, das sich auf einer Speisekarte ohnedies nicht gut machen würde. Der Gast mit dem unanständigen Beruf winkt wieder die Kellnerin herbei und stellt seinen Zeigefinger auf den Männernabel, wo das sardische Lammragout seinen Platz hat. Mit knackigem Stangensellerie. Dazu nimmt er einen kräftigen Rotwein.

„Einen halben Liter, Lola! Und dazu eine Zeitung, von heute! Alles klar?"

Die resche Lola nickt, dreht sich um und bringt ihm eine Zeitung für Schlagzeilengenießer.

Wäre besser, wenn ein sexy Hinterteil wie das von Lola kein alter Mann zu sehen bekäme, überlegt er. So ein anregender Anblick kann nur zu einem heftigen Melancholieschub führen. Wie lautet diese Rätselfrage für Seniorenheime? Was stimmt alte Männer traurig? Richtige Antwort: Die Gegenwart hübscher junger Frauen.

Auf Seite 3 des Schnellen Blattes ist ein Interview mit Roland Brunner abgedruckt.

„Nach den letzten Umfragen stimmen 15% der Wähler für Ihre Partei, Die Unabhängigen. Wären Sie damit zufrieden?"

„Natürlich nicht."

„Auf dein Wohl, du Furcht erregender Mann", flüstert Lola, als sie ihm den Wein einschenkt.

„Aber diese Parlamentswahl lässt sich mit keiner früheren vergleichen."

„Warum nicht, Herr Brunner?"

„Hauptsächlich zwei noch nie dagewesene Ereignisse drücken dieser Wahl ihren Stempel auf. Zum einen ist es die erstmals kandidierende Frauenpartei, die durch Frau Pontebbas Medienwirksamkeit mehr Zustimmung erhält, als es das radikale politische Programm erwarten lässt. Und zum anderen beeinflusst das spurlose Verschwinden von Harald Stolz die Wahlentscheidung massiv. Viele Wähler sind dadurch verunsichert und lassen möglicherweise ihre Gefühle mitentscheiden."

„Man möchte vermuten, dass -"

Lola hält Nidda das Lammragout über die Zeitung und vor die Nase.

„So schaut unser heutiges Sardisches aus, mit viel gesundem Stangensellerie. Ist ausnahmsweise
gut gelungen. Also lass es dir schmecken!"
„Danke, Lola!"
Er kostet vorsichtig, ist mit dem Geschmack sehr zufrieden und blickt während des Essens immer wieder in die Zeitung.
„- die Unabhängigen am meisten von der Affäre Stolz profitieren könnten."
„Selbstverständlich werden wir Unabhängigen von der unsicheren Zukunft der Fortschrittspartei profitieren."
In der Folge spricht Brunner vom Slogan seiner Partei, wonach die Heimat glücklich mache. Aber nur wenn es gelinge, die prägenden Traditionen zu bewahren. Vom exzellenten Geschmack des Essens lässt sich Nidda in die mediterrane Welt entführen. In anderen Ländern soll es Sitte sein, mit lautem Schmatzen ein gelungenes Gericht zu loben. Gleichzeitig ein Hinweis für die Bedienung, ob ein Trinkgeld in Aussicht steht. Spielt doch keine Rolle, wie ungehobelt die Kellnerin ist, solange der Bauch der Gäste seine Freude hat.
„Was versprechen Sie Ihren Wählern, falls Die Unabhängigen eine Regierungsbeteiligung erringen?"
„Unser Land wird mit Hilfe der Unabhängigen eine Insel mit hoher Lebensqualität für alle Bürger werden. Gewaltexzesse von unzufriedenen Bewohnern, wie sie derzeit noch in der Egenz hausen, werden der Vergangenheit angehören. Wir wollen die Abwanderung von Wissenschaftern und Fachkräften ins Ausland verhindern, aber gleichzeitig allen gut situierten Ausländern die Einwanderung ermöglichen."
Seine letzte Reise ins Ausland? Nidda denkt nach, dann ist er mit seiner geschiedenen Frau bei den Torajas, bekannt für ihre animistischen Glaubensvorstellungen. Diese Menschen auf Sulawesi opfern den bösen Geistern regelmäßig Hühner und Schweine, ihre Toten bilden sie durch lebensgroße Figuren aus Holz nach, die der Seele als Aufenthaltsort und Schutz vor den bösen Geistern dienen sollen. In Felsnischen oder hölzernen Balkonen vor einer Felswand stehen diese tautau wie Puppen meterhoch über dem Boden und blicken starr ins Weite. Bis hinter den südlichen Horizont, wo sich das Reich der Toten be-

findet, wie die Lebenden meinen. Ihre Leichen hüllen die Torajas in Tücher oder legen sie in Särge und bringen sie meist in schmalen Höhlungen unter, die mit einem hölzernen Deckel verschlossen werden. In einem Dorf ließen sich die beiden von einem jungen Mann mit einer Lampe über Leitern in winzige Höhlen führen, in denen Särge abgestellt waren. Von manchen war das Holz bereits vermodert. Die Totenschädel, auseinander gebrochene Skelette und die feuchte, muffige Luft ließen Ella erbrechen. In ihrem Quartier fanden sie keine Nachtruhe, ständig wehten unstimmige Totenklagen in das Zimmer. Am Vortag war jemand aus dem Dorf gestorben. Auf dem Festplatz stand noch am nächsten Tag eine Lache vom Blut der Opfertiere, ein rotbraunes Mal, eingekreist von Tausenden sirrenden Fliegen. Ein grässlicher Anblick für Ella.

Sein Hirn switcht abrupt in die Gegenwart, als am Nebentisch ein Gelächter ausbricht, und holt den leidigen Fall Stolz auf eine schwach ausgeleuchtete Bühne. Im Keilsee ist auch heute keine Leiche geschwommen, die Stolz sein könnte. Er liegt in keinem Krankenhaus im Koma und wahrscheinlich auch in keinem Sarg. Zwei Tote in einem Sarg? Reicht der Platz für zwei Leichen überhaupt? Mag sein. Oder gibt es Särge in der Größe XXL für Übergewichtige? Blödsinn! Den Sargträgern käme das Gewicht doch verdächtig vor. Sie würden Nachschau halten. Wo steckt der Mann bloß? Wie jeden Tag hat sich der Nationale Sicherheitsdirektor nach Fortschritten in den Ermittlungen erkundigt. Wie jeden Tag hat ihm Nidda mitgeteilt, solange es keinen Hinweis auf eine Entführung gebe, sei es für die Sonderkommission nicht ausgeschlossen, dass sich Harald Stolz freiwillig und mit Absicht versteckt halte. Da könne der Appell seiner Frau, der als ein bedauerlicher Alleingang seitens der mit dem Fall befassten Behörde bezeichnet werden müsse, gar nichts daran ändern. So schlimm die Situation für die Familie auch sei, mehr als ein gewaltiges Rauschen im Sensationsblätterwald habe sie wohl kaum erzeugt, denn aus einem Aufruf im Fernsehen werde noch lange kein hieb- und stichfester Entführungsfall. Sie solle unser sicheres Land doch nicht mit ihrer turbulenten Heimat Kolumbien verwechseln, gab er seinem Vorgesetzten zu verstehen.

Irgendwann, ist Nidda überzeugt, kommt eine Lösung daher. Demnächst wird der Sicherheitsdirektor nur mehr von etwaigen Fortschritten sprechen, bis seine Anrufe überhaupt unterbleiben. Irgendwann öffnet sich auf dieser finsteren Bühne eine Tür und die ganze leidige Sache kommt ins Rollen. Es gibt bei uns doch keine unlösbaren Fälle. Hierzulande verwandelt doch kein Zeus den Spitzenkandidaten einer Regierungspartei in eine markante Felsnadel oder in einen einsamen Braunbären. Wir leben doch in keinem Phantasy-Land. Und die Heimat der Kriminalrätsel sind wir schon gar nicht.

„Ist bei dir noch alles in Ordnung?", will die plötzlich aufgetauchte Lola vom hochgeschreckten Nidda wissen. Er schaut sie verwirrt an und spricht mit einer verunsicherten Stimme.

„Alles in Ordnung? Mh. Keine Ahnung, Lola, ob überhaupt etwas in Ordnung ist."

„Und was bedeutet das für mich?"

Er gibt einen zynisch klingenden Laut von sich und sagt: „Gar nichts. Für die Lola hat das gar keine Bedeutung. Ist auch besser für dich, glaub mir."

„Hast du noch einen Wunsch?"

„Da bleibe ich am besten eine Antwort schuldig. Ist schon gut, Lola. Die anderen Gäste warten sicher auf dich."

Achselzuckend dreht sie ihm ihren jungen Po zu und er senkt sofort seinen Blick auf die Zeitung.

Im letzten Teil des Schnellen Blattes findet er das Tageshoroskop für den Krebs.

„Sie neigen momentan dazu, Emotionen einer beruflichen Herausforderung unterzuordnen. Geben Sie heute noch Ihren inneren Bedürfnissen mehr Raum!"

Wie wahr, urteilt er, während er zu den Gästen an den Stehtischen aufblickt. In seiner Nähe befindet sich ein junges Paar, sie mit dem Rücken zu Nidda, der Mann flüstert ihr etwas Unverständliches ins Ohr und streicht über ihr Hinterteil.

Dein letzter Sex, fragt sich der alte Polizist, wann hast du deinen letzten Sex in Bedienung gehabt? Nidda erinnert sich nur ungenau. Zwei, vielleicht auch drei Wochen ist es her. Wie immer mit Chrystelle. Bei ihr weiß er, woran er ist. Und was es kostet.

Er zahlt Lola seine Konsumation und fährt zum Lusthaus am nördlichen Stadtrand. Im rot beleuchteten Flur hängt die schwere Wolke eines prolligen Aftershaves. Auf der elektronischen Anzeige lockt beim Namen Chrystelle das grüne Licht.

ACHTUNG, SCHARFE FRAU! EINTRITT IN CHRYSTELLES REICH FÜHRT UNWEIGERLICH ZU SUCHTVERHALTEN!

Den Warnhinweis an ihrer Tür beachtet er nicht mehr.

Sie öffnet ihm mit der gewohnten Begrüßung und trägt winzige Dessous in Türkis, mit schwarzen Bordüren.

„Der Herr Kommissar will wieder einmal abdrücken. Welche Freude! Komm herein, Lius!"

Julius Nidda kennt von seinen früheren Besuchen jedes Detail ihres Studios, weshalb er nur auf ihre Kurven schaut. Einzig die Farbe der Reizwäsche ist neu für ihn.

„Chrystelle, wie läuft das Geschäft?"

„Zum Monatsende hin lässt der Zulauf immer nach. Da halten sich die Männer mehr an die Gratiskost zu Hause. Oder sie kommen zur Happy Hour gleich nach 18 Uhr."

„Auf mich kannst du dich halt verlassen, Chrystelle. Weil ich weiß, was du drauf hast."

„Lius, du bist ein richtiger Schatz. Gönnst deinem Körper in regelmäßigen Abständen ein echtes Vergnügen. Ein Genuss, der den Preis wert ist, wie meine Stammkunden nachher gerne bestätigen. Komm, zieh aus, was uns stören könnte."

Sie nimmt ihm die Jacke und das Hemd ab und öffnet seinen Gürtel. Als sein Bauch sichtbar wird, meint sie schnippisch: „Hast du nicht gesagt, du willst abnehmen?"

„Ja, habe ich gesagt. Ich habe mir auch vorgenommen, ich nehme fünf Kilo ab."

„Und wie viele fehlen dir noch, Lius?"

„Vorgestern waren`s noch sieben."

„Haha! Ich liebe schwache Männer. Erinnerst du dich, wie du das erste Mal bei mir warst?", fragt sie ihn schmunzelnd.

„Das wirst du wohl nie vergessen, Chrystelle. Neugierig warst du, was ich so mache. Womit ich überhaupt nicht gerechnet habe."

„Nur ein winziges persönliches Detail wollte ich von dir erfahren – von den Lieblingsstellungen einmal abgesehen. Und womit hab ich mich zufrieden geben müssen, Lius? Rechtshänder. Ich bin Rechtshänder. Mehr war dir nicht zu entlocken."

„Ist doch eine persönliche Aussage gewesen, oder nicht?"

„Aber nur für jemanden, der Gewaltverbrechen aufklären muss. Und davon hatte ich damals keine Ahnung."

„Komm, lass jetzt das Reden, Chrystelle!"

Sie wirft das winzige Oberteil ab und massiert mit aufreizenden Bewegungen ihre vollen Brüste. Er beobachtet anders als sonst ihr animierendes Treiben wie durch eine beschlagene Glaswand. Sie packt den abwesend wirkenden Freier ungeniert und schwungvoll an den Schultern und stößt ihn aufs Bett, wo sie ihm die Unterhose abzieht.

„Irgendetwas stimmt heute nicht mit dir, Lius. So richtig scharf bist du noch nicht. Aber das kriegen wir schon hin."

Minuten später stoppt Chrystelle ihre Bemühungen und schaut nachdenklich zu ihrem Stammkunden auf, während sie auf ihn einredet.

„Was ist heute mit dir los, Lius? Du kommst mir so lustlos vor. So kenne ich dich gar nicht. Magst du etwa die Farbe Türkis nicht? Lässt sich im Handumdrehen ändern. Welche Farbe turnt dich mehr an? Du bist im renommierten Lusthaus, wo deine Wünsche erfüllt werden, und hängst rum wie im Altersheim. Ich widme mich deinem wichtigsten Stück, aber du kommst noch immer nicht auf Touren. Unseren Slogan kennst du doch: Wer kommt, kommt immer wieder. Willst du vielleicht ein Mittelchen einwerfen? Ein bisschen mit Chemie nachhelfen?"

„Nein, Chrystelle, heute nicht. Ich kann`s auch nicht ändern."

Sie erhebt sich aus ihrer knienden Position und stellt ihn zur Rede.

„Was kannst du nicht ändern?"

„Dass ich dauernd denken muss. Verdammt noch mal! Ich kann`s einfach nicht abstellen. Mein Kopf wird frei, hab ich angenommen, wenn ich bei dir bin. Hat sonst immer gewirkt."

Sie lacht höhnisch und schüttelt ihre langen Haare.

„Bist ein armer Spinner, Lius! Zahlst fürs Ficken und hörst nicht auf zu denken."

Sie stößt ihn wie absichtlich von sich, streift den türkisen Tanga ab, schaut ihm herausfordernd in die Augen und legt einen lüsternen Klang in ihre dunkle Stimme.

„Der gute Lius darf jetzt nur mehr das eine denken: Er muss es der geilen Chrystelle so richtig besorgen, weil sie schon zehn Tage lang keinen scharfen Sex mehr gehabt hat."

Während sie sich später laut stöhnend windet und er vor Schweiß glänzt, platzt das Bild von Harald Stolz wie ein Geisterfahrer vor sein inneres Auge. Exakt in dem kostbaren Moment des gekauften Glücksgefühls, als er auf den Abzug drückt. Dem werde ich es geben, sagt sich Nidda, falls er uns an der Nase herumführt. Ich grille ihn bei lebendigem Leib, diesen windigen Nachwuchspolitiker.

24. September

Um 7.30 Uhr startet eine Protestaktion auf der Zufahrt zum lorbeer-grünen Alloro-Tower. Im Antrag für die Genehmigung wurde sie als kleinräumige Verkehrsverzögerung auf der als Sackgasse ausgeschilderten Zufahrt zum Firmenareal bezeichnet. Alle Fahrzeuge der Alloro-Angestellten werden angehalten und jeweils fünf von ihnen im Abstand von fünf Minuten durch die Menschenschleuse gelassen. Jeder Lenker erhält eine schriftliche Information zum Verständnis der Protestaktion.

> NICHT WIR SIND GEGEN ALLORO – ALLORO IST GEGEN UNSERE NATUR <
Wir lehnen den Bau des geplanten Kraftwerks Altenstein im Oberlauf der Fella ab und fordern das sofortige Ende aller Planungen.
Wir stören die Zufahrt der Angestellten zum Firmenareal in einer Weise, die das Aufstauen des Flusses simuliert.
Drei Gründe sprechen für das Aus der Kraftwerksplanungen:
1) Die Ergebnisse der Umweltverträglichkeitsprüfung werden der Öffentlichkeit vorenthalten. Ein Skandal!
2) Im Inland wird ausreichend Strom erzeugt, sodass auch ohne Altenstein unsere Lichter nicht ausgehen werden. Einziger Gewinner des Kraftwerks wäre die Energiesparte von Alloro durch Stromlieferungen ins Ausland.
3) Das Kraftwerk zerstört eine natürliche Flusslandschaft. Hier hat der selten gewordene Sterlet sein Rückzugsrevier. Der eigenartige Fisch sieht wie ein Wesen aus der Urzeit aus: Graugrüne Knochenplatten bedecken seinen schlanken Körper, auf dem Rücken trägt er einen scharfen Kamm. Wenn der Sterlet geschützt wird, kann er älter als 20 Jahre werden. Jeder Vernünftige wird ihm das Leben gönnen.
Wir kämpfen für den natürlichen Oberlauf der Fella.
Wir wählen am 28. September die Kosmos-Partei.
> Plattform AUS für Altenstein <

Ludwig Kranzinger, der 40 Minuten länger als sonst ins Büro unterwegs gewesen ist, schaut vom elften Stockwerk des Alloro-Towers auf die Blockade der Zufahrt hinunter, während er telefonisch mit einem Firmenanwalt über die Besitzstörungsklage spricht. Er hat bereits die News-Redaktion von HD1 mobilisiert, damit ein Kamerateam die geschäftsstörenden Vorkommnisse filmt. In einem Interview wird er auf sein Recht pochen und die Aktion der Plattform als Unrecht verurteilen. Ganz entschieden wird er sich gegen die Instrumentalisierung eines Alloro-Projekts im laufenden Wahlkampf aussprechen. Die fanatischen Anhänger von Albrecht Kolross, dem Obmann der Kosmos-Partei, werden nicht mehr lange auf ihrem hohen Ross sitzen, lautet Kranzingers markanter Schlusssatz, den er mit Besonnenheit von sich gibt.

Am Vormittag umgeben Hunderte Neugierige, noch mehr Anhängerinnen der Frauenpartei und viele Passanten, die sich zufällig in der Fußgängerzone der Stadt Bernheim aufhalten, die kleine mobile Bühne, die für Saskia Pontebba aufgestellt wurde. Die meisten von ihnen kennen inzwischen das berühmt gewordene Foto vom Tabledancing auf Ibiza.
Wer auch immer die Website der Frauenpartei am Vortag „okkupiert" hat, wie es die Tagespost bezeichnet, hat Saskia Pontebbas Popularität in ungeahnte Höhen katapultiert. Ausnahmslos verurteilen die seriösen Medien des Landes die Hackerattacke des anonymen Täters, der in Steinfeld, in Bernheim, aber genauso gut auf einer Karibikinsel sein Handwerk ausüben könnte. Zur Identität des eventuellen Auftraggebers gibt es wie erwartet keine Anhaltspunkte. Niemand kann sich einen politischen Gegner als den Angreifer vorstellen, manche stufen die Attacke als Gesellenstück eines jungen Hackers ein. Keiner wagt an die Möglichkeit zu denken, Pontebba selbst stecke hinter der dubiosen Angelegenheit, um einen Saskia-Hype im ganzen Land auszulösen.
Die Wartenden unterhalten sich angeregt, Frauen sind noch neugieriger als die ihren Burger mampfenden Männer, welches Outfit die Spitzenkandidatin für ihren Wahlkampfauftritt in Bernheim gewählt habe. Jeder hat das Oben-ohne-Foto aus dem Internet im Kopf, als es plötz-

lich ruhig wird. In einem hellgrünen Pullover und einer dunkelblauen Hose klettert Pontebba auf die Bühne und beginnt ihre Ansprache. Sie lächelt und winkt in die Menge, dann nimmt sie ein Mikrofon und legt los.

„Hallo! Sie sind großartig! Es freut mich riesig, dass halb Bernheim hier ist. Sie kennen alle das entzückende Foto von Ibiza, nehme ich an. Sollte jemand deswegen gekommen sein, so muss ich ihn enttäuschen. Ich werde meinen Pullover auch in Bernheim nicht ausziehen. Mit der unbekannten jungen Dame, deren Busen in das Foto montiert wurde, könnte ich es heute sowieso nicht mehr aufnehmen."

Die Zuhörer reagieren mit Lachstürmen und Pfiffen der Begeisterung, der Rednerin begegnet eine Sympathiewelle, die sie beflügelt.

„Wir wissen alle, dass der Angriff auf die Website der Frauenpartei kein Geniestreich war. Irgendein Hacker dürfte einen Rückfall in die Pubertät erlitten haben und sich jetzt in seinem Kämmerlein darüber freuen, dass er es den Frauen einmal gezeigt hat. Wenn er sich da nicht gewaltig getäuscht hat, dieser lächerliche Saboteur!

Meine Damen und Herren!

Es lässt sich nicht leugnen: Die Zeiten haben sich gewandelt. Nur muss man es leider manchen Männern noch hundertmal sagen, bis sie es zur Kenntnis nehmen. Wir Frauen lassen uns nicht mehr vorführen. Alles, was jetzt noch gegen unsere Interessen und unsere Rechte unternommen wird, wird wie der berühmte Schuss nach hinten losgehen. Wir haben die gleichen Rechte wie die Männer, heißt es auf dem Papier. Aber die gesellschaftliche Realität hat dieses Papier noch nicht gelesen. Macht nichts, behaupte ich heute in aller Ruhe. Am Wahltag gibt es einen Schnellkurs für die traditionellen Realitätsverweigerer. Das Ergebnis wird ihnen die Augen weit genug öffnen, damit sie sehen können, welche Veränderungen in unserem Land noch bitter notwendig sind.

Wir Frauen sind die Mehrheit der Bevölkerung und diese Mehrheit wird in Zukunft die Politik des Landes bestimmen. Allen, die sich vor Veränderungen durch unsere Politik fürchten, sage ich voll Überzeugung: Jede Veränderung wird eine Verbesserung sein, deshalb ist jede Angst überflüssig.

Beten Sie für die gesunde Rückkehr von Harald Stolz, meine Damen und Herren! Aber wählen Sie die Frauenpartei ins Parlament! Wir Frauen verdienen Vertrauen! Unser Wahlspruch ist inzwischen ein geflügeltes Wort geworden. Ein starkes Motto für eine Zeitenwende! In diesem Sinne hoffe ich auf Ihre Stimme. Vielen Dank, dass Sie mir zugehört haben!"

Saskia Pontebba wird mit freundlichem Applaus verabschiedet. Sie verlässt die Bühne und erhält von einer Assistentin einen Stapel Autogrammkarten, die sie auf Wunsch signiert. Für ein Selfie mit der Politikerin bildet sich eine lange Schlange.

In der Zentrale der Fortschrittspartei wird Pater Wolfram vom Portier gebeten, die Sicherheitsschleuse zu passieren und im Foyer der ersten Etage zu warten. Frau Stolz, versichert der Mann in einem hellblauen Sakko, werde zu ihm kommen, sobald es ihre äußerst knappe Zeit zulasse.

„Sie wissen wahrscheinlich, wir sind in der Endphase des Wahlkampfs, da ist jede Minute kostbar. Aber keine Sorge, ich rufe umgehend ihren Büroleiter an. Er wird das Treffen mit Ihnen arrangieren. Nur sollten Sie keine allzu großen Erwartungen haben, mehr als eine Minute darf Ihr Anliegen nicht benötigen, Pater. Also passieren Sie, bitte, zu Ihrer Rechten die Schleuse, dann kommen Sie direkt zum Lift, der Sie in die erste Etage bringt."

Der Geistliche beschwichtigt den geschäftigen Mann, der sich in seinen Ausführungen nur mit Mühe unterbrechen lässt.

„Ich habe gar kein Anliegen, mein Herr. Ich will Frau Stolz nur eine vertrauliche Nachricht übergeben. Persönlich, Sie verstehen!"

„Aha, dann umso besser."

Der Flur der ersten Etage ist in der Farbe der Fortschrittspartei gehalten, die Wände leuchten in Hellblau, die Türen sind aus dunklem Holz. Künstliches Licht von den Seitenwänden schafft eine freundliche Atmosphäre, angenehmer als die finsteren Gänge in der Verwaltungszentrale seines Ordens. Pater Wolfram geht in seinem Habit bedächtig auf und ab. Die Angestellten grüßen ihn respektvoll, wenn sie an ihm vorbeieilen. Seine Hände ruhen verschränkt am verlängerten Rücken.

Mit der Rechten hält er ein Kuvert fest.

Zwei Stunden vorher hat er auf dem Platz des Beichtvaters ein gefaltetes Blatt Papier im Beichtstuhl vorgefunden, das mit einer Klammer an den Rändern zusammengeheftet war.

„Florentina Stolz, Domstedt" verstand er als die Empfängerin der Nachricht, darunter war der Vermerk „dringend!" angebracht. Vorsichtig zwängte der Geistliche die beiden Hälften des Papiers auseinander. Er hütete sich davor, das Schreiben zu beschädigen, er wollte lediglich einen aufschlussreichen Einblick in seinen Inhalt gewinnen. So, wie es auch zu einem Beichtvorgang gehört, möglichst viel über das Innenleben der Menschen zu erfahren, ohne sie zu verletzen. Von der Seite blickte er, so gut es das spärliche Licht in der Georgskirche erlaubte, auf die handschriftlichen Zeilen auf der Innenseite. Die Worte „Lösegeld" und „Million" nahmen ihm sogleich den Atem. Seine Hände wurden schweißnass. Er hielt nach anwesenden Personen Ausschau. Niemand. Er befand sich allein im Gotteshaus, das auch nachtsüber offen steht. Irgendjemand hatte in den Nachtstunden das Schreiben in den Beichtstuhl gelegt. Eine ganz einfache Erklärung, überlegte der Pater. Genauso einfach wie die Annahme, dass das Schreiben vom Entführer von Harald Stolz stammen muss. Aufgeregt glättete er die Papierhälften wieder. Ihn interessierte nicht, warum die Nachricht gerade in seinem Beichtstuhl abgelegt worden war. Warum gerade in St. Georg. Er wollte mit der ganzen Sache nichts zu tun haben, bekreuzigte sich mit einem flüchtigen Blick auf den Drachen des Kirchenpatrons und beim hastigen Gang ins Pfarramt war er schon entschlossen, den Vorfall niemandem zu melden. Der Polizei schon gar nicht. Nicht um Christi willen. Er steckte das Schreiben in ein Kuvert und trat in seinem Habit die Fahrt nach Domstedt an.

Während er in der Parteizentrale auf und ab geht, nützt er die Zeit und bereitet die Grundzüge seiner nächsten Predigt vor. Der Ohnmacht der Mächtigen widmet er seine intensiven Gedanken. Der Spiritus loci ist ein immer dienstbarer Geist, man muss nur seine Sinne schärfen, geht Wolfram durch den Kopf. Was sagt die Sicherheitsschleuse über die Befindlichkeit der Menschen, die sich dahinter verschanzen? Was stellen sie an, sodass sie einen solchen Schutz brauchen? Kann sich überhaupt ein Mensch sicher fühlen, wenn er ohne Gottvertrauen seine geschäftigen Tage dahinlebt?

Plötzlich öffnet sich eine Tür und Florentina Stolz nagelt in hellblauen Stöckelschuhen herbei, von einem jüngeren Mann in Dunkelblau begleitet.

„Grüß Gott, ehrwürdiger Pater! Sie wollen mich sprechen, hat man mir gesagt?"

„Gott zum Gruß, Frau Stolz! Ich nehme Sie nur ganz kurz in Anspruch."

Er hält ihr das Kuvert entgegen und setzt fort: „In diesem Kuvert steckt ein Schreiben, das an Sie gerichtet ist. Es wurde heute Nacht oder am frühen Morgen in der Kirche zum Heiligen Georg hinterlegt. Ich wünsche Ihnen alles Gute. Möge Ihnen das Schreiben eine quälende Sorge nehmen!"

Völlig irritiert nimmt die Politikerin ohne ein einziges Wort den Umschlag entgegen, dessen Inhalt sie Sekunden später wie ein Blitz treffen wird. Pater Wolfram schaut sie mit ernster Miene an. Beide stehen schweigend einander gegenüber. Sie heftet ihren Blick auf das Papier, allmählich findet sie die Fassung wieder. Mit einem stillen Stoßgebet dankt er Gott, dass er das unangenehme Schreiben aus der Hand geben konnte.

„Verbindlichen Dank, Pater!"

„Gott schütze Sie, Frau Stolz!" hört sie bereits im Wegdrehen. Sie scheint so rasch wie möglich weg zu wollen.

Ihr Begleiter erklärt dem Pater, Frau Stolz sei in großer Eile, sie müsse unverzüglich zu ihrem nächsten Wahlkampftermin. In einer Shopping-Mall an der Zubringerstraße zum Flughafen Dornen werde gerade ein Erweiterungsbau eröffnet, eine gute Gelegenheit, Frau Stolz zu präsentieren.

Mit einem „Sie müssen mich jetzt entschuldigen!" entfernt sich auch der Mann im dunkelblauen Anzug.

„Room-Service!"

Harald Stolz legt „Die Nachricht einer Entführung" von García Márquez zur Seite und bringt vor Staunen kein Wort heraus. Eine schlanke, langbeinige Frau mit großer Sonnenbrille betritt sein Versteck, dem das Tageslicht fehlt. Der Reißverschluss der schwarzen Lederjacke ist bis in Brusthöhe geschlossen, die enge Hose betont ihre perfekte Figur. In der Linken hält die Besucherin eine große, modische Handtasche, in der Rechten einen vollen Picknick-Korb. So rasch die Dunkelhaarige in der Einliegerwohnung aufgetaucht ist, so rasch wird die Tür von außen wieder versperrt. Von Ludwig Kranzinger, wie Stolz vermutet. Seit ihrem überraschenden Erscheinen verbreitet sich ein exquisiter Parfumduft, der die abgestandene Luft des Wohnraums schlagartig verbessert. Mit einem leicht südländischen Akzent stellt die Dame sich als Cora vor. Ihre rauchige Stimme lässt eine maßvolle Lockerheit mitschwingen. Sie solle ihm Gesellschaft leisten, alles andere werde sich von selbst ergeben.

„Aber nur, wenn ich nicht ungelegen komme, Herr – "

„Stolz, Harald Stolz", sagt er und erhebt sich von seinem Sitzplatz. „Sie kommen keineswegs ungelegen, meine Dame, ganz im Gegenteil, denn Sie bringen ungeahnten Glanz in diesen trostlosen Käfig."

„Wo ist der Kühlschrank? In dem Korb sind Delikatessen, die nach eiskalten Temperaturen verlangen", zeigt sie sich umsichtig.

Stolz deutet auf die Tür zur Küche und fragt sich, als er ihr nachblickt, was diese Cora mit ihm vorhabe. Könnte sie die von Kranzinger angekündigte interessante Frau sein? Oder ist sie nicht mehr als ein langbeiniges Callgirl? Oder eine Killerin, die den skrupellosen Kranzinger von der Last seiner Anwesenheit befreien soll? Inzwischen harrt er fünf Tage in seinem Versteck aus und hat nicht die geringsten Informationen, was sich währenddessen in der Welt draußen ereignet hat. Aber immer schön der Reihe nach, nimmt er sich vor und bietet seinem rätselhaften Besuch einen Sessel an.

„Sie sind mit dem Kühlschrank zurechtgekommen?"

„O ja! Alles eingekühlt. Alles da, wonach verwöhnte Menschen wie wir verlangen."

„Wunderbar. Ich falle jetzt genauso mit der Tür ins Haus wie Sie vorhin, Cora, aber ich bin es nun einmal gewohnt, ohne lange Umwege zu einer Lösung eines Rätsels zu kommen. Sie tauchen wie aus heiterem Himmel bei mir auf und lassen mich über Ihren Besuch rätseln. Was führt Sie wirklich zu mir?"

Sie schmunzelt und nimmt ihre Brille ab. Ihn schauen die dunklen Augen einer außergewöhnlich schönen, jungen Frau an.

„Diese Frage lässt sich ganz leicht beantworten. Ich soll für Ihre Unterhaltung sorgen. Wir werden sehen, was mir gelingt."

„Daraus schließe ich: Sie haben viele Begabungen, die Sie der jeweiligen Situation anpassen können", bemerkt er schnell und gefällt sich in seinem Kompliment.

Sie lächelt ihn verführerisch an und genießt seine Sympathie.

„Sie schmeicheln mir, Herr Stolz. Vielleicht finden Sie es langweilig zu erfahren, dass ich einmal Geschichte der Neuzeit studiert habe."

„Tatsächlich! Die Vergangenheit, so heißt es, ist häufig interessanter als die Gegenwart. Und wenn man sich intensiv mit ihr beschäftigt, kann man aus der Geschichte lernen."

„Mh. Ganz meine Überzeugung. Wollen Sie raten, worüber ich eine Dissertation verfasst habe? Einverstanden?"

„Ja, gut. Also, ich finde, zu Ihnen passt ein revolutionäres Geschehen. Ihr Akzent führt mich ganz direkt zur Französischen Revolution. War`s das?"

„Nein", entgegnet sie lachend, „war leider kein Treffer. Aber Sie dürfen einen zweiten Tipp abgeben."

„Also gut, ich sage ganz einfach: Hugenottenkriege."

„Damit sind Sie schon einiges näher gekommen. Aber ich will Sie nicht länger auf die Folter spannen: Es war ein Thema zur Spanischen Inquisition."

„Die Inquisition!", ruft Stolz überrascht. „Ein viel zu brutales Thema für eine zarte Frau."

„Charmant von Ihnen. Aber wahrscheinlich bin ich nicht so zart, wie Sie meinen. Oder sagen wir besser: Ich bin geschickt im Vortäuschen."

Stolz will ihr nicht nähertreten und schweigt diplomatisch.

„Ich habe über ein heikles Thema dissertiert, das man einer Frau nicht so ohne weiteres zutrauen würde", legt sie nach.

„Welches Thema, Cora?"

„Über die Sexualdelikte, die von der Inquisition in Spanien verfolgt und bestraft worden sind."

Wiederum staunt er und sagt kein Wort.

„Dazu zählt selbstverständlich die Homosexualität, aber natürlich auch die Bigamie. Zigeuner, Wanderarbeiter oder Seeleute hatten oft mehrere Geschlechtspartnerinnen. Ihre Strafe war meist der Dienst auf einer Galeere. Der dritte Teil meiner Untersuchungen befasste sich mit dem delikaten Delikt der Solicitation."

„Was ist das? Ich habe das Wort noch nie gehört."

„Salopp ausgedrückt handelt es sich um die Aufforderung zum Sex im Beichtstuhl. Wenn der Priester die intime Situation der Beichte, in der ja auch die so genannten fleischlichen Sünden zur Sprache kommen, und die räumliche Beengtheit des Beichtstuhls dazu missbraucht, die oder den Gläubigen sexuell zu belästigen. Solche Übergriffe im Beichtstuhl sind immer wieder vorgekommen. Erst im 19. Jahrhundert ist die Inquisition offiziell abgeschafft worden. Aber wie wir wissen, war damit das Kapitel Priester und der Sex noch lange nicht zu Ende."

„Aber darüber müssen wir uns heute nicht unterhalten, oder?"

„Aber nein, Herr Stolz. Ist doch ein ödes Thema."

„Und nach Ihrem Studienabschluss? Was haben Sie anschließend beruflich gemacht?"

„Die Anstellung an einem ausländischen historischen Institut hat mir zu wenig geboten. Zu wenig Herausforderung und zu wenig Geld. Also habe ich nach zwei Jahren gekündigt."

„Aha. Wo sind Sie dann gelandet?"

„In der Kommunikationsbranche, in der ich das Fünffache verdiene. Als freischaffende Gesellschaftsdame für Herren mit Niveau, Sie verstehen."

Obwohl er es geahnt hat, ist er von ihrer direkten Mitteilung überrascht. Er schluckt und überlegt, worauf er sich in seinem Versteck einlassen darf, wenn sie länger bleiben sollte. Ob nicht irgendwo eine Falle lauert, in die ihn dieses Callgirl locken muss, weil Don K dafür bezahlt. Eine versteckte Kamera, die das Geschehen aufzeichnet, könnte ihm ganz leicht verwertbares Material liefern. Er hätte die Wohnung vorher nach solchen Dingen untersuchen sollen. Er hätte daran denken müssen. Jetzt ist es zu spät. Seinem Entführer Ludwig traut er inzwischen alles zu, obwohl er sich über die Verpflegung keineswegs beschweren kann. Immer köstlich, was ihm an die Tür geliefert wird.

„Cora, gehe ich recht in der Annahme, dass Sie mir ein außergewöhnliches Vergnügen bereiten wollen?"

„Bingo! Genau deswegen. Nur eines dürfen Sie nicht von mir erwarten: Ich kann nicht singen. Also keine Lieder", bemerkt sie scherzend mit ihrer angenehm rauchigen Stimme.

„Aber dafür ein bisschen liederlich?"

„Natürlich! Ich bin doch nicht Ihre Frau – falls Sie eine haben."

„Ist jetzt nicht so wichtig, Cora."

„Okay. Wir sind ja ganz unter uns. Absolut ungestört."

Stolz ist gespannt, wie sie das verbale Vorspiel inszenieren wird, und will noch aufschieben, was ihn und seinen Körper erwartet. Sein Blick fällt in die offene Küche und ihm wird bewusst, dass er ein miserabler Gastgeber ist.

„Ich muss mich vielmals entschuldigen. Ihr plötzliches Auftauchen und Ihr Aussehen haben mich so irritiert, dass ich Ihnen noch nichts angeboten habe. Was möchten Sie trinken? Im Kühlschrank haben Sie die Champagnerflaschen sicher entdeckt."

„Champagner darf`s immer sein. Aber aus einer neuen Flasche, mein verehrter Herr!"

Er lässt den Korken in der Küche knallen und reicht ihr ein Glas mit der perlenden Flüssigkeit.

„Auf einen langen Abend, Herr Stolz! Oder darf ich du sagen? Schon jetzt?"

„Sag Harald zu mir, Cora!"

Sie stoßen an und tauschen Wangenküsse aus.

„Entspricht Kranzingers Wahl deinem elitären Geschmack?", erkundigt er sich nach dem Champagner.

„Absolut. Dem Mann dürfte nichts zu teuer sein."

Sie lachen über ihre gelungene Anspielung.

„Na gut, Cora. Hast du etwas in den Kühlschrank gelegt, das zu Champagner passt?"

„Ist ein Appetit anregendes Hors d`oeuvre gefällig, Harald?"

„Da will ich nicht nein sagen."

„Wäre auch ungeschickt von dir! Aber mehr will ich nicht verraten."

Cora schnalzt dezent mit der Zunge und schickt ihn ins prosaisch eingerichtete Schlafzimmer.

„Harald, hab bitte ein paar Minuten Geduld. Ich mag es gar nicht, wenn mir jemand bei den Vorbereitungen zusieht. Ich werde mich ein wenig zurechtmachen, den Tisch decken und die Vorspeise anrichten. Wenn ich fertig bin, rufe ich dich. Okay?"

„Ja, geht in Ordnung. Ich lasse mich gerne bedienen, nur zu gern. In den letzten Tagen habe ich alles selbst erledigen müssen. Mein Glas nehme ich nach nebenan mit."

Er setzt sich auf sein ungemachtes Bett und spürt eine lustvolle Spannung. Draußen ist Wahlkampf, fällt ihm ein, und ich bin mit einem Luxuscallgirl eingesperrt. Für die Öffentlichkeit gelte ich als entführt – und lasse mich gerade verführen. Ein phantastisches Upgrade der Vorsilbe. Ludwig, deine Regie ist unübertrefflich! Auf dein Wohl, du großer Macher!

Stolz erhebt sein Glas zu Ehren des abwesenden Tycoons der Bau- und Bodenbranche.

„Harald, es ist angerichtet! Du kannst kommen!"

Mit nur schwer überhörbarer Frivolität in der Stimme ruft sie ihn zu sich. Als er in der Tür steht, stoppt sein Atem, der Puls schießt in die Höhe. Seine Augen lustwandeln über die aufregende Landschaft eines stilvollen Erotik-Films.

Eine appetitlich prickelnde Inszenierung präsentiert sich ihm. Cora liegt ausgestreckt auf dem Esstisch, ihre Unterschenkel hängen nach unten. Bis auf einen türkisfarbenen Mini-Slip mit schmalen, schwarzen Bordüren hat sie ihre ganze Kleidung abgelegt. Die Arme hält sie zur Seite gestreckt. Die Hände signalisieren ihm: Greif zu!

„Es gibt Ossiotr als Ouvertüre, Harald! Frisch vom Eis, noch ganz kalt."

In ihrer Stimme hört er ein hedonistisches Verlangen. Die goldgelben Körner hat sie in einer dünnen Spur auf ihrem makellosen Oberkörper angerichtet. Von der winzigen Grube unterhalb ihres Kehlkopfs verläuft die Kaviarstraße zwischen ihren Brüsten bis zum Nabel, auf den sie als krönenden Abschluss ein appetitliches Häubchen gesetzt hat. Die eisgekühlte Linie teilt ihre gebräunte Brust in zwei Hälften. Harald staunt sprachlos. Ist es Coras makelloser Körper oder die exklusiv angerichtete Gaumenfreude, die ihn mehr fasziniert?

„Komm näher, bediene dich, solange der Kaviar kalt ist! Einmal kein prolliger Fingerfood, sondern ein etwas ungewöhnlicher Zungenfood. Wir zwei sind doch alles andere als gewöhnlich, nicht wahr. Sei ein Kavalier und gib mir auch etwas von dem Leckerbissen! Ich mag es, wenn du die Ossiotrkörner von deiner Zunge in meinen Mund gleiten lässt."

Er beugt sich über sie, sammelt den Kaviar vom Nabel weg auf und serviert das erste Häppchen in Coras erwartungsvoll geöffneten Mund. Während sich ihre Zunge den Ossiotr holt, erlebt er einen noch nie erlebten Ansturm der Sinne.

„Du servierst perfekt mit deiner Zunge", flüstert sie ihm zu. „Mit ihr spüren wir jede Kleinigkeit auf. Mehr, als unser Auge erkennen kann. Ein tolles Ding, das wir im Mund haben und nicht hoch genug schätzen können. Harald, ich bin hier, um dir jeden Wunsch zu erfüllen. Am liebsten solche Wünsche, von denen du bisher nur träumen konntest."

Er greift nach ihrem langen Haar und streicht über die Knospen ihrer Brust, ehe er den verbliebenen Kaviar gierig aufsaugt. Mit ungeahntem Genuss holt er sich die letzten Körner von ihrer Haut.

„Du sagst ja gar nichts. Entspricht etwas nicht deinen Vorstellungen?"

„Nein, nein, im Gegenteil. Du übertriffst meine kühnsten Erwartungen, Cora. Das Außergewöhnliche an dir hat mich verstummen lassen. Unsere Gläser sind leer, ich hole rasch die Champagnerflasche."

Cora richtet sich auf und wischt mit einer Serviette die Kaviarspuren von ihrer Pfirsichhaut.

„Stoßen wir auf den zweiten Gang an, Harald! Oder möchtest du eine kleine Pause einlegen?"

„Eine Pause?" wiederholt er entrüstet beim Einschenken. „Ich will dich jetzt vernaschen, Cora."

Mit einem Siegerlächeln öffnet sie gekonnt die Knöpfe seines verschwitzten Hemds, einen Knopf bewusst langsam nach dem anderen. Jede Berührung ihrer Finger steigert sein Verlangen. Ihr nackter Körper hievt ihn endgültig weg von seinen Problemen. Die ernüchternde Wahlprognose und das dominante Eingreifen seines Quartiergebers sind verschwunden. An seine Familie verschwendet er keinen Gedanken, seit er mit Cora sein Versteck teilt.

Eine lustvolle Stunde später sitzen beide frisch geduscht bei Tisch und genießen weitere Delikatessen aus dem Picknick-Korb. In ihren türkisfarbenen Dessous hat sie sich neben ihn gesetzt. Cora füttert Harald wie einen Gefesselten, Bissen für Bissen. Er lässt die winzigen Kanapees auf der Zunge zergehen und hängt dabei dem beglückenden Geschehen zwischen Tisch und Bett nach. Alles Grelle und Derbe wurde von ihnen gemieden. Sie führte ihn mit ihrem lasziven Spiel, das er als natürliches Verlangen einer sinnlichen Frau empfand. Mit ihrer Raffinesse ließ sie ihn vergessen, wer das Spiel machte.

„Früher einmal", bemüht Cora beim vierten Glas ihr historisches Wissen, „in einem sonnenverbrannten Land weit weg von uns verbot die strenge Sitte der Bauern den gemeinsamen Aufenthalt einer Frau und eines Mannes in einem Raum, solange sie nicht miteinander verheiratet waren. Die Menschen dort hielten die sexuelle Anziehung für eine übermächtige Naturgewalt, der sich niemand widersetzen könne. Keine Keuschheit und nicht einmal die frömmste Zurückhaltung seien in der Lage, einen sexuellen Kontakt zu verhindern, dachten sie. Allein mit einem anderen zusammen zu sein – das setzten sie automatisch einem Liebesabenteuer gleich. Ich weiß nicht, wie du darüber denkst – mich ergreift diese Moralstrenge jedes Mal, wenn ich daran denke."

Harald lacht verhalten und sagt: „Jede Frau hat zwei Seiten."

„Nur zwei?", spielt sie die Empörte.

„Okay, ich korrigiere mich: Jede Frau hat mindestens zwei Seiten. Dir traue ich zwanzig zu."

„Das war die Notbremse im letzten Augenblick."

Cora überlegt eine Weile und sagt schließlich: „Harald, ich möchte mit dir nicht tauschen. Auf keinen Fall."

„Vielleicht hast du Recht. Wer weiß, was mir noch bevorsteht. Wer weiß, was auf die Entführung folgt."

„Lass dich einfach überraschen!", meint sie leichtfertig.

„Das klingt so, als ob du mir etwas verheimlichst. Etwas, das mit dem Wahlkampf zusammenhängt. Kannst du mir kurz dein Mobiltelefon borgen, Cora? Ich möchte nur wissen, ob die Wahl wie vorgesehen stattfindet, mehr nicht."

„Nein, kann ich nicht."

„Verstehe. Kranzinger hat es einkassiert, weil er dir auch nicht traut."

„Richtig! Ich durfte nur ohne Handy zu dir. Hat ihn aber einiges gekostet, wie du dir denken kannst."

„Du verstehst, wie man zu Geld kommt."

25. September

WURDE DER WÜRGER ENDLICH GEFASST?

Nach zwei grauenhaften Morden und einer langen Suche nach dem Täter konnte die Polizei gestern von einem ersten, möglicherweise entscheidenden Erfolg berichten. Ein Bewohner des Steinfelder Stadtteils Egenz wurde gestern Abend in Bernheim verhaftet. Der Verdächtige leugnet bisher.
Dem 44jährigen Mann wird vorgeworfen, zwei Frauen überfallen und mit einem starken Band oder einer Krawatte erdrosselt zu haben. Beide Verbrechen, wie Die Tagespost ausführlich berichtet hat, ereigneten sich auf Friedhöfen. Die ermordeten Frauen, ergaben die bisherigen Ermittlungen der Polizei, waren weder miteinander bekannt noch hatten sie eine Gemeinsamkeit in ihrer Lebensweise, sodass zunächst auch kein Zusammenhang erkennbar war. Wie die Verbrechen verübt wurden, schloss jedoch die Annahme von zwei verschiedenen Tätern aus.
Eine Friedhofsbesucherin in Bernheim entging gestern Vormittag mit großem Glück ihrer wahrscheinlichen Ermordung. Sie ersuchte im Eingangsbereich des Waldfriedhofs den Verdächtigen um Wechselgeld, das sie für den Kauf eines Grablichts bei einem Automaten benötigte. Als der ihr Unbekannte seine Geldbörse aus seiner Jackentasche hervorholte, kam dabei eine Krawatte aus Leder zum Vorschein, die der Mann sofort wieder vor den Augen der Frau versteckte. Nervös geworden fielen ihm zwei Münzen zu Boden, worauf er wortlos davoneilte. Die aufmerksame Frau aus Bernheim schöpfte aus seinem Verhalten Verdacht und alarmierte die Polizei. Dank einer brauchbaren Personenbeschreibung konnte der mutmaßliche Würger daraufhin an einer Haltestelle verhaftet werden. Das Verhör wird heute fortgesetzt.
[Ilona Marton für Die Tagespost]

Bevor Luise Kurasa, die unverheiratete Haushälterin des Ehepaars Kranzinger, das gewünschte Mittagsmenü für den unbekannten Gast im Nebenhaus zubereitet, das Ludwig Kranzinger wie immer um 13.30 Uhr servieren will, stellt sie im herrschaftlich eingerichteten Wohnzimmer eine Leiter auf.

Seit 23 Jahren kümmert sie sich auf dem Eichberg um den Haushalt. Als Hausmädchen mit penibel gescheiteltem Haar hat sie begonnen. „Achten Sie nach Tunlichkeit auf reinliche Fingernägel!" war einer der ersten Sätze, den sie aus dem Mund von Frau Kranzinger zu hören bekam. „In der Probezeit werden wir sehen, ob Sie sich als anstellig erweisen."

Einmal im Monat kontrolliert sie alle Fenster. Im Wohnzimmer müssen sie geputzt werden, hat sie gestern festgestellt. Also steigt die 45jährige auf die Leiter und beginnt mit ihrer Arbeit. Während sie beflissen über die Glasscheiben wischt, unterbricht sie die Reinigung. Eine Frau verlässt gerade das Gästehaus. Die schlanke Dame von höchstens 30 Jahren nähert sich der Auffahrt, wo ein Taxi wartet. Ihre Augenpartie ist von einer Sonnenbrille verdeckt, ein Tuch verhüllt den Großteil ihrer dunklen Haare. Luise hält die attraktive Unbekannte für die Sekretärin oder die Partnerin des rätselhaften Besuchs, der sich seit Tagen in der Einliegerwohnung versteckt hält, perfekt abgeschirmt vom Hausherrn. Wohnen etwa mehrere Personen im Gästehaus, fragt sie sich. Sie hat doch nie mehr als eine Extra-Portion gekocht. Könnte aber sein, dass die Besucherin an einem Schlankheitswahn leidet und mit dem Fitness-Trio Apfel, Joghurt und Banane schon zufrieden ist. Arme Geschöpfe, diese jungen Frauen heutzutage, sagt sie sich wieder einmal. Sie fasten und hungern so lange, bis sie das Essen verlernt haben. Verrückt und krankhaft! Ich lasse es mir lieber gut gehen und wiege mich im grünen Bereich zwischen Vollschlank und Noch-Nicht-Mollig. Das Runde ist das Gesunde, sagt der Alte manchmal, wenn seine Constance nicht zuhört. Wenn er nicht in seinem Glaspalast arbeitet, schaut er mir gerne bei der Arbeit zu, während ich auf der Leiter stehe. Er tut so, als würde er in meiner Nähe etwas suchen und könne es nicht finden. Gewisse Blicke spüren Frauen mit Erfahrung auch von hinten. Mit seinen Augen zieht er mich aus, dafür brauche ich keine Phantasie. Wenn sie zu Hause ist, gibt es keine Blicke, nur monotones Fensterputzen ohne Bewunderer. Wenn ich mir die ihm angetraute Hopfenstange nackt vorstelle, kann man erkennen, was eine geschickte Kleiderwahl vortäuschen kann. Wahrscheinlich traut sie mir heimliche Zärtlichkeiten mit ihrem Ludwig zu. Manchmal kommt sie nach ein paar Minuten mit dem Auto wieder zurück, weil sie etwas vergessen hat, wie sie meistens behauptet. Sie schaut dann jedes Mal so genau, wie wenn sie etwas Kompromittierendes entdecken möchte. Geht aber nicht, weil zwischen ihm und mir nichts passieren kann. Ich mag ihn nicht. Nicht einmal, wenn er der einzige lebende Mann auf meiner Insel wäre. Unvorstellbar. Der alte K ist mir körperlich unsympathisch. Auf meiner Männerskala gleichauf mit einem Leichenwäscher. Aber wenn ich genau überlege: Diese junge Dame hat nur eine Handtasche bei sich gehabt – da kann sie nicht sehr lange zu Besuch gewesen sein. Bei dieser Ausstattung kann ich mir höchstens einen One-Night-Stand vorstellen. Wie auch immer und wer auch immer, ich werde schon noch dahinterkommen, was in diesem Versteck so alles passiert ist. Spätestens wenn die gute Luise die Bettwäsche abzieht und den Müll beseitigt. Menschen hinterlassen ihre Spuren und die erzählen oft mehr, als den Menschen recht ist.

„So fleißig, Luise!"

Unbemerkt ist Constanze Kranzinger ins Wohnzimmer gekommen.

„Mein Mann möchte heute ein provenzalisches Entrecote hinüberbringen. Das Fleisch haben wir hoffentlich zu Hause, oder?"

„Ja, gnädige Frau, Rindfleisch ist genug da. Wie üblich eine Portion extra?"

Constanze Kranzinger denkt kurz nach und sagt: „Natürlich. Ein Entrecote extra. Warum fragen Sie überhaupt?"

Luise lässt sich zu einer wenig diplomatischen Antwort hinreißen.

„Nur damit ich nichts falsch mache. Vor ein paar Minuten ist eine junge, äußerst attraktive Dame aus dem Gästehaus gekommen und mit einem Taxi weggefahren. Könnte ja sein, dass sich heute mehr Personen als unser Stammgast dort drüben aufhalten. Aber Sie wissen sicher bestens Bescheid, gnädige Frau."

Die Hausherrin macht ein säuerliches Gesicht und redet mit gereizter Stimme auf Luise ein: „Damit das ein für alle Mal klar ist: Wir erwarten von Ihnen absolute Diskretion, Luise! Was im Gästehaus geschieht, geht Sie nichts an! Gar nichts! Es hält sich dort jemand auf, weil er sich verstecken muss. Wollen Sie sein Leben gefährden, indem Sie mit

Dragan oder einem anderen darüber reden?"
Luise antwortet kleinlaut: „Nein, auf keinen Fall. Entschuldigen Sie
bitte, was ich vorhin gesagt habe, Frau Kranzinger!"
Ihre Stimme klingt erleichtert: „Schon gut! Dann haben wir das geklärt,
nicht wahr, Luise."
Im Weggehen wird der Hausherrin klar, was sie am vergangenen
Abend gehört hat, als sie von der Garage zum Haus gegangen ist. Es
waren also Schreie der Lust und sie müssen mit der jungen Frau zu-
sammenhängen, von der sie soeben erfahren hat. Rein zufällig, weil
sich die Luise wichtig gemacht hat. Was ist das bloß für ein Unbekann-
ter, der bei uns wohnt, fragt sie sich. Er genießt Luises Kochkünste und
seit Neuestem lässt er sich von einer Jungen im Bett verwöhnen. Ob
das überhaupt ein richtiges Versteck ist, wie der Ludwig immer behauptet? Wenn es nicht so abenteuerlich klingen würde, müsste ich
auf den Stolz tippen. Wäre ein unerhörter Skandal, wenn ich mir die
Schlagzeile KIDNAPPER KRANZINGER vorstelle. Den Mumm und die
Nerven dafür hat der Ludwig, keine Frage. Aber die Vorstellung, mit
einem Verbrecher verheiratet zu sein, lässt mich schaudern. Am besten, ich denke nicht daran.
Was verbirgt mein Mann vor mir seit einer Woche?
Sie beißt auf ihre Unterlippe und erwägt, in der Einliegerwohnung
gegen die Abmachung Nachschau zu halten. Immer vorausgesetzt,
Ludwig hat nicht vorsorglich alle Schlüssel an sich genommen.
Warum zieht er unser privates Domizil in diese mysteriöse Sache hinein? Kommt als nächster Schritt eine Security ins Gästehaus, aus dem
dann ein Hochsicherheitstrakt wird? Ludwig weicht immer öfter meinen bohrenden Blicken aus. Er hat sich verändert und wir beide sind
die Leidtragenden. Ich erkenne meinen Ehemann nicht wieder. Es
passt überhaupt nicht zu ihm, wenn Don K wie ein willfähriger Butler
jeden Mittag das fertige Essen Luises ins Gästehaus bringt. Das kann
nicht mehr lange so weitergehen. Bald wird der Moment kommen und
ich stelle ihn zur Rede. Ohne Umschweife werde ich ihn dann mit meiner Gretchenfrage konfrontieren: Warum sperrst du Harald Stolz bei
uns ein? Ob er dann auch so laviert wie der verjüngte Faust bei ihrer
Frage nach der Religion?

Ludwig müsste sich mir bloß anvertrauen. Er weiß doch, dass er auf meine Hilfe zählen kann. Wir könnten wieder zu unserem alten Leben zurückfinden. Zu Vertrauen und Gemeinsamkeit. Die Zeit der Liebe ist ohnedies vorbei.

Ich fühle mich wie die zum Balancieren gezwungene Frau, die auf dem Sattel eines Pferdes steht und mit Hilfe der Zügel verbissen das Gleichgewicht hält. Sie muss ihr ganzes Geschick aufbringen, weil sie sonst abstürzt. Das steif verharrende Pferd unter mir ist Ludwig, der keinen Boden unter den Füßen hat. Das Tier steht mit seinen Hufen auf einem Hochseil. Es ist über einen schwarzen Abgrund gespannt. Pferd und Reiterin bewegen sich nicht. Sollte das Tier das Gleichgewicht verlieren, würden beide unweigerlich in die Tiefe stürzen. Ich habe keine Ahnung, wie Goyas surreale Radierung zu verstehen ist, aber ich weiß, was in der Frau auf dem Sattel vorgeht. Eine falsche Bewegung des Pferdes kann beide in die Tiefe reißen. Doch solange beide stillstehen und das Gleichgewicht halten können, passiert ihnen nichts.

Was hat Constanze wirklich zu verlieren, sollte ihr Mann stürzen? Als sich die ersten großen Geschäftserfolge von Alloro eingestellt haben, haben beide ihre Vermögensverhältnisse geregelt. Die Anteile an den Firmen wurden halbiert und ein Testament auf Gegenseitigkeit unterzeichnet. Damals schien es eine salomonische Lösung zu sein, schließlich haben sie keine Kinder. Außerdem hält Constanze die Vereinbarung noch immer für gerecht, weil sich ihr mitgebrachtes Vermögen und seine Geschäftstüchtigkeit bestens ergänzt haben. Dass ihr der elegante Name Alloro eingefallen ist, war alles andere als ein Geistesblitz. Der Prospekt einer Gärtnerei hat damals auf der Titelseite einen üppigen, dunkelgrünen Lorbeer präsentiert und ihrem Mann hat die Farbe auf Anhieb gefallen. „Vornehm wie unser Image", hat er konstatiert. „Und obendrein seit dem alten Rom das Zeichen des Sieges! Bis heute, Constanze!" So ist die Pflanze, der man im Mittelalter einen Schutz vor Zauber und Feuer zugetraut hat, zu einem unaufdringlichen Symbol für den wirtschaftlichen Erfolg Kranzingers geworden.

„Tempi passati" fällt Constanze ein. Zu viel hat sich gewandelt. Inzwischen ist es vornehm, in erster Linie den Anschein zu wahren, es habe sich nichts verändert. Und zu schweigen. Das ist das neue Vornehm auf dem Eichberg. Doch Schweigen ist eine schwierige Kunst. Ob Luise auf Dauer dichthalten wird? Constanze kennt kein Druckmittel, das die Haushälterin, auf die sonst stets Verlass ist, zum Schweigen zwingen könnte. Also muss das Schweigen gekauft werden. An der Summe sollte es nicht scheitern.

Im Politmagazin > Die Lupe < erscheint an diesem Tag ein Kommentar zur Situation in der Fortschrittspartei.
Wer plötzlich verschwindet und alle Brücken zu seinem bisherigen Leben abbricht, will ein neues beginnen. Abhauen und im Ausland untertauchen soll sich schließlich auszahlen.
Vor sechs Tagen ist der Spitzenkandidat Harald Stolz mitten in der heißesten Phase des Wahlkampfs verschwunden. Er hat kein Geld veruntreut und nach Einschätzung der Polizei auch kein Kapitalverbrechen begangen. Es sind keine Anzeichen für eine kriminelle Entführung des Politikers bekannt. Die Wahrscheinlichkeit, dass er noch am Leben ist, wird von allen Seiten als sehr hoch eingeschätzt. Hält er sich versteckt oder wird er versteckt gehalten?
Genauso interessant wie die Frage, wo er sich befinden könnte, ist der Grund, weshalb Stolz verschwunden ist. Im Kontext eines knappen Wahlausgangs, den die Frauenpartei kaum mehr für sich entscheiden dürfte, muss ein politisches Motiv für die Affäre Stolz angenommen werden. Noch ist es nicht mehr als ein Gerücht, dass der Parteivorstand den wenig erfolgreichen Spitzenkandidaten kaltgestellt hat, um in einem Fotofinish den Wahlsieg ohne ihn zu erringen. Die Regie dabei könnte einfacher nicht sein: Florentina Stolz kann gegen Saskia Pontebba reüssieren, wenn sie keinen großen Fehler bis zum Urnengang macht. Sie hat die Herzen vieler Wählerinnen und Wähler im Nu gewonnen. Hinter den Kulissen sucht der Parteivorstand inzwischen nach einem Nachfolger für Harald Stolz. Der Neue wird wohlweislich erst nach der Wahl präsentiert werden. Welche Entschädigung hat der Abgesägte zu erwarten? Exit as usual – Generaldirektor einer Holding mit staatlicher Beteiligung.
Summa summarum: Viel passiert, nichts geschehen.

Wenige Minuten vor Mitternacht sitzt Florentina Stolz in ihrem Privatauto und wünscht etwas herbei, das ihr in den vergangenen Jahren niemals in den Sinn gekommen ist. In dieser Nacht wäre sie lieber in ihrer alten Heimat Kolumbien.

Sie säße auf dem Beifahrersitz neben einem martialisch blickenden Leibwächter, der noch am Nachmittag ein Schusstraining absolviert hätte. Mit einem einzigen Fehlschuss von 48 abgegebenen Schüssen aus seiner Pistole. Sie hätte dann keine Angst. Weder um sich noch um das Leben ihres Mannes. Sie würde die Übergabe wie ein Geschäft mit besonderen Bedingungen durchziehen.

Aber hier ist alles anders als in Südamerika. Sie hat sich entschieden, ihren Mann allein zu befreien. Den Polizisten, der bei ihr zu Hause nur untätig seine Dienstzeit abgesessen hat, hat sie am Vortag weggeschickt. Sehr zum Missfallen von Kommissar Nidda, der jede weitere Verantwortung abgelehnt hat. Wozu braucht sie einen Polizeibeamten, der nichts anderes tut als zu warten? Sie regelt das alleine, hat sie am Vortag entschieden. Sie hat in Kauf genommen, dass ihre Kinder Mutter und Vater verlieren könnten. Mit einem Schlag zwei Waisen, Anna und Cristiano.

Der Zettel, den sie vom Pater erhalten hat, hat sie über die geforderte Lösegeldsumme informiert und eine Telefonnummer genannt, die nur am 24. September zwischen 20 und 21 Uhr aktiv sei. In dieser Zeit würden die Bedingungen für die Übergabe geklärt werden. „Keine Polizei!" hieß es am Schluss des Schreibens.

Sie wartet auf der obersten Etage des Parkhauses B auf dem Flughafengelände Dornen. Eine telefonische Nachricht des Entführers hat sie dorthin bestellt. Der einzige Kontakt mit seiner derben Stimme ist völlig zu seinen Gunsten ausgegangen. Sie ließ sich von seinen Forderungen gegen eine unnachgiebige Wand drücken, die sie jetzt wieder spürt. Eine Niederlage, so schmachvoll, dass sie sich geschworen hat, es sollte nie jemand davon erfahren. Der Entführer, den sie für plump und ungebildet hält, ließ ihrer Sorge um Harald keine Chance. Er verweigerte ein Lebenszeichen ihres Mannes. So sehr sie ihn anflehte, er ließ nicht mit sich reden. Ihr Flehen schürte bloß seine brutale Härte.

„Du hast keine andere Wahl. Du musst mir vertrauen, sonst verschwindet dein Mann für immer von der Bildfläche. Die Million legst du in kleinen, gebrauchten Scheinen in einen Karton mit Sichtfenster und wartest in Dornen im Parkhaus B ganz oben. Wenn du die Bullen einschaltest, bekommst du am Wahltag die linke Hand von deinem Mann. Oder ist dir die rechte lieber? Vielleicht überlebt er sogar die Amputation. Wer weiß. Ich garantiere für nichts. Morgen um Mitternacht bist du allein im Parkhaus. Der Karton mit der bescheidenen Summe liegt abholbereit auf dem Autodach. Wenn das Geld überprüft ist, erfährst du, wo sich dein Mann befindet. Ende."
Dann brach das Gespräch ab.
Der Entführer hat sicher ein Prepaid-Handy verwendet, das inzwischen vernichtet ist, stellt sie sich vor. Das Geld liegt auf dem Dach ihres Wagens. Sie sitzt im Inneren und wartet. Ihr Atem geht unregelmäßig vor Anspannung. Ihre Armbanduhr zeigt 00.01 Uhr. Auf der Cockpituhr leuchten vier Nullen. Sie weiß, dass Verbrecher ihre Opfer absichtlich zappeln lassen. Sie wollen die Angst steigern. Die Nerven strapazieren. Die Konfusion der Opfer vergrößern.
Kein anderes Fahrzeug ist seither in die oberste Etage heraufgekommen. Das Auto, das allein am anderen Ende des Parkdecks steht, dürfte einem Langzeitparker gehören. Sonst ist alles leer. Ohne sie rundherum totes Terrain. Eine startende Passagiermaschine dröhnt, dass die Luft vibriert. Ihr Lärm ist lauter als das Motorrad, das sich dem Auto von Florentina Stolz von hinten nähert. Der Scheinwerfer ist ausgeschaltet, der Gashebel wird dosiert betätigt. Wie ein Raubtier schleicht sich das einspurige Fahrzeug heran, bis es an der rechten Seite ihres Wagens hält. Ein Mann im schwarzen Bikerdress zieht mit klobigen Handschuhen den Karton vom Autodach. Der getönte Vollvisierhelm neigt sich dem Sichtfenster zu. Der Unbekannte schüttelt den Karton, anschließend steckt der nervös wirkende Mann das Paket in einen Rucksack.
Florentina Stolz, die das Geschehen durch das Seitenfenster wie auf einer Leinwand verfolgt, betätigt den Fensterheber für die Beifahrerseite und schreit hinaus. „Wo ist mein Mann? Bitte!"
Der Motorradfahrer schaut geradeaus nach vorne. Sie schreit noch

einmal, lauter als beim ersten Mal, um eine Antwort zu bekommen.
„Wo ist mein Mann? Sie haben es versprochen!"
Der Unbekannte mit dem schwarzen Helm schaut wieder nicht zu ihr.
Mit der Linken deutet er kurz auf den allein parkenden Wagen am
Ende des Parkdecks. Dann gibt er Vollgas, rast mit quietschenden Reifen auf die Abfahrt zu und verschwindet hinter einer Wand.
Hastig steigt sie aus, lässt die Autotür offen und läuft auf den gepark-
ten Wagen zu. Beim Näherkommen sieht sie, dass im Fond jemand
bewegungslos sitzt. Es wird ihr Mann sein. Er muss es sein. An Händen
und Füßen gefesselt wartet er auf seine Befreiung, vermutet sie. Hofft
sie. Sie schreit „Harald!" im Weiterlaufen.
Wo nehme ich ein Messer her? Oder eine starke Schere? Meine Handtasche, fällt ihr ein, habe ich in der Hektik im Wagen gelassen. Dumm
von mir.
Warum bewegt er sich überhaupt nicht? Warum neigt er nicht einmal
seinen Kopf ein wenig in meine Richtung? Harald muss mich doch hören. Meine Schritte klopfen auf den Beton. Sie sind doch nicht zu
überhören. Aber er bleibt bewegungslos.
Ist Harald betäubt worden?
Noch 20 Meter hätte sie zu laufen, als sie von einer Druckwelle zu
Boden gerissen wird. Im Fallen sieht sie die Explosion, die den Wagen
mit einem ohrenbetäubenden Krachen zerstört. Fensterscherben landen klirrend auf dem Beton, prallen gegen ihre Jacke und ritzen ihr
Gesicht. Das Fahrzeug brennt lichterloh. Mit penetrantem Gestank.
Geschockt kniet sie auf dem Boden. Starr vor Entsetzen weiß sie: Aus.
Alles ist aus. Harald ist tot. Jede Rettung kommt zu spät. Warum diese
brutale Hinrichtung? Warum vor ihren Augen? Sie hat doch alles be-
folgt, was von ihr verlangt wurde.
„Dein Hemd passt nicht zum Anzug. Es ist zu jugendlich", hat sie vor
sieben Tagen zu Harald gesagt, als er zum Flughafen aufgebrochen ist.
So banal und überflüssig, diese letzten Worte an ihn. Es quält sie, dass
es diese Sätze waren. Sie will sie aus ihrem Gedächtnis streichen. Für
alle Zeiten.
Noch immer ist sie allein auf dem obersten Parkdeck. Vor ihr verwandelt sich der Wagen in eine Ruine aus Blech. Der schwarze Qualm wird

immer dichter. Von Ferne hört sie das Bremsmanöver eines landenden Flugzeugs. Allmählich kehrt sie aus ihrer Erstarrung zurück. Sie greift auf ihre Wange und fühlt das Blut. Mit Hilfe ihrer Hände gelingt es ihr, sich aufzurichten. Wie ein kleines Kind. Wie ihr Cristiano, wenn er gestolpert ist. Sie torkelt in einem Trancezustand zu ihrem Wagen zurück. Mit dem Autotelefon verständigt sie Polizei und Feuerwehr. Sie meldet, dass sie auf dem Rücksitz des explodierten Wagens eine Person gesehen hat. Vom Motorradfahrer sagt sie nichts.

„Bleiben Sie in der Nähe der Brandstelle, Frau Stolz! Wir kommen zu Ihnen, so rasch es geht", hat die eindringliche Stimme des Dienst habenden Polizeibeamten verlauten lassen.

Ihr bleibt nichts anderes übrig, als im Auto zu warten. Fenster und Tür sind zu, um den Brandgeruch fernzuhalten, so gut es in einem PKW möglich ist. Die oberste Etage ist inzwischen verqualmt. Bis zum brennenden Auto mit ihrem toten Mann sieht sie kaum noch.

Welch seltsamer Ort ist so ein Wagen. Man kann in ihm ein Kind zeugen oder einen Menschen einäschern. Ein Schauplatz der Lust oder ein Krematorium auf vier Rädern.

Leben oder Tod. Im Auto scheint alles möglich.

Ein Löschtrupp der Feuerwehr rast an ihr vorbei und beginnt mit seiner Arbeit.

Jeder Handgriff vergeblich und sinnlos.

Die Männer legen einen Schaumteppich, der die Flammen bald erstickt.

Was soll sie der Polizei sagen, die noch immer nicht aufgetaucht ist? War sie zufällig hier oben, weil sie die Auffahrt mit der Abfahrt verwechselt hat? Und zur selben Zeit explodiert auch das fremde Auto? Wer soll ihr das glauben?

Wurde sie unter einem Vorwand hierher gelockt, um sie als Wahlkämpferin einzuschüchtern? Kann der Anschlag eine Warnung sein – mit einem politischen Hintergrund?

Kann sie in ihrer psychischen Verfassung überhaupt ein glaubwürdiges Lügenkonstrukt errichten?

Jeder Vernünftige wird doch einen Zusammenhang mit dem noch immer ungeklärten Verschwinden ihres Mannes vermuten.

Ich stehe also vor einem Scheideweg, wird ihr plötzlich bewusst. Entweder werde ich das Opfer, das zu viel riskiert hat. Oder die Alleingängerin, die den eigenen Mann umgebracht hat. Eine grauenhafte Vorstellung! Beides eine Katastrophe. Sie klappt, um sich abzulenken, den Kosmetikspiegel auf und riskiert einen Blick auf ihr Gesicht. Geschwärzt und zwei nasse, rote Flecken. Wie einem Inferno entronnen, sagt sie sich entsetzt. Wie werde ich morgen aussehen? Kann ich mit zwei Schnittwunden in die Öffentlichkeit?

Am besten, ich ziehe mich gänzlich aus dem Wahlkampf zurück. Viel wichtiger, bei den Kindern zu bleiben als für die Partei der Männer ein Bild des Jammers abzugeben. Die Medien haben für eine fürsorgliche Mutter mehr Verständnis als für eine ramponierte Stellvertreterin ihres Mannes.

Die Stolz verschwindet von der Bildfläche. Basta!

Es muss ein Racheakt gewesen sein, überlegt sie weiter. Nur das ergibt einen Sinn für sie. Die Explosion muss die Vergeltung für das Falschgeld gewesen sein. Ganz oben im Karton sind echte Scheine gelegen, darunter ausgezeichnete Kopien gebrauchter Banknoten. Aber wer sie angreift, merkt natürlich den Unterschied. Weiter unten im Parkhaus hat wahrscheinlich ein Wagen auf den Motorradfahrer gewartet. Dort wurde das Lösegeld kontrolliert und gleich danach die Explosion ausgelöst.

Klingt plausibel. Zumindest für den Augenblick.

Was zählt jetzt noch für Florentina Stolz? Was ist wirklich wichtig?

Ein Klopfen am Seitenfenster reißt sie aus der Sturmflut ihrer Gedanken.

„Frau Stolz, ich bin Karen Wintrich von der Kriminalpolizei Steinfeld. Darf ich mich zu Ihnen setzen?"

Die Angesprochene schaut völlig verständnislos und fährt das Fenster herunter.

„Wie? Was machen Sie hier?"

„Frau Stolz, haben Sie die Polizei alarmiert?"

„Ja. Schon vor längerer Zeit."

„Darf ich in Ihr Auto steigen? Ich möchte Ihnen einige Fragen stellen.

Fühlen Sie sich dazu in der Lage?"
„Ich weiß nicht. Und Sie sind wirklich von der Polizei?"
Die Kriminalpolizistin nimmt auf dem Beifahrersitz Platz und zeigt ihr
den Dienstausweis.
„Ich bin etwas durcheinander. Sie müssen verstehen, ich habe so etwas noch nicht erlebt. Können Sie mir sagen, was dort drüben passiert
ist?"
Mit ihrer zitternden Hand deutet sie zur Brandstelle.
„Ein Auto hat explosionsartig zu brennen begonnen. Sie haben den
Notruf verständigt und gemeldet, dass sich eine Person in Wagen befindet."
Eine Weile starrt sie Karen an, die zur Beruhigung die rechte Hand von
Frau Stolz ergreift.
„Kann sein, dass ich davon gesprochen habe. Ich kann mich nicht mehr
genau erinnern. Es war das Fürchterlichste, das ich je erlebt habe.
Dieser entsetzliche Knall! Und der beißende Qualm! Ich verstehe das
alles nicht. Von einer Person habe ich gesprochen?"
Ihr Blick geht ins Leere, als suche sie nach einer entschwundenen Erinnerung.
„Frau Stolz, Sie zeigen eine ganz natürliche Reaktion. Sie stehen unter
Schock. Sollen wir das Gespräch auf morgen verschieben?"
„Nein, nein! Verstehen Sie denn nicht? Ich muss auch morgen meinen
Mann vertreten. So lange, bis er wieder bei mir ist. Er lebt doch
noch?"
„Wir tun unser Möglichstes, Frau Stolz. Es spricht nichts dagegen, dass
er am Leben ist."
„Kann ich jetzt nach Hause fahren? Mein Gesicht -"
Sie wirft besorgte Blicke in den aufgeklappten Kosmetikspiegel ihres
Wagens.
„Warten Sie noch einen Augenblick, Frau Stolz!"
Ein Mann in Uniform nähert sich den beiden Frauen. Der Einsatzleiter
der Feuerwehr meldet Karen Wintrich durch das geöffnete Fenster:
„Brand aus. Im Wagen haben sich keine Personen befunden. Ihr Techniker kann mit seiner Arbeit beginnen."
Während des letzten Satzes kollabiert Florentina Stolz. Ihre Schläfe

knallt gegen das Lenkrad. Sie sackt zusammen und ist nicht mehr ansprechbar.

Karen Wintrich ruft den anwesenden Notarzt herbei und lässt nach dem Abtransport in ein Steinfelder Krankenhaus auch ihren Wagen auf Hinweise zur Aufklärung des Geschehens untersuchen. Im ausgebrannten Wrack werden Metallteile gefunden, die bei der Produktion von Schaufensterpuppen Verwendung finden. Im Auto von Frau Stolz verläuft die Suche negativ.

Wozu der Bluff, fragt sich die Kriminalpolizistin.

Oder war es gar kein Bluff, sondern ein ganz ordinärer Zufall, dass jemand ein Auto auf der obersten Etage abstellt, in dem eine Puppe sitzt? Ein Zufall zu viel, wenn dieses Auto auch noch explodiert.

Also doch kein Bluff. Es sollte wohl wie eine Hinrichtung aussehen, um jemanden einzuschüchtern, vermutet Karen. Und dieser Jemand könnte Florentina Stolz heißen. Es war kein Zufall, dass der Wagen vor den Augen der Politikerin explodiert ist. Es war geplant.

Wenn sie vernehmungsfähig ist, bekommen wir sicherlich einen brauchbaren Hinweis, hofft die Polizistin und beendet ihren Einsatz im Parkhaus B um 1.47 Uhr.

26. September

Karens Anruf kommt dem Wecker ihres Chefs zuvor. Die markanten Töne aus Beethovens Fünfter reißen ihn aus dem Schlaf.
„Wie spät?" brummt er verärgert ins Telefon.
„Julius, es ist bald sieben Uhr. Ich rufe dich an, bevor du es aus den Nachrichten erfährst und dann einen wirklichen Grund zum Ärgern hättest: Frau Stolz war um Mitternacht Augenzeugin einer Explosion, die ein geparktes Auto in Dornen zerstört hat -"
Mehr als ungehalten unterbricht er seine Assistentin: „Wegen eines kaputten Wagens störst du meine letzte Schlafphase, Karen?"
„Nein! Du hast mich in deiner bekannten Guten-Morgen-Laune unterbrochen. Sie war überzeugt, einen Insassen vor der Detonation gesehen zu haben."
„Und was sagt die Technik? Ist jemand in die Luft gejagt worden oder nicht?"
„Niemand. Höchstens eine Schaufensterpuppe."
„Mysteriös. Wie unser Dauerbrenner, würde ich sagen. Hast du die Stolz genauer befragen können?"
„Es ist beim Versuch geblieben. Sie ist kollabiert, wie sie erfahren hat, dass niemand im Wagen war. Eine merkwürdige Reaktion, meine ich. Sie wurde vom Notarzt versorgt und in ein Krankenhaus gebracht."
„Lass unverzüglich feststellen, wo sie sich aufhält und ob sie vernehmungsfähig ist! Wir sehen uns im Büro. Und trotz allem: danke für die Nachricht! Auf dich ist Verlass. Leider auch zur Unzeit."
Warum kollabiert eine tüchtige und psychisch robust wirkende Frau wie diese Stolz, wenn sie erfährt, dass niemand bei der Explosion ums Leben gekommen ist? Nidda sitzt auf seinem Bett und hadert mit seinem aufgescheuchten Ohrwurm. Er hat schlecht geschlafen und ist von Karens Anruf in einen ungewissen Tag geworfen worden. Verärgert lässt er das Tageslicht ins Zimmer und stellt am Fenster stehend ein kleines Register an Möglichkeiten zusammen, die mit einem akut gewordenen Gesundheitsproblem beginnen. Etwa ein plötzlicher Abfall des Zuckerspiegels oder ein massives Kreislaufversagen? Oder hat sie etwas erlebt, das ihr zu viel geworden ist? Ein schockierendes Er-

eignis, das ihr den Boden unter den Füßen weggezogen hat?

Keine leichten Rätsel, die das Ehepaar Stolz der Polizei aufgibt.

Er schaltet die Kaffeemaschine ein und rechnet damit, den Vorfall durch eine ausführliche Befragung klären zu können. Heute noch.

Nidda denkt um diese Tageszeit manchmal an seinen Sohn. Rafael hat einen ordentlichen Beruf, der ihm einiges an Arbeitseinsatz abverlange, wie er oft ungefragt betont. Er leitet die Verkehrsabteilung für Umfahrungsstraßen und fühlt sich mit dieser Aufgabe ausgelastet. Den skeptischen Blicken seines Vaters erwidert er regelmäßig, was er sich als Grundsatz während der Schulzeit angeeignet hat: Wer sich zu Tode arbeitet, versteht den Sinn des Lebens nicht.

Selten kann der Vater Rafaels bequeme Philosophie für sich anwenden.

Und heute? Die Chancen stehen schlecht. Die Medien verlangen Fortschritte in der leidigen Entführung, wie das Verschwinden von Harald Stolz inzwischen unisono genannt wird.

Die Selbstmordtheorie wurde inzwischen längst beiseitegelegt, weil noch immer kein Abschiedsbrief gefunden wurde. So viel Zeit nehmen sich fast alle Selbstmörder, bevor sie ihr Lebenslicht gewaltsam abdrehen.

Dann könnte es schon eher ein Mordfall sein. Nur, warum in diese Richtung ermitteln, wenn die Leiche fehlt?

Könnte er abgehauen sein, fragt sich Nidda vor dem zweiten Kaffee. Durchgebrannt mit der rassigsten Frau der nördlichen Hemisphäre? Welcher schwache Mann würde dieses Vergnügen nicht jedem Job in der Politik vorziehen? Aber die Wahrscheinlichkeit, die Superfrau während eines intensiven Wahlkampfs zu treffen, dürfte an jene herankommen, beim Pinkeln im Freien von einem Meteoriten getroffen zu werden, steht für Nidda fest.

Eine nochmalige Auswertung seiner Handydaten hat keine neuen Erkenntnisse geliefert. Tagsüber war das Gerät am 19. September in Bernheim registriert, dann fehlen knapp eineinhalb Stunden, die mit den Flugzeiten zurück nach Steinfeld übereinstimmen. Vom Flughafen Dornen aus hat Stolz mit dem Handy von Ludwig Kranzinger telefoniert und die letzte Ortung gab es auf dem Eichberg. Seither ist das

Gerät nicht mehr aktiviert worden. Es dürfte dort abgeschaltet worden sein, obwohl Ludwig Kranzinger den Spitzenkandidaten der Fortschrittspartei bis zu seiner Wohnung im Kaiviertel gebracht hat. So lange Stolz verschwunden ist, so lange ist sein Handy nicht mehr verwendet worden. Inzwischen eine Woche lang.

Alles dreht sich in dieser dubiosen Sache im Kreis. Wie der Löffel, mit dem Julius Nidda den Kaffee umrührt.

Gegen 9 Uhr erscheint der Kommissar im Büro. Seine Assistentin Karen hat vom Krankenhaus erfahren, dass die Kollabierte nach der Versorgung ihrer Schnittwunden im Gesicht entlassen wurde. Über den Kollaps gab es keine Auskünfte mit Berufung auf die ärztliche Schweigepflicht.

„Okay, dann fahren wir zu ihr, Karen! Bin gespannt, was sie uns über die letzte Nacht berichtet."

Das Gesicht von Florentina Stolz zeigt die Spuren der Autoexplosion. Nicht herzeigbar, denkt sich Karen mit Bedauern, als ihr und Nidda Plätze in einer ledernen Sitzgruppe angeboten werden.

„Frau Wintrich, Herr Nidda, ich möchte Sie ersuchen, sich kurz zu fassen. Auch wenn mein Gesicht nicht danach aussieht, befinden wir uns im Finish des Wahlkampfs, wo jedes falsche Wort und jeder Garderobefehler Stimmen kosten. Experten vermuten nämlich, dass die noch unentschlossenen Wählerinnen und Wähler die Wahl entscheiden könnten."

Nidda ergreift das Wort: „Frau Stolz, wir werden Sie nicht lange aufhalten. Aber Ihnen dürfte klar sein, dass der Autobrand von letzter Nacht aufgeklärt werden muss."

Florentina Stolz nickt. Sie blickt sofort wieder auf ihr Smartphone und wischt emsig über das Display.

„Frau Stolz, Sie kennen mich von heute Nacht", beginnt Karen mit der Befragung. „Wann sind Sie in das Parkhaus eingefahren?"

„Auf die Minute genau weiß ich es nicht mehr. Ich schätze, es war 23.50 Uhr."

„Waren Sie allein unterwegs?"

„Ja."

„Ist Ihnen im Parkhaus jemand, ich meine einen Wagen oder einen Fußgänger, durch sein ungewöhnliches Verhalten aufgefallen?"

„Nein, niemand. Ich habe nichts Außergewöhnliches beobachtet."

„Sie sind bis in die letzte Etage hinaufgefahren", schaltet sich Nidda ein. „Gab es einen Grund, so weit hinaufzufahren? Es waren weiter unten noch Plätze frei", behauptet er auf gut Glück.

„Das ist richtig, Herr Kommissar. Aber ob ich mit dem Lift vom 6. Stockwerk oder von etwas weiter unten zum Ausgang fahre, macht keinen Unterschied aus."

Karen hakt sofort ein und will Genaueres erfahren.

„Wenn ich Sie richtig verstanden habe, sind Sie einfach so bis in die letzte Etage gefahren. Was hat Sie dazu bewogen, ganz oben zu parken? Ist doch ein ungewöhnliches Verhalten, wenn weiter unten freie Plätze zur Verfügung stehen."

„Dios mio, sind Sie hartnäckig! Sie tragen keine Uniform und deshalb erwarte ich offensichtlich nur harmlose Fragen von Ihnen – war jetzt als Scherz gemeint! Als Frau sollten Sie mein Verhalten verstehen, denn es hat einen ganz simplen Grund gegeben: Ich fühle mich nachts viel sicherer, wenn ich auf einer größeren, freien Fläche parken kann. In und hinter jedem abgestellten PKW kann jemand lauern – solche Gefahrensituationen möchte ich vermeiden. Auf einer leeren Parkebene kann mich nichts so schnell überraschen, Sie verstehen?"

Die Polizisten nicken einander verständnisvoll zu. Julius Nidda kommt sofort zur nächsten Frage.

„Was haben Sie beobachtet, bevor der Wagen explodiert ist?"

„Mh." Sie räuspert sich und lässt sich mit ihrer Antwort Zeit. Die beiden Polizisten vermuten, dass sie sich ihre Aussage zurechtlegt, ehe sie sich äußert.

„Mir ist das andere Auto erst aufgefallen, als ich ausgestiegen bin und auf dem Weg zum Liftschacht war. Da habe ich mir eingebildet, dass jemand im Wagen sitzt und Hilfe benötigt. Die Figur, die angeblich eine Puppe war, hat sich nicht bewegt und ich war ganz allein dort oben. Zumindest ist mir sonst niemand begegnet."

Karen ergreift das Wort: „Klingt plausibel, was Sie sagen. Was haben Sie als Nächstes gemacht?"

„Ich habe mich dem unbekannten Wagen genähert."

„Das müssen Sie uns erklären", verlangt sie vehement. „Sie fahren bis in die oberste Etage, um Ihre Sicherheit zu haben, und gehen auf den PKW zu, weil er Ihnen merkwürdig oder irgendwie verdächtig vorkommt. Wie passt das zusammen, Frau Stolz?"

Ohne langes Zögern antwortet sie: „Das passt gut zusammen, sehr gut sogar. Die Person im Auto schien mir nicht gefährlich zu sein, sondern ich hatte das Gefühl, meine Hilfe wird benötigt. Oder sagen wir besser so: Ich wollte mich erkundigen, ob diese Person Hilfe braucht."

Kopfschüttelnd fährt Nidda dazwischen: „Damit überzeugen Sie mich nicht, Frau Stolz. Natürlich gibt es verschiedene Erscheinungsformen und Facetten der Angst. Aber Sie behaupten, dass Ihnen Parkhäuser bei Nacht nicht geheuer sind, und dann gehen Sie geradewegs auf ein irgendwie verdächtiges Fahrzeug mit einem unbekannten Insassen zu. In diesem Moment muss Ihnen Ihre Angst doch gemeldet haben: Vorsicht! Das Auto könnte eine Falle sein!"

Florentina Stolz nestelt nervös an ihren Haaren, bis ihr die unmissverständliche Geste bewusst wird. Sie findet wieder zu ihrer Gefasstheit zurück und kontert sachlich: „Ängste sind verschieden, wie wir wissen. Meine Reaktion war heute Nacht nicht so weitblickend, an eine Falle zu denken. Es ist so passiert, auch wenn Sie mir nicht glauben."

Sofort läutet in Niddas Kopf eine schrille Alarmglocke.

„Was Sie nicht sagen, Frau Stolz! Sollten wir denn einen Grund haben, Ihnen nicht zu glauben?"

Sie schüttelt heftig ihren Kopf und entgegnet beschwichtigend: „Nein, Herr Kommissar! Ich habe das gar nicht so gemeint. Sie kennen doch die Misere mit diesen Redensarten, mit denen man als Einwanderin immer wieder Probleme hat. Urplötzlich hat man sie auf der Zunge und kaum ausgesprochen beginnen schon die Missverständnisse wie das Unkraut zu wuchern."

Nidda nickt verständnisvoll, während Wintrich die Befragung fortsetzt.

„Lassen wir den Film von heute Nacht weiterlaufen, Frau Stolz. Sie haben vorhin gesagt, dass Sie sich dem Fahrzeug genähert haben, weil Sie dem Insassen Ihre Hilfe anbieten wollten. Woran können Sie sich noch erinnern? Was ist anschließend passiert?"

„Es gab einen extrem lauten Knall, das Auto ist explodiert wie in einem Gangsterfilm und ich bin von der Druckwelle zu Boden geschleudert worden. Gleich darauf bin ich zu meinem Wagen zurück und habe den Notruf gewählt."

„Haben Sie bis zum Eintreffen der Feuerwehr ein anderes Fahrzeug oder einen Fußgeher gesehen?"

„Nein. Ich habe keine Erinnerung daran, Frau Wintrich."

„Gut, das war's auch schon für heute, Frau Stolz", beendet Julius Nidda die Befragung in ihrer Wohnung.

Die Kriminalpolizisten gehen schweigend zu ihrem Wagen, als Nidda plötzlich stehenbleibt und seine Kollegin am Unterarm festhält.

„Karen, wir haben etwas ganz Wichtiges vergessen."

Sie schaut ihn nachdenklich an und beginnt zu lachen, weil sie diese Art von Übereinstimmung kaum für möglich gehalten hat.

„Welche Schande, Julius! Ich weiß, welches Versäumnis du meinst."

„Komm! Wir läuten noch einmal."

Mit erstauntem Blick öffnet Frau Stolz und sieht sich gezwungen, die beiden wiederum in die Wohnung zu bitten. Diesmal bleibt sie im Vorzimmer stehen.

Nidda gestikuliert schuldbewusst und leicht nach vorne gebeugt, er ergreift mit einem zur Seite geneigten Kopf das Wort.

„Es ist uns überaus peinlich, Frau Stolz, aber wir haben uns vorhin ganz auf die vergangene Nacht konzentriert und dadurch dummerweise vergessen, uns nach Ihrem Fernsehaufruf zu erkundigen."

Er kneift dabei seine Augen zusammen, runzelt die Stirn und fragt sie wie nach einer unbedeutenden Nebensächlichkeit. Karen unterdrückt ein Schmunzeln, weil sich ihr Chef wieder einmal bemüht, den ungeschickt wirkenden Inspector Columbo zu imitieren. Julius mag den unvergleichlichen Seriendarsteller um eine Handbreit an Körpergröße überragen, aber bis zum Double steht ihm noch ein gutes Stück Arbeit bevor. Ihre schauspielerische Leistung, keine Miene neben ihm stehend zu verziehen, hält sie für größer als seinen Auftritt. Soll sie ihm zu Weihnachten einen zerknitterten Trenchcoat schenken, überlegt sie schnell, als er zur Sache kommt.

„Nur so nebenbei, weil wir heute das Glück haben, uns mit Ihnen unterhalten zu können: Hat jemand auf das Video reagiert, mit dem Sie sich an den Entführer gewandt haben? Unseren Kollegen haben Sie ja aus der Wohnung komplimentiert und seither fehlt uns jegliche Information über die neueste Entwicklung. Ich frage Sie das als Leiter der Sonderkommission, Frau Stolz."

Florentina zeigt sich keineswegs überrascht und berichtet entspannt: „Natürlich gab es Reaktionen, aber wenn Sie gleich Näheres erfahren, können Sie verstehen, warum ich die Polizei gar nicht erst eingeschaltet habe. Also, irgendeine Verrückte hat sich telefonisch gemeldet und spöttisch mitgeteilt, sie habe sich vor längerer Zeit in meinen Mann verliebt und ihn deshalb entführt. Der charmante Harald gehöre jetzt ihr und er wolle nicht mehr zu mir zurück. Ich habe diese dumme Ziege ausgelacht und das Gespräch bald beendet. War das falsch von mir?"

„Nein, Frau Stolz, das war vermutlich richtig", antwortet Karen Wintrich. „Und das war die einzige Reaktion auf Ihren Aufruf im Fernsehen?"

„Es gab noch eine zweite. Ich habe sie anfangs ernst genommen, bin aber bald zu dem Schluss gekommen, es muss sich um einen Trittbrettfahrer handeln, wenn diese Bezeichnung zutrifft."

„Das sollten Sie uns bitte genauer erzählen, wenn es Ihre wertvolle Zeit erlaubt."

„Es gibt nicht viel darüber zu sagen. Ein Mann mit einer derben Stimme hat Geld für die Freilassung verlangt, aber er wollte keinen Beweis liefern, dass er meinen Mann entführt hat und dass er am Leben ist. Ich meine, solche Beweise für die Unversehrtheit einer Geisel sind in Kolumbien üblich und hier wohl auch. Also bin ich auf die Forderung nach Lösegeld gar nicht eingegangen. Ich habe seinen Versuch, ohne jede Gegenleistung eine Million zu erschwindeln, offensichtlich richtig eingeschätzt. Der Mann hat sich nämlich nicht mehr gemeldet."

„Aha! Ihre Entscheidung war ziemlich riskant, muss ich betonen", kommentiert Julius Nidda. „Haben Sie zufällig die Nummer seines Telefonanschlusses gesehen oder hat Ihr Gerät sie aufgezeichnet?"

„Da muss ich Sie enttäuschen. Der Anruf ist wohl von einer Telefonzelle gekommen. Leider!"

„Schade. Sollte er sich wieder melden, dann raten wir Ihnen dringend:

Gehen Sie zum Schein auf die Forderung ein und benachrichtigen Sie die Polizei! Nur so können wir herausfinden, ob der Mann die Entführung nur vortäuscht."

Frau Stolz nickt kurz und fügt sofort hinzu: „Sie müssen mich jetzt entschuldigen. Ich sollte schon seit einer halben Stunde in der Parteizentrale sein. Auf Wiedersehen!"

„Vielen Dank für Ihre Geduld!" ruft Karen ihr nach, während Stolz in Eile die Wohnungstür zuzieht.

Als die beiden Kriminalpolizisten im Auto sitzen, sind sie einer Meinung: Diese Frau verheimlicht etwas.

„Die Sache mit dem angeblich simulierenden Entführer, der sich telefonisch meldet und ganz ohne Lösegeldzahlung aufgibt", sagt Nidda, „kann doch auch anders gelaufen sein. Ich stelle mir vor, die Stolz hat nicht weitergewusst, wie sie ihm ein Lebenszeichen ihres Mannes abringt, und hat leichtfertig den Deal mit dem Ganoven platzen lassen."

„Du vermutest, der Mann hat Harald Stolz tatsächlich in seiner Gewalt? Dann will er die Ehefrau zermürben, bis sie zu allem bereit ist. Und wird sich wieder melden. Garantiert! Schließlich will er doch eine Gegenleistung für die Freilassung seiner Geisel haben. Wenn er sich aber wirklich nicht mehr meldet, hat er aller Wahrscheinlichkeit nach Stolz gar nicht in seiner Gewalt."

Die Kriminalpolizistin tendiert mehr und mehr zur Annahme, dass die Entführung nur fauler Zauber ist und die SoKo bewusst irregeführt wird.

„Ich werde das Gefühl nicht los, Karen, die Anwesenheit der Stolz in der obersten Etage des Parkhauses hängt mit der allgemein angenommenen Entführung zusammen. Aber es ist noch nicht aller Tage Abend! Die Kriminaltechnik ist gerade dabei, die Aufzeichnungen der Überwachungskamera an der Ausfahrt auszuwerten. Vielleicht gelingt es den Kollegen, einen Hinweis auf den Wagenbesitzer im zerstörten Wrack zu finden. Wenn die Fahrgestellnummer entfernt worden ist, wird das allerdings schwierig bis unmöglich. Außerdem können wir Frau Stolz unter Druck setzen und bei Bedarf vor der Presse anklingen lassen, sie habe eigenmächtig den beigestellten Polizisten aus ihrer Wohnung gewiesen."

„Obendrein ein eigenartiges Verständnis den Sicherheitskräften gegenüber, wenn sie den Kollegen wegschickt. Den Titel FRAU DER ALLEINGÄNGE hätte sie sich auf alle Fälle verdient."

„Wir sollten ihr ohne Rücksichtnahme auf ihre Situation die Frage stellen, warum ihr ein Solo lieber ist als eine Polizeiaktion. Das muss sie sich schon gefallen lassen", meint Nidda mit Entschlossenheit.

„Die Gute will uns abhängen – und hätte es beinahe geschafft ...", murmelt Karen.

„... wenn dieses unbekannte Auto nicht explodiert wäre", ergänzt er.

„Aber warum ist sie nicht einfach weggefahren? Es dürften doch nur wenige Menschen zur selben Zeit im Parkhaus gewesen sein."

„Das war eine menschliche Reaktion, Karen: Sie hat zuschauen müssen, wie ein Autoinsasse verbrennt ..."

„... und hat sofort weiche Knie bekommen", fügt sie hinzu.

„Wir dürfen auch nicht vergessen: Für ihre Schnittverletzungen hat die Wahlkämpferin eine vernünftig klingende Erklärung gebraucht. Alles andere wäre ein gefundenes Fressen für die Medien, die eine Lawine an Mutmaßungen in einem solchen Fall lostreten."

„Mit anderen Worten", resümiert Karen lapidar, „dumm gelaufen für die Stolz."

Um die Mittagszeit besucht Florentina Stolz wie geplant die Universität Steinfeld. Sie trifft mit Studentenvertretern zusammen und besucht die Mensa, wo sie einen Imbiss zu sich nimmt. Vielen Studierenden entginge ihre Anwesenheit, wenn sie keine Schnittwunden im Gesicht hätte. So bleibt es ihr nicht erspart, sich für Selfies zusammen mit makellosen jungen Gesichtern aufstellen zu müssen, und es dauert nicht lange, bis ihr ramponiertes Gesicht über soziale Medien, die vor keiner Unbarmherzigkeit zurückschrecken, zu wachsamen Journalisten gelangt ist. Die Botschaft des Tages aus der Fortschrittspartei, junge Menschen mit Begabung hätten einen Anspruch auf ein gebührenfreies Studium, geht völlig unter. Das Gesicht der angestrengt lächelnden Frau Stolz überlagert alle anderen innenpolitischen Themen des Tages. Beim Verlassen der Mensa wartet ein herbeigeeiltes Team von HD1 und die Politikerin steht den Fragen des TV-Senders Rede und Antwort. In ihrem Interview, das am frühen Nachmittag auf dem Nachrichtenkanal von HD1 ausgestrahlt und von Ludwig Kranzinger in seinem Büro aufmerksam verfolgt wird, stellt sie die Ereignisse im Parkhaus B des Flughafens Dornen so dar, wie es ihr opportun erscheint. Ein Horrorerlebnis habe sie letzte Nacht gehabt und im ersten Moment geglaubt, sie sei in ihrer alten Heimat Kolumbien. Um einem Überfall in den Nachtstunden vorzubeugen, habe sie ihren Wagen auf der letzten Parkebene abgestellt, die menschenleer gewesen sei. Nur ein Auto sei am anderen Ende gestanden. Sie habe ihren Wagen abgestellt und sei zum Lift gegangen, als ihr eine Person in dem anderen Auto auffiel, die ihre Hilfe zu benötigen schien. Beim Näherkommen sei das Fahrzeug explodiert. Die Druckwelle habe sie von den Beinen geholt, Glassplitter hätten sie getroffen. Sofort sei sie geschockt in ihren Wagen geflüchtet und habe den Notruf gewählt. Erst später habe sie die Schnittwunden im Gesicht bemerkt. Trotzdem oder gerade deswegen zeige sie sich in der Öffentlichkeit.

Das verletzte Gesicht ihrer Konkurrentin in Großaufnahme lässt Saskia Pontebba nicht unkommentiert. Es sei eine fundamentale Forderung der Frauenpartei, die Sicherheit von Frauen in der Öffentlichkeit zu erhöhen. Besonders wenn sie allein unterwegs seien, fügt sie in ihrer Aussendung hinzu. Hier liege noch vieles im Argen, hier werde die Frauenpartei für eine spürbare Verbesserung sorgen. Die Frauen hätten es in ihrer Hand, die richtige Partei für ihre Interessen und Bedürfnisse zu wählen. Solange es in diesem Bereich keine Veränderungen gebe, komme ein Außenstehender nicht umhin, das riskante Verhalten von Frau Stolz als nächtliche Mutprobe einzustufen.

Durch die lorbeergrüne Glasfront seines Büros schaut Don K auf Steinfeld hinunter. Gleichzeitig blickt er mit unguten Gefühlen auf seine Heimatstadt herab. Zähneknirschend muss er einsehen, dass er nicht der Marionettenspieler der Puppe aus Kolumbien werden konnte. Die Ereignisse haben eine Eigendynamik bekommen, die er nicht steuern kann. Die ersten Tage nach Haralds Inhaftierung, rekapituliert er beim Hin- und Hergehen vor dem Abgrund hinter der Glasscheibe, hat die Stolz mit Bravour absolviert, keine Frage. Aber jetzt? Durch diese Autoexplosion wird eine heftige Verwirrung entstehen, die den Wähler ratlos zurücklässt. In der Folge wird ein allgemeines Kopfschütteln dominieren und das beabsichtigte Mitgefühl mit ihr wird sich in Luft auflösen. Das gesamte Bild von der Fortschrittspartei vermittelt so keine Sicherheit mehr.

„Das muss geändert werden", brummt er entschlossen zur Glaswand. „Möglichst bald."

Karen Wintrich und ihr Chef sitzen ernüchtert im Büro, wo die Ermittlungen der SoKo Stolz zusammenlaufen. Schweigend schauen sie einmal dorthin, einmal dahin. Ihre Blicke wandern vom Lichtschalter zum Dienstplan und von dort bis zum Fenstergriff und irgendwohin weiter. Vor einer Viertelstunde haben sie von den Kriminaltechnikern erfahren, dass der explodierte Wagen am 23. September von seiner Besitzerin als gestohlen gemeldet wurde. Im Wrack wurde der Rest eines Zündmechanismus gefunden. Er war an der Innenseite des Tankdeckels befestigt. Durch die Aufzeichnungen der Überwachungskamera des Parkhauses konnten fünf Autos beim Ausfahren in der fraglichen Zeit beobachtet werden. Ihre Besitzer wurden ermittelt, die Überprüfung, ob sie selbst zur fraglichen Zeit mit ihrem Auto unterwegs waren, läuft noch. Außerdem ist ein häufiges Modell eines Motorrads von vorne zu sehen, als es das Parkhaus verlässt. Sein Lenker trägt einen schwarzen Vollvisierhelm. Eine Spiegelung verhindert, dass die Augenpartie des Mannes deutlich zu sehen ist. Die Rückseite des Motorrads, wo die Kennzeichentafel montiert ist, wurde von der Kamera nicht erfasst. Diese Fakten gehen den beiden Ermittlern durch den Kopf, bis Karen das Schweigen beendet.

„Julius, in der Ecke steht ein Flipchart, das wir erst einmal benützt haben."

„Haben wir nicht vor zwei Jahren die Urlaubsplanung damit hingekriegt?"

„Es ist beim Versuch geblieben. Die anderen haben sich nach dir gerichtet. Ungern, weiß ich noch. Aber egal, was wir mit der Tafel bisher angestellt haben. Wir nehmen sie wieder in Betrieb. Wozu haben wir sie denn?"

Nidda äußert sich nicht. Was Karen mit dem verstaubten Inventar vorhat, ruft nur Skepsis in ihm hervor.

Mit einem blauen Faserschreiber setzt sie in dicken Buchstaben MO-TIV FÜR DIE EXPLOSION in die Mitte des riesigen weißen Papiers.

„Also, Julius, jetzt sag mir! Warum könnte der Wagen im Parkhaus in die Luft geflogen sein?"

Unwillig lehnt sich der Befragte in seinem Bürosessel zurück. Er zieht ein Ohrläppchen in die Länge und beschließt, der jungen Kollegin eine Freude zu machen. Sonst heißt es wieder, der Chef ...

„Die Explosion verwischt die Spur eines Verbrechens, schließlich war das Auto gestohlen."

Karen notiert seine Antwort in Kurzform und setzt in einen zweiten Kreis: Racheakt gegen die Besitzerin.

„Aber mit einem Fragezeichen, Karen! Unbedingt! Der Wagen hat einer unbescholtenen Lebensmittelverkäuferin gehört. Also wenn ich mir vorstelle, jemand stiehlt ihr Auto, entfernt die Fahrgestellnummer und jagt den Wagen in die Luft, um der Frau einen Schaden zuzufügen – ist an den Haaren herbeigezerrt, diese Annahme."

„Julius, wir wollen zunächst keine Möglichkeit ausschließen. Klar? Alles, was ich hier notiere, ist eine Annahme, nicht mehr und nicht weniger. Sogar eine verschmähte Liebe hat Männer schon durchdrehen lassen. Wer weiß, vielleicht hat die Verkäuferin mit einem Heißsporn plötzlich Schluss gemacht."

„Wenn du meinst."

Er senkt grübelnd den Kopf, stützt sein Kinn auf, kratzt sich an der Wange und meint schließlich: „Nicht so weit hergeholt, was mir gerade in den Sinn gekommen ist. Es könnte ein Vandalenakt gewesen sein. Ein junger Knallkopf aus der Egenz hat eine Wette verloren und muss ein Auto zur Explosion bringen."

Sie notiert den Vandalismus als dritte Möglichkeit und überblickt die bisherigen Notizen.

„Was bisher an der Tafel steht, sind für mich ausgetretene Pfade in der Verbrecherlandschaft. Das Milieu, mit dem wir es zu tun haben, ist die Politik, Julius. Schließlich ist Frau Stolz zumindest Zeugin, wenn nicht in irgendeiner Form Beteiligte gewesen."

„Absolut richtig, was du sagst. Somit könnte der brennende Wagen eine Warnung an die Stolz darstellen. Eine politische Botschaft, wenn dir das lieber ist, Karen. Dazu würde auch die verbrannte Puppe passen."

„Mh, könnte sein. Wissen wir von Drohungen an Frau Stolz oder ihren Mann?"

„Nein, nichts bekannt", antwortet er. „Wenn ich mich nicht komplett täusche, bleibt noch ein fünftes Motiv für die Explosion: ein Zusammenhang mit dem Verschwinden von Harald Stolz."

Während Karen anschreibt, merkt sie an: „Wahrscheinlich unsere heißeste Spur, weil es für die anderen Theorien bisher keine Hinweise gibt."

„Aber solange Frau Stolz bei ihrer Aussage über ihr nächtliches Erlebnis im Parkhaus bleibt, ist auch diese Spur so heiß wie ein frisch gezapftes Glas Bier."

„Julius, ich frage den erfahrenen Kriminalisten in dir: Wer lügt besser, Frauen oder Männer?"

„Meinst du jetzt Tatverdächtige, Karen?"

„Genau die meine ich."

Er zögert kurz, bevor er mit seiner Antwort herausrückt.

„Männer sind die besseren Lügner. Sie haben meist die stärkeren Nerven. Aber wohlgemerkt, in der Politik gibt es keine Unterschiede, wie du weißt."

„Okay, Julius. Das Flipchart bleibt hier stehen. Es wird uns immer wieder zum Nachdenken bringen, wenn ein neuer Hinweis auftaucht oder sich etwas ereignet, das uns zu einem der fünf Motive führt."

Er murmelt Unverständliches, was sie für Zustimmung hält, und schwenkt zu Florentina Stolz zurück.

„Die ganze Zeit überlege ich schon, ob wir einen begründeten Verdachtsmoment gegen die Stolz bisher übersehen haben. Ein Faktum, das einen Untersuchungsrichter so überzeugt, dass er eine Hausdurchsuchung bei ihr genehmigt."

„Sie war halt klug genug, unseren Kollegen wegzuschicken."

„Da hast du Recht, Karen. Aber es fällt auf, dass sich immer in den Nachtstunden etwas ereignet."

„Auf dem Eichberg war es genauso. Kranzinger bringt den Stolz nach

Hause, als die Haushälterin und der Chauffeur nicht mehr dort sind. Und zu dieser Zeit verliert sich seine Spur."

„Eine auffallende Parallele ..."

„... aber zu wenig für einen begründeten Verdacht", merkt Karen achselzuckend an.

„Was für ein beschissener Fall!" flucht Nidda wütend und erhebt sich so schwungvoll, dass der Bürosessel gegen die Wand kracht. „Nichts geht weiter. Wir haben das exakte Gegenteil zu einer dynamischen Lage, Karen. Mir reicht`s für heute. Wir verschwenden unsere Zeit und zermartern unser Hirn vergeblich."

Er streift ihren Blick und verabschiedet sich: „Du weißt, wie du mich erreichen kannst. Ich verschwinde."

Sie schaut ihn schweigend an und gibt ihm Recht, indem sie kein Wort verliert.

Ein guter Verlierer sein zu dürfen wäre eine feine Sache, aber sie sind nun mal keine Sportler. Sie sind das absolute Gegenstück dazu, geht ihr durch den Kopf, als sie untätig und ideenlos im leeren Büro hockt. Polizisten zahlt man dafür, dass sie die Bösen dingfest machen. Man bildet sie aus, damit sich die Gesellschaft sicher fühlen kann. Gelingt die Aufklärung eines Verbrechens nicht, kommen zwei Ursachen in Frage. Meistens kann ein Fall nicht abgeschlossen werden, wenn die Ermittler zu wenige verwertbare Spuren zur Verfügung haben. Eine unbefriedigende Situation, die aber nicht sehr oft eintritt. Kein einziger Fall lässt sich jedoch aufklären, wenn er nur den Anschein eines Verbrechens zeigt. Auch das kommt vor. Selten zwar, aber doch. Welche Möglichkeit trifft in der Sache Harald Stolz zu? Karen möchte keine Wette abschließen.

In seinem Stammlokal überprüft Julius Nidda die Treffergenauigkeit seines Tageshoroskops. Am Ende der Nacht stehe ein wichtiges Ereignis bevor, verspricht die Astrologin schwarz auf weiß. Verstummt das Rauschen des Tinnitus endlich, fragt er sich bei seinem ersten Bier, oder wird die Leiche von Stolz am Ufer des Keilsees angeschwemmt? Beides ein Grund, das Leben zu feiern und guten Mutes nach vorne zu blicken. In den Klatschspalten wird er Zaungast der Hochzeit einer platinblonden Seriendarstellerin mit einem aus den Fugen geratenen

Catering-Unternehmer. Im nächsten Moment stößt ihm seine Eheschließung auf, die ihrer Bezeichnung nach von allem Anfang an den Schluss ankündigen wollte. Schließt ein Lokal, gibt es nichts mehr zu trinken, und die tiefere Bedeutung der Eheschließung kann nur sein, dass es aus ist. Ein Wort wie ein Doppelschlag, sinniert er mit Blick auf die Schaumreste am Glasrand. Anfang und Ende in einem einzigen Wort. Was für ein Unikum! Ein frühzeitiger Schluss, den er so nicht verdient hat, sagt er sich zum hundertsten Mal und signalisiert dem Kellner, zwei doppelte Wodka zu bringen. Einen für Ella und einen für sich. Gegen den schalen Geschmack der Einsamkeit. Gegen den juckenden Wundschorf in seinem Inneren.

Wäre Julius damals hellhörig und skeptischer gewesen, hätte er sich von ihr rechtzeitig getrennt. Ein gesundes Misstrauen hat ihm gefehlt. Es hätte ihn auch vor ihrem Beruf gewarnt. Systemanalytikerin war sie schon, als er sich in sie verliebte. Ein Job mit einem schillernden Image, von dem Innenarchitekten und Zahnärzte nur träumen können. Wer den Dingen auf den Grund gehen will, weiß, was die Zeitgenossen eines Hippokrates mit Analysis gemeint haben: Auflösung.

Am frühen Morgen wurde geschossen. Stunden später seine Ehe geschlossen. Durch zwei Pistolenschüsse wurde ein Mann um sein unbekanntes Leben gebracht, als er ein schummriges Lokal verließ.

Auf der gegenüberliegenden Seite des Platzes lag der junge Nidda in seinem Bett. Ihn rissen die Schüsse nicht aus seinem Tiefschlaf. Julius entging das Warnzeichen.

Das Omen war vergeblich.

Was liegt noch vor ihm, fragt er sich im stillen Selbstgespräch. Was haben die Wörter mit O mit ihm vor? Ohr und Omen. Meilensteine auf der dunklen Route seiner Ohnmacht.

Kehrt die Stille in seine Ohren zurück? Oder bleibt der heimtückische Tinnitus sein lebenslanger Erzfeind?

Gibt es etwas, das er noch beginnen soll? Das keinen Aufschub duldet? Fühlt er noch einmal die Liebe zu einer Frau? Trotz seines Alters. Trotz der Narben in seinem Inneren. Noch einmal dieses Wort, das ihm zu einer fremden Vokabel geworden ist? Wird er es aus dem Keller seines Wortschatzes heraufholen?

Karens junger Körper legt immer wieder den Finger in die Wunde seiner Seele. Ihre Vitalität verlängert seine Unfähigkeit, das Altern anzunehmen als einen natürlichen Prozess, der bei den Menschen unterschiedlich verläuft. Unverschuldet muss sie als Abtropftasse für seinen Frust herhalten.

Es ruht der Schmerz nicht mehr in Julius Nidda.

Eine halbe Stunde vor Mitternacht setzt Sprühregen ein. Der erste Herbststurm des Jahres hat die Luft abgekühlt. Ludwig Kranzinger schleicht zum Gästehaus, um das Fake zu beenden. Der Wahltag wird zeigen, sagt er sich beim Aufschließen der Einliegerwohnung, ob die Rechnung aufgeht. Ob die vorgetäuschte Entführung die Wähler beeindruckt. Die tote Luft des Verstecks fährt dem Hausherrn unangenehm in die Nase. Höchste Zeit, dass Harald ins Freie kommt. Sieben Tage hat er diesen Mief eingeatmet, das winzige Fenster im Badezimmer hat nicht ausgereicht, um frische Luft hereinzulassen. Coras Parfum wird wohl nur für eine kurze Verbesserung gesorgt haben. „Harald, wach auf!" ruft er ins offene Schlafzimmer hinein. Kranzinger rüttelt seine Schulter. Er nötigt den aufgeschreckten Spitzenkandidaten zum Aufstehen und zieht ihn mühsam hoch. „Nimm das Wenige mit, das dir gehört! Ich gebe dir die Freiheit zurück."

Schläfrig und vollkommen überrascht steht Stolz in Hemd und Unterhose vor Don K, der mit dem Aussehen seines Opfers einigermaßen zufrieden ist. Sein unregelmäßig gewachsener Bart ist sieben Tage alt, die Haare unfrisiert und ungewaschen, seine Kleider riechen muffig. „Wie ein Obdachloser schaust du aus. Feine Sache!", stellt der Hausherr mit Genugtuung fest.

Vielleicht noch eine sichtbare Verletzung, um den Mitleidsfaktor zu erhöhen, überlegt er. Wohl keine gute Idee, bremst er sich im nächsten Moment ein. Sonst beschränkt sich die Presse auf die Frage, warum das Ehepaar Stolz Verletzungen im Gesicht hat. Es muss genügen, wenn der Freigelassene unversehrt, aber mitgenommen wirkt. Eine Entführung ist schließlich kein Kuraufenthalt, nicht einmal auf dem Eichberg. Sein Aussehen soll über alle Medien gehen, damit die erhoffte Wirkung eintritt. Damit die Fortschrittspartei die Pontebba-Followers im letzten Moment überholt.

Kranzinger verfrachtet Stolz in den dunkelgrauen Land Rover. Reflexartig sucht der Politiker auf dem Beifahrersitz nach seinem Smartphone, das er sofort benützen möchte.

„Mein Handy, Ludwig? Was ist eigentlich damit?"

„Du bist Opfer einer Entführung gewesen, Harald. Schon vergessen?" Mit Verwunderung schaut er ihn durch die geöffnete Fahrertür an.

„Gewesen!", entrüstet sich Stolz. „Das ist Vergangenheit, Ludwig! Oder haben die Worte während meiner Abwesenheit eine andere Bedeutung bekommen? Wo ist mein Handy? Ich will es jetzt zurück."

„Es gibt kein Handy!" lautet die knappe Antwort. Don K will nicht viele Worte machen. Was er entschieden hat, können andere wissen, aber niemals ändern. Mit Behutsamkeit schließt er die Fahrertür und startet den Motor mit einem wiehernden Geräusch.

Stolz lässt nicht locker.

„Warum nicht, Ludwig?"

„Ich habe es vernichtet, was sonst? Ich kauf dir ein neues, wenn du die Wahl gewinnst", spottet er sarkastisch und gibt Gas.

Sie fahren vom finsteren Eichberg, auf dem um diese Zeit mehr Hasen und Igel als Autos unterwegs sind, in Richtung nördliche Umfahrung von Steinfeld. Harald Stolz ist aufgebracht wegen seines zerstörten Mobiltelefons und löchert Kranzinger mit einem Bündel von Fragen. Dessen stereotype Antwort lautet: „Kein Kommentar. Das darfst du nicht wissen! Du warst eine Woche weggesperrt. Also reiß dich zusammen, schließlich willst du Premierminister werden. Oder täusche ich mich?"

Nachsicht übt Don K ein einziges Mal. Im sachlichen Ton eines Bilanzbuchhalters teilt er Stolz mit: „Deine Familie ist gesund."

Der in die Jahre gekommene Land Rover verlässt die Keilsee-Tangente und weicht auf Nebenstraßen aus, auf denen Kranzinger nicht mit Polizeikontrollen rechnen muss.

Würden sie auf ihrer Fahrt angehalten werden, malt er sich mit zusammengepressten Lippen aus, ist mit einem Schlag alles vorbei. Bei einer Kontrolle gerät er in den Verdacht, der Entführer zu sein, und

Stolz wird nicht wissen, wie er sich und ihn herausreden kann. Die Vertreter der Fortschrittspartei werden die Stimmenverluste auf das Fehlen des Spitzenkandidaten im Wahlkampffinish schieben, aber am Ende des Tages hängt ein einziges Wort über der Parteizentrale: Katastrophe.

Kranzinger schiebt die finsteren Gedanken beiseite und konzentriert sich auf die kurvenreiche, nasse Straße, die in die Autobahn Richtung Süden mündet.

„Du hast dir gemerkt, was García Márquez über die Lage entführter Personen schreibt?"

„Keine Sorge, das kriege ich hin. Schließlich will ich Premierminister werden, wie du eben erst gebellt hast", kontert Stolz mit spitzer Zunge.

„Die Kripo wird dich ausquetschen, aber nicht weil die Ermittler dir Böses wollen oder dir von Haus aus nicht trauen, sondern…"

Stolz schneidet ihm das Wort ab.

„… weil sie Informationen über die Entführer haben wollen. Ich erwarte es mit Gelassenheit, wenn sie mich befragen. Wenn sie wollen, tische ich ihnen zigmal dieselbe Geschichte auf. So ähnlich wie auf einer Wahlkampftour, wo allerdings das Publikum wechselt. Mein Geheimnis bleibt die Nacht mit Cora, Ludwig. War eine grandiose Personalentscheidung von dir."

Beinahe hätte er sich für die superbe Begegnung mit ihr bedankt. Die beiden Männer sind alles andere als Kumpel, die einander vertrauen, also hält Stolz seinen Mund. Er verschweigt lieber, welchen Genuss er noch immer verspürt.

„Hast du dir ein passendes Aussehen für die Entführer überlegt? Und wie dein Gefängnis war, in das sie dich gesteckt haben?", prüft der Unternehmer die Vorbereitung seines Beifahrers.

„Keine Sorge. Du kannst dich auf mich verlassen."

Beide starren geradeaus und schweigen nun vor sich hin. Für Kranzinger scheint alles nach seinem Plan gelaufen zu sein. Stolz ist gespannt, wie Don K die Sache zu Ende bringen wird. Er fühlt sich erleichtert und zugleich überrumpelt, dass seine plötzliche Entfernung aus der Öffentlichkeit kurz vor dem Ende steht. Ohne Uhr und nur mit spärlichem

Tageslicht ist ihm während der letzten sieben Tage jegliches Zeitgefühl verloren gegangen. Einen lähmenden Aufenthalt in einer öden Tauchkapsel hat er hinter sich gebracht, einzige Abwechslung war der Besuch von Cora. Mit ihr hat er traumhafte Tauchgänge in die Tiefen der Lust unternommen. Er spürt das gekonnte Spiel ihrer Hände gerade auf seinem Gesäß, als der Land Rover langsamer wird und auf einem Parkplatz stehen bleibt. Don K reicht Stolz dessen Armbanduhr, ein Hochzeitsgeschenk seines Schwiegervaters, und fordert ihn mit einem befehlsartigen Zeichen seines Daumens zum Aussteigen auf.

„Du kennst unsere Abmachung, Harald. Wenn du sie brichst, wirst du als Politiker nicht lange überleben. Also reiß dich zusammen!"

Kaum hat er den Wagen verlassen, steigt Kranzinger aufs Gas und braust davon.

Der Parkplatz ist nach Mitternacht beinahe leergefegt. Stolz sucht einen Schutz vor dem Nieselregen, der dem trostlosen Ambiente den letzten Schliff verleiht. Hinter einer Baumgruppe entdeckt er bei Müllcontainern einen LKW, in dem er einen pausierenden Lenker vermutet. Vorsichtig steigt er aufs Trittbrett und klopft an die beschlagene Fensterscheibe. Keine Reaktion im Inneren. Beim zweiten Versuch hämmert er gegen das Glas, um gehört zu werden. Bevor Stolz den Fahrer noch sieht, blickt er in den Lauf einer Pistole, die drohend gegen ihn gerichtet ist.

„Keine Angst!" ruft er gegen die Fahrerkabine, „ich brauche Hilfe. Verstehen Sie? Hilfe! Ich bin unbewaffnet und allein."

Es dauert eine Weile, bis sich die Tür des Lastwagens öffnet und Stolz nochmals seine Bitte vorbringen kann.

„Ich brauche Hilfe, habe kein Telefon und kein Geld. Bitte, rufen Sie die Polizei an!"

„Was willst du von der Polizei?" brummt der unfreundliche Mann aus der schwach beleuchteten Fahrerkabine.

„Ich war tagelang eingesperrt und bin gerade freigelassen worden. Genügt das als Grund für einen Anruf?"

Der Mann mustert das Aussehen seines Ruhestörers und bequemt sich nach einem provozierend langen Gähnen dazu, eine Funkstreife zu alarmieren.

„Verdrück dich von meinem Wagen, Mann! Ich will nichts mit deinem Problem zu tun haben."

Er drischt die Fahrertür zu, startet den Motor und steuert den LKW auf die leere Autobahn.

Bei den stinkenden Mülltonnen wartet Stolz im Regen auf das Eintreffen der Polizei.

20 Minuten später sitzt er in einem Einsatzfahrzeug, ohne zu wissen, was auf ihn zukommen wird.

27. September

„Fühlen Sie sich bereits in der Lage, Herr Stolz, unsere Fragen zu beantworten?", beginnt Julius Nidda die Befragung im Kriminalkommissariat im Beisein von Karen Wintrich. Für ihren Vorgesetzten ist es die zweite Nacht in Serie, die von einem nächtlichen Telefonat mit dem Bereitschaftsdienst abrupt beendet wurde. Die Aussicht auf ein rasches Ende der leidigen Causa Stolz stimmt ihn ungewohnt nachsichtig. Und das, obwohl er aufgestanden ist, bevor der Tag noch auf den Beinen war.

„Natürlich, sonst wäre ich nicht zu Ihnen gekommen. Eine ärztliche Untersuchung hat noch in der Nacht gezeigt, dass ich vollkommen gesund bin."

„Ausgezeichnet, wenn Sie uns sofort helfen können, Ihr Verschwinden aufzuklären", stellt Karen Wintrich um 7.15 Uhr fest. Sie sieht absolut keinen Grund, auf eine psychische Ausnahmesituation beim wieder aufgetauchten Spitzenkandidaten der Fortschrittspartei Rücksicht zu nehmen, und kommt ohne langes Herumreden zur Sache.

„Was war in den vergangenen sieben Tagen mit Ihnen los? Haben Sie sich aus der Öffentlichkeit zurückgezogen, um knapp vor dem Wahltag wie ein Phönix aus dem Nichts zu erscheinen, oder waren Sie wirklich das Opfer einer Entführung, von der Ihre Frau sehr bald gesprochen hat?"

Der Befragte schaut die Polizistin ungläubig an und schüttelt verständnislos den Kopf.

„Mein Gott, wie naiv! Welchen Sinn soll es haben, wenn sich der Spitzenkandidat einer Partei für eine Woche versteckt? Glauben Sie, dass ein Phantompolitiker mehr Stimmen erhält als einer, der von früh bis spät im Wahlkampf schuftet?"

Julius Nidda ortet Anzeichen von Unsicherheit in der Körpersprache von Harald Stolz und beharrt auf einer eindeutigen Antwort.

„Herr Stolz, es genügt uns allemal, wenn Sie unsere Fragen in Ruhe beantworten. Deshalb wiederhole ich: Rückzug aus der Öffentlichkeit oder Entführung?"

„Ich war entführt, Herr Nidda. Was sonst?"

„Okay. Dann brauchen wir genauere Angaben über die Umstände. Wissen Sie, warum Sie entführt worden sind?"

„Ich gehe davon aus, weil man Lösegeld für meine Freilassung wollte."

„Sie sagen man", schaltet sich Wintrich wieder ein. „Wie viele Entführer waren es?"

„Ich habe zwei gesehen."

„Welches Geschlecht?"

„Sie hatten die Statur von Männern."

„Auch die Stimme von Männern?"

„Sie haben nie gesprochen."

Die Polizisten schauen einander überrascht an. Mit diesem Maß an Disziplin haben sie nicht gerechnet. Ein seltener Fall, sagt sich Nidda, dass zwei Verbrecher sich Redeverbot auferlegen.

„Das ist ziemlich ungewöhnlich", meint er. „Haben die Entführer zumindest leise miteinander gesprochen?"

„Nein. Niemals."

„Sie haben also sieben Tage lang kein gesprochenes Wort gehört?", will Karen wissen.

„Völlig richtig. Von meinen Selbstgesprächen abgesehen."

„Gab es eine andere Art der Kommunikation?", erkundigt sich Nidda.

„Ja, aber nur selten. Es wurden Zettel mit Fragen oder Anweisungen verwendet."

„Was stand auf diesen Zetteln?"

„Zum Beispiel: Schmerzen, mit einem Fragezeichen versehen."

„Haben Sie einen dieser Zettel mitnehmen können?"

„Nein, man hat sie mir nur hingehalten."

„Ich verstehe", reagiert sie mit Enttäuschung.

„Beschreiben Sie uns das Aussehen der Männer, Herr Stolz! Jede Kleinigkeit ist für uns wichtig."

„Sie hatten beide eine kräftige Statur und grobe Pranken wie Schwerarbeiter. Auf dem Kopf eine Chaplin-Maske, Overalls wie von der Müllabfuhr und gelbe Gummistiefel."

„Haben Sie ein persönliches Merkmal bei den Entführern wahrnehmen können? Zum Beispiel die Haare, eine Uhr, einen Ring?"

„Hm. Also, auf die Haare habe ich nicht geachtet. Aber einmal habe ich am Hals eines Mannes ein kleines Feuermal gesehen. Uhren oder Ringe habe ich nicht zu Gesicht bekommen."

Er ringt noch kurz mit sich, einem der Phantomverbrecher einen beißenden Nikotinatem zu verpassen, lässt die Klischeefalle jedoch weg.

„Von diesem Feuermal abgesehen", präzisiert Nidda die Frage nach dem Aussehen, „ist Ihnen ein weiteres individuelles Merkmal aufgefallen? Etwa eine ungewöhnliche Gangart oder eine auffallende Geste mit einer Hand?"

Stolz bemüht sich um eine plausible Antwort und wählt die Sicherheitsvariante.

„Da muss ich Sie enttäuschen. Ich kann Ihnen keine weiteren Angaben dazu machen. Auch nicht über das Verhalten der Männer. Ich war noch nie entführt und kann deshalb nicht wissen, ob sie sich wie typische Kidnapper verhalten haben. Am ehesten würde ich die beiden als stumme Kerkermeister charakterisieren."

„Womit wir zur nächsten Frage gelangt sind. Wie hat der Raum ausgesehen, in dem Sie eingesperrt waren?", setzt der Kommissar fort.

„Kahl und ungemütlich, ohne Fenster. Etwa so groß wie die Garage eines PKW."

„Was befand sich darin?" fragt die Polizistin sofort.

„Eine Pritsche zum Schlafen und Sitzen, mit einer ekeligen Decke. Außerdem zwei Kübel. Einer war mit Wasser gefüllt, der andere diente als Toilette, die ab und zu ausgeleert wurde."

„Wenn ich Ihre Schilderung richtig verstanden habe, hatten Sie nur künstliches Licht in diesem Raum", folgert Nidda.

„Das stimmt. In dieser Beziehung waren sie kulant. Ich konnte das Licht ein- und ausschalten, wann ich wollte. Neben der schweren Eisentür befand sich der Schalter. Trotzdem habe ich das Gefühl für Tag und Nacht verloren. Meine Uhr und das Smartphone haben sie mir sofort abgenommen."

„Haben Sie von außen Geräusche hören können, wenn die Tür geöffnet wurde?"

„Es dürfte ein entfernter Verkehrslärm gewesen sein."

„Warum vermuten Sie es nur?", bohrt Wintrich nach.

„Weil ich mich in diesen kurzen Momenten auf die Entführer konzentriert habe, deswegen."

„Aha. Ist schon klar. Es könnte Verkehrslärm gewesen sein, behaupten Sie?"

„Habe ich doch gerade gesagt, Frau Wintrich", gibt Stolz ungehalten zur Antwort.

Nidda schickt sich an, das Gesprächsklima wieder zu entspannen, und lenkt die Befragung auf das Essen. Für ihn auch von persönlichem Interesse.

„Herr Stolz, Sie machen auf mich nicht den Eindruck, als hätten Sie an Hunger gelitten. Was haben Sie zu essen bekommen?"

„Es war ausreichend, aber ich durfte nicht wählerisch sein. Ich vermute – Ihre Kollegin muss sich schon wieder mit einer Einschätzung abfinden – es hat wie die Nahrung von Raumfahrern ausgesehen. Irgendetwas Geschnetzeltes, das mit Wasser versetzt und erwärmt wurde. Es wird hoffentlich das Fleisch eines genießbaren Tieres gewesen sein. Dazu jedes Mal einen halben Meter Toastbrot. Zur kulinarischen Krönung ein sauberer Plastiklöffel. Messer und Gabel waren nicht vorgesehen."

„Oder aus Sicherheitsgründen nicht zugelassen", erklärt Nidda.

„Auch möglich. Jedenfalls hat`s geschmeckt, wie ich mir eine Slumdog-Küche in Pakistan vorstelle. Grauenhaft."

„Wir blenden jetzt zum Anfang Ihrer Entführung zurück, Herr Stolz. Wie und wo wurden Sie gefangen genommen?"

„Ich war am späten Nachmittag bei Ludwig Kranzinger zu einer Besprechung in seinem Privathaus. Am Abend hat er mich nach Hause gebracht – das heißt, er hat mich vor dem Zugang zu unserer Wohnung auf der Straße aussteigen lassen."

„Ist Ihnen dort etwas Verdächtiges aufgefallen?", fragt Wintrich dazwischen.

„Nein. Der Straßenrand war wie üblich um diese Zeit zugeparkt. Später habe ich Schritte hinter mir gehört, die rasch näher gekommen sind. Jemand hat mich urplötzlich mit beiden Händen am Hals gepackt, eine zweite Person hat mir eine Kapuze über den Kopf gezogen. Sie haben mich von beiden Seiten brutal festgehalten und zu einem Lieferwagen geführt. Im Kofferraum wurde ich mit Kabelbindern gefesselt. Einer ist

bei mir geblieben, der andere hat den Wagen aus Steinfeld hinausge-
lenkt."

„Aus der Stadt hinaus, sagen Sie. Woran haben Sie das gemerkt?",
erkundigt sich Nidda.

„Ganz einfach, weil der Verkehr weniger wurde und der Wagen an
keiner Ampel mehr warten musste."

„Wie lange hat die Fahrt gedauert?"

„Keine Ahnung. Mir ist es wie eine halbe Ewigkeit vorgekommen, weil
ich nicht wusste, was im nächsten Moment passieren wird."

Karen Wintrich missfällt das Tempo der Einvernahme. Ihr drängen sich
immer wieder Fragen auf, um die Glaubwürdigkeit der Aussagen des
Politikers einschätzen zu können.

„Herr Stolz, noch einmal zurück zur Szene des Überfalls vor Ihrer
Wohnung. Vielleicht sehe ich die Situation als Frau anders, aber ich
muss Sie das fragen: Haben Sie um Hilfe gerufen, um auf sich aufmerksam zu machen? Zu schreien ist in einer solchen Situation eine normale Reaktion für Frauen und Männer. Haben Sie aufgeschrien?"

Stolz schüttelt den Kopf und erklärt sein Verhalten, ohne ihrem skeptischen Blick auszuweichen.

„Mag sein, dass viele Menschen um Hilfe rufen, wenn sie hinterrücks
überfallen werden. Ich gehöre wohl nicht zu ihnen, weil ich zutiefst
schockiert war. Ich bin verstummt. Meine Kehle war zugeschnürt.
Nehmen Sie das als Antwort, Frau Wintrich!"

„Akzeptiert. Was ist geschehen, als der Wagen am Ziel seiner Fahrt
war?"

„Ich wurde dorthin geführt, wo ich die letzten sieben Tage eingesperrt
war."

In der Zwischenzeit sind Nidda die Ergebnisse der Kriminaltechniker
über das Mobiltelefon eingefallen.

„Hatten Sie zu dieser Zeit Ihr Handy bei sich?"

„Gut, dass Sie danach fragen, Herr Kommissar."

Mit einem gequälten Lächeln unterbricht ihn die Polizistin gereizt.

„Wir stellen nur gute Fragen, Herr Stolz. Unsere Techniker haben ein
Bewegungsprofil Ihres Smartphones für den ganzen Nachmittag und
Abend erstellt. Am frühen Abend ist Ihr Gerät aus dem Netz ver-

schwunden. Es hat sich ein letztes Mal in der Nähe des Eichbergs orten lassen. Deswegen lautet meine gute Frage: Was ist dann mit dem Handy passiert?"

„Das lässt sich leicht erklären. Ich war am Vorabend unaufmerksam. Zuviel Wahlkampfstress, falls Sie sich das vorstellen können. Ich habe vergessen, den Status des Akkus zu überprüfen. Während des Fluges am Nachmittag war es natürlich ausgeschaltet, aber auf dem Eichberg war die letzte Energie verbraucht. Es hat sich ausgeschaltet und ich war ohne funktionierendes Telefon. Aber selbst ein aufgeladenes Gerät hätte die Entführung nicht vereiteln können."

„Das ist richtig, Herr Stolz, es hätte Ihnen keinen Schutz geboten. Man hat Ihnen die ganze Zeit über kein Haar gekrümmt, wie die Mediziner festgestellt haben, und heute nach Mitternacht wurden Sie wieder freigelassen. Für mich stellt sich das für Sie erfreuliche Ende so dar, als wollten die Entführer Sie wieder loswerden."

Stolz lässt sich nicht aus der Ruhe bringen und bleibt stumm wie ein Fisch. Sie durchbohrt ihn mit misstrauischem Blick und lässt ihn eine Weile im Ungewissen, bis sie loslegt.

„Kein Kommentar von Ihnen. Sie werden wissen, warum Sie nichts erwidern. Noch ein letztes Thema für heute, Herr Stolz. Wir wollen Sie nicht über Gebühr strapazieren, schließlich wird der lästige Wahlkampfstress gleich wieder über Sie herfallen. Es ist noch so manches Detail ungeklärt, für uns gibt es noch jede Menge Fragen zu Ihrem Fall. Aber für heute setzen wir einmal einen Schlusspunkt, der zugleich der springende Punkt sein dürfte: Für uns Ermittler ist das größte Rätsel an Ihrer Entführung ihre harmlos scheinende Beendigung. Sie wurden heute Nacht freigelassen. Was haben die Männer als Gegenleistung verlangt? Dass Entführer, die Ihren Aussagen nach keine Anfänger sind, nach einer Woche plötzlich Reue zeigen, kommt vielleicht in Kinderbüchern vor, aber nicht in der bösartigen Wirklichkeit von Kriminellen. Warum, Herr Stolz, hat man Sie freigelassen?"

Er hat diese unangenehme Frage erwartet, jedoch keine überzeugende Antwort parat.

„Ich habe, ehrlich gestanden, noch kaum darüber nachgedacht. Für mich war`s eine Glückssache, ungeschoren davonzukommen, und seit

heute Morgen widme ich mich ausschließlich der morgigen Wahl."
Wintrich kann ihr Befremden nicht unterdrücken und kontert mit ungebremstem Zynismus.
„Die Glücksgöttin war also auf Ihrer Seite! Also, ehrlich gesagt, das hätte ich jetzt nicht erwartet. Sie machen sich die Sache schon sehr leicht, wenn ich das beurteile, was Sie gerade von sich gegeben haben. Wir Ermittler können uns diesen Luxus nicht leisten. Von der Polizei wird mit Fug und Recht verlangt, dass wir mit einem Ermittlungsergebnis zum Staatsanwalt gehen. Oder empfehlen Sie uns gar zu sagen: Niemand ist zu Schaden gekommen, die Ermittlungen werden deshalb unverzüglich eingestellt."
„Nein, Frau Wintrich, auf keinen Fall. Das entspräche nicht meiner Auffassung von einem Rechtsstaat."
„Na gut. Sie wollen also, dass wir die Täter finden. Dann schenken Sie uns eine weitere Vermutung, weshalb Sie seit heute Nacht wieder in Freiheit sind! Hat doch jemand still und heimlich Lösegeld für Sie bezahlt oder ist den Entführern die Sache über den Kopf gewachsen? Ich kann Ihnen noch eine Variante anbieten: Wurden Sie vielleicht das Opfer einer Verwechslung? Es war schon finster, die Täter sind von hinten über Sie hergefallen und schon sind Sie auf dem Förderband einer Entführung gelegen."
Karen Wintrich hält ihren Zorn nicht mehr zurück. Ihre Worte ballert sie wie Wurfpfeile über den Tisch hinüber auf Harald Stolz, der sie mit steinerner Miene pariert.
„Verehrte Frau Wintrich, ich lasse mich diesbezüglich auf keine Spekulationen ein. Nur eines müssen Sie als Tatsache akzeptieren: Meine Frau oder sonst jemand aus meiner Familie hat kein Lösegeld für mich bezahlt. Ich weiß auch von keiner Lösegeldforderung an eine andere Person oder gar an die Fortschrittspartei."

Als Stolz weg ist, sitzen die beiden Kriminalpolizisten stumm nebeneinander. In ihren Köpfen hallen die Aussagen des Befragten nach, ohne dass die Lösung des Falles greifbar scheint.
„Der Typ ist aalglatt", murmelt Karen mit gesenktem Kopf nach einer Weile.

„Was hast du gesagt? Sprich bitte lauter! Du musst das Pfeifen in meinen Ohren übertönen."

„War nicht wichtig, Julius", sagt sie doppelt so laut. „Wenn ich mein empfindsames Bauchgefühl frage, dann brummt es als Antwort: Er spielt uns was vor. Er lügt."

Sie haut auf den Tisch, um ihren Frust rauszulassen.

„Aber wenn seine Aussagen stimmen, dann haben wir es bei den Männern mit keinen Anfängern zu tun", entgegnet Nidda.

„Genau meine Meinung, Julius! Er beschreibt uns Profis, die auch das Ende perfekt inszeniert haben."

„Was meinst du damit?" fragt er irritiert seine junge Kollegin.

„Ganz einfach: Sie haben kassiert und vorher mit Stolz absolutes Stillschweigen über das Lösegeld vereinbart. Er hat uns eine Lüge aufgetischt, Julius. Sie haben ihn nur gegen eine Lösegeldzahlung freigelassen. Vorhin hat er doch ohne unser Zutun davon gesprochen. War ein taktischer Fehler von ihm, das Motiv der Entführer zuerst zu erwähnen und später die Zahlung zu leugnen. Und er hält sich an die Vereinbarung, weil ... Warum hält er sich daran? Natürlich! Weil er mit irgendeiner Sache erpressbar geworden ist."

„Eine stimmige Hypothese, Karen. Aber wo bleibt der Beweis dafür?"

„Du hast Recht, Julius. Aber ich bin fest davon überzeugt, dass er seine Entführer in irgendeiner Hinsicht deckt. Er hat doch nur das gesagt, was glaubwürdig erscheint, damit die Polizei ihre Häppchen für die weitere Arbeit bekommt. Wichtige Einzelheiten bleiben undurchsichtig und über den Grund für seine Freilassung hat er noch zu wenig nachgedacht. Kommt mir vor, wie wenn ein Angeklagter keine Gedanken für seinen möglichen Schuldspruch verschwendet. Also, wie die Sache derzeit aussieht, halte ich eine ernsthafte Suche nach den Tätern für aussichtslos."

„Wir stoßen immer wieder gegen eine Gummiwand. Wenn ich nur an diese Masken denke, Karen. Man kann sie wahrscheinlich per Internet auch in Südamerika bestellen -"

„- oder", unterbricht sie ihn, „noch besser aus Papiermaché selbst herstellen, damit sie optimal passen."

„Ich frage dich allen Ernstes: Sollen wir nach zwei kräftig gebauten

Männern fahnden, von denen einer ein kleines Feuermal am Hals hat? Die einen Lieferwagen verwenden und sich hinter Chaplin-Masken verstecken, wenn sie kriminell agieren. Und dabei kein einziges Wort sprechen. Sollen wir nach diesen Phantomgangstern fahnden?"

„Natürlich!" antwortet sie überzeugt. „Und weißt du auch, warum? Damit wir nicht tatenlos auf Kritik durch den Sicherheitsdirektor oder die Medien warten. Wir können die Suche auf dem Feuermal aufbauen. Das ist ein äußerst seltenes Kennzeichen. Die Öffentlichkeit freut sich über jede markante Neuigkeit, auch wenn der Hautfleck für uns nicht mehr als ein Strohhalm sein dürfte."

„Einverstanden. Dann machst du das auch, Karen!"

Nach einem Seufzer fügt er hinzu: „Nimm das jetzt bitte nicht als Scherz, Karen! Mir ist heute nicht danach. Aber dieser Schwadroneur zwingt mich, morgen die Pontebba zu wählen. Wenn ich bloß an den leeren Akku eines Spitzenkandidaten denke, wird mir übel. Besser eine eloquente Frau als einen Lügner als Premierminister", schließt er spöttisch.

Nachdem der Politiker seine Frau Florentina in der Nacht mit seiner Rückkehr überrascht hatte, ging es Schlag auf Schlag. Er weckte im Morgengrauen sein Wahlkampfteam, ließ sich von seiner aufgeregten Ehefrau über die Geschehnisse während seiner Abwesenheit informieren und widmete nicht wenig Zeit der Pflege seines Aussehens. Das Beweisfoto, wie er nach seiner Freilassung ausgesehen hatte, nahm Florentina auf, die es sogleich an die Kommunikationsabteilung der Partei per Mail schickte. Dem Ehepaar schien es wichtig, der Öffentlichkeit zu zeigen, dass die Entführung an Stolz keine sichtbaren Spuren hinterlassen konnte.

„Wie ein unverwundbarer Held sollst du aussehen, Harald!", schwärmte seine Frau im Überschwang ihrer Gefühle. „Und für deine heutigen Auftritte vergiss nicht zu betonen, dass die Hälfte der Regierungsmitglieder Frauen sein sollen! Nimm es mir nicht übel, was ich in dem Zusammenhang propagiert habe, Harald, aber so werden wir der Pontebba die entscheidenden Stimmen wegnehmen."

Er quittierte ihre eindringlichen Worte mit einem gequälten Lächeln.

"Kaum ist man eine Woche weg, steht die Welt sogar in der Fort-schrittspartei auf dem Kopf. Hoffentlich war`s eine kluge Entschei-dung, Florentina. Sag den Kindern, wenn sie wach sind, dass wir mor-gen eine Bootsfahrt machen! Bin wirklich neugierig, wer die lästigeren Fragen stellt, die Kripo oder die Journalisten. Bis heute Abend, meine Liebe!"

Als Stolz das Polizeigebäude verlässt, wartet ein gieriger Kranz von Journalisten und Fotografen auf ihn. Der Fernsehsender HD1 ist mit zwei Kameras und einem Mikrofongalgen zur Stelle.

„Was für ein Glückstag für mich!", beginnt er vor den versammelten Journalisten seine Erklärung unter dem Flugdach des Polizeigebäudes. „Ich darf wieder unter Menschen sein! Je länger ich in meinem Kerker ausharren musste, desto klarer schien es mir: Lebendig komme ich nicht mehr heraus. Welches kostbare Gut die Freiheit darstellt, wel-chen Wert sie für unsere Gesellschaft hat – wer könnte berufener davon sprechen als jemand, der sieben Tage und Nächte in einem fensterlosen Verlies von zwei Männern festgehalten wurde, die ihn Robotern gleich keines einzigen Wortes würdigten? Ich möchte nicht viele Worte verlieren über die hygienischen Zustände, denen ich aus-gesetzt war. Ich möchte auch nicht viele Worte verlieren über die Fol-ter, wenn einem das Gefühl für Tag und Nacht abhandenkommt. Ich hatte nicht die geringste Ahnung, wo sich mein entsetzliches Gefäng-nis befindet. Und noch immer verstehe ich nicht, warum ich über-haupt weggesperrt wurde wie ein gemeingefährlicher Mörder. Dennoch habe ich meine Entführung ohne Schaden überstanden und ich darf Ihnen mitteilen: Eine ärztliche Untersuchung hat mir attes-tiert, vollkommen gesund zu sein.

Mit anderen Worten: Ich kann weiterhin mit voller Kraft für meine Kandidatur als Premierminister kämpfen. Meine über alles geliebte Frau hat mich in den vergangenen Tagen mit beispielloser Bravour vertreten, wofür ich ihr von Herzen dankbar bin. Sie ist das beste Bei-spiel dafür, wie viele Frauen in unserem Land leichtfertig unterschätzt werden. Völlig zu Unrecht, wie wir von der Fortschrittspartei meinen. Völlig zu Recht hat meine Frau eine 50:50-Aufteilung der Ministerämter im Falle eines Wahlsieges angekündigt. Es fällt mir leicht zu betonen: Dazu stehe ich. Gleichviele Frauen wie Männer werden der nächsten Regierung angehören, wenn wir, die Garanten des Fortschritts, die Stimmenmehrheit bei der morgigen Wahl erhalten. Es ist an der Zeit, mehr als bisher auf die Frauen unseres Landes zu hören und ihre Vorschläge in die Ziele einer neuen Regierung aufzunehmen. Ich ersuche Sie um Verständnis, dass ich aus Zeitmangel auf Ihre interessanten Fragen nicht eingehen kann. Vielen Dank!"

Mich geht das gar nichts an, sagt sie sich mehrmals, während sie die muffig riechende Einliegerwohnung in Ordnung bringt. Ich mache, was von einer zuverlässigen Haushälterin erwartet wird. Nicht mehr, aber auch nicht weniger. Dafür werde ich bezahlt. Und irgendwie auch für die Diskretion, auch wenn ich dafür viel mehr Geld verlangen könnte. Wenn meine Vermutungen ins Schwarze treffen, denkt sich Luise vor dem fleckigen Badezimmerspiegel, dann bekomme ich zu wenig. Schäbig wenig für den Riesenberg an Diskretion.
„Unser VIP-Gast ist abgereist", hat Constanze Kranzinger mit Erleichterung am späten Vormittag zur Haushälterin gesagt. „Putzen Sie die ganze Wohnung gewissenhaft, sobald Sie Zeit dafür finden! Ich will gar nicht sehen, wie es dort drüben ausschaut. Ich stelle es mir fürchterlich vor, schließlich haben Sie eine Woche lang nicht hineindürfen, Luise."
Ohne Verzögerung hat sie sich Zeit genommen, im befürchteten Durcheinander nach dem Rechten zu sehen. Ihre Neugier hat sie sofort in das Gästehaus getrieben, wo sie die Rollbalken hochgezogen und die Fenster aufgerissen hat, um die Räume und das eine oder andere Geheimnis zu lüften. Die Wohnung hat keinen unordentlichen Eindruck auf sie gemacht. Eine normale Reinigung scheint ihr ausreichend. Also bleibt ihr mehr Zeit für die Spurensuche. Im Laufe einer ganzen Woche lassen Menschen interessante Dinge zurück, wenn niemals aufgeräumt wird. Wenn der Müll wie ein offenes Buch zu erzählen beginnt von den Menschen, die hier waren. Von dem, was sie hier gemacht haben.
„Die Nachricht von einer Entführung" findet Luise auf dem sonst lee-

ren Nachtkästchen. Es ist das einzige Buch im Schlafzimmer. Im Wohnzimmer stehen zur Dekoration einige Bildbände für Gäste, die an der Kunst der Renaissance oder an alten Motorrädern Gefallen finden. Als sie auf den Titel des Romans achtet und an die morgendliche Nachrichtensendung denkt, ahnt sie, wer die Wohnung in den letzten Tagen benützt hat. Das Verlies, in dem Stolz weggesperrt war, wie er sich im Fernsehen ausgedrückt hat, räumt sie also auf. Schon beeindruckend, wie er aus einer bequemen Gästewohnung ein fensterloses Gefängnis gemacht hat, dämmert es ihr. Dazu braucht man eine spezielle Begabung. Genauso wie für das Amt des Premierministers. Mit Feuereifer beginnt sie die Spurensuche wie eine akribisch schnüffelnde Detektivin. Ihre Arbeitshandschuhe hat sie sofort nach dem Betreten des stolzen Kandidaten-Verstecks angezogen. Das Buch von García Márquez kann ein zufälliger Hinweis auf das Geschehen sein, als brauchbarer Beweis aber keinesfalls zu verwenden. Es muss mehr zu finden sein, ist sie überzeugt und hebt die Satin-Decke vom Bett. Luise beugt sich darüber und jubelt über ihren Fund. Was für ein gnadenloser Verräter ein Bett doch ist!

Aus der Tasche ihres Hauskleides zieht sie ein Päckchen Papiertaschentücher, die sie hastig herausnimmt. In die Plastikhülle steckt sie die sorgfältig eingesammelten Fundstücke: fünf Schamhaare. Vier brünette und ein schwarz-braunes Exemplar. Die intimen Hinterlassenschaften ordnet sie Harald Stolz zu, der brünette Haare am Kopf hat, und das dunkle Gekräusel der unbekannten Lady, die vor zwei Tagen mit einem Taxi weggefahren ist.

Luise, was brauchst du noch mehr? Du hast es in der Hand, das mysteriöse Verschwinden des Politikers aufzuklären, wird ihr in der Aufregung bewusst. Was auch immer noch zu finden sein wird, eine DNA-Untersuchung wird diese Wählertäuschung auffliegen lassen.

Die Haushälterin ist noch unentschlossen, was sie mit ihrem Fund anstellen soll, und öffnet in der Küche den Mülleimer, der einen grässlichen Fischgeruch verströmt. Jeder Fisch beginnt oben zu stinken, schießt ihr durch den Kopf. Unter verschiedenem Verpackungsmaterial findet sie leere Kaviardosen und mehrere Champagnerkorken. Nichts Verwertbares, denkt sie und stellt den Müll vor die Tür, um ohne Belästigung weiterzuarbeiten. Während sie das Bad sauber macht, feilt sie an ihrer Taktik. Ihren großen Trumpf wird sie erst ausspielen, wenn es die Lage erfordert. Die Plastikhülle mit dem Beweismaterial wird sie verstecken. Am besten in einem Schließfach. Luise ist noch immer überzeugt, dass Constanze Kranzinger einen Nachschlüssel für ihre Wohnung in Steinfeld besitzt. Vor Jahren hat sie ihren Wagen einige Male in der Nähe entdeckt, als sie vom abendlichen Lesezirkel mit Freundinnen spät nachts heimgekommen ist. Aus Angst um ihren Job hat sie keine Nachschau gehalten, ob sie im Auto sitzt, schließlich war sie immer für ihre Diskretion bekannt. Das unverkennbare Parfum ihrer Herrin hat Luise sogar einmal in ihrem Vorzimmer gerochen. Sie dürfte irgendwann, fällt ihr wieder ein, den Schlüssel aus meiner Tasche geholt haben und hat ihn nachmachen lassen, während ich an der Arbeit war. Damit sie mir nachschnüffeln kann, weil sie befürchtet, ihr Mann vergnüge sich in meinem Bett. Soweit die damalige Schlussfolgerung Luises, an der sie noch immer festhält. Eigentlich eine ungeheure Impertinenz von der sittenstrengen Hopfenstange, wenn sie mir ein Verhältnis mit dem machtgeilen Ludwig zutraut. Wie wenn ich gar keinen Geschmack hätte, was Männer anbelangt.

„Die Wohnung drüben ist geputzt", meldet sie sich im Salon zurück, wo die Herrin gelangweilt in einem Modejournal für die reife Dame blättert. Mit einem fragenden Blick hält Luise ihr die im Schlafzimmer gefundene Lektüre entgegen und gibt sich ahnungslos.

„Ich weiß nicht, Frau Kranzinger, wo dieses Buch hingehört. Vielleicht hat es der Gast vergessen."

Constanze starrt auf den vielsagenden Titel und ringt um eine Antwort. Gespannt warten die beiden Frauen darauf, wer von ihnen als Erste zur Sache kommt. Luise fixiert ihr Gegenüber unangenehm lange und durchdringend, bis die Hausherrin völlig unerwartet reagiert und ihre distanzierte Maske fallen lässt.

„Luise, was verlangen Sie, um unseren Besuch der letzten Tage vergessen zu können? Ein für alle Mal, um nur ja keine Missverständnisse aufzukommen zu lassen."

In der Manier einer dilettantischen Schauspielerin fällt der Haushälterin das Buch von García Márquez über eine Entführungswelle in Kolumbien theatralisch aus der Hand. Sie greift auf ihre Kleidertasche mit den unbezahlbaren Beweisstücken und gibt sich empört und abweisend.

„Gar nichts, Frau Kranzinger! Absolut gar nichts. Sie wissen doch, wie diskret ich bin. Mindestens so wie ein Beichtstuhl. Auf mich können Sie sich verlassen, das wissen Sie doch."

„Wunderbar! Sie sind eine Perle! Hab ich zu meinem Mann schon immer gesagt. Aber eine angemessene Belohnung werden Sie doch annehmen wollen?"

Luise zögert absichtlich, bis sie in bescheidenem Tonfall antwortet.

„Ich bin dankbar für alles, was ich Ihnen wert bin."

28. September

Um 0:27 Uhr wirkt die Schlaftablette noch immer nicht. Von einer Seite zur anderen wälzt sich Constanze und ärgert sich dabei über ihre Unvorsichtigkeit. Wie kann ich nur so dumm sein und mit meiner Frage ihrem Verdacht neue Nahrung geben? Wo ich doch wissen müsste, wie loyal Luise bisher immer war. Sie hat auch kein Verhältnis mit Ludwig, was mir viele Sorgen gemacht hat. Aber was weiß man schon über den eigenen Mann bei getrennten Schlafzimmern? Geht er fremd oder ist er schon impotent? Wenn er nachts heimkommt, bin ich manchmal schon barbituriert, wie Ludwig beim Frühstück dann spöttisch anmerkt.

„Eindringlinge könnten dich davontragen und Lösegeld von mir verlangen", hat er unlängst im Scherz gesagt, als der große Unbekannte schon im Gästehaus versteckt war. Nicht ganz von der Hand zu weisen, dass auch eine Anspielung dabei war, wie kommt man sonst auf eine solche Idee mit dem Lösegeld.

„Und was würdest du dann machen, Ludwig? Würdest du für mich bezahlen?" musste ich unverzüglich wissen.

„Selbstverständlich! Was in meinen Möglichkeiten steht, Constanze. Das weißt du doch!"

„Dann brauche ich mir keine Sorgen machen, wenn ich in die Hände eines Kriminellen geraten sollte, nicht wahr?", habe ich halb im Scherz festgestellt, während er mit dem Messer ausgeholt und das Frühstücksei treffsicher geköpft hat.

„Du sagst es. Mach dir keine Gedanken! Ich würde dich auslösen", hat er geantwortet, ohne mir ins Gesicht zu schauen. Hoffentlich, weil er Hunger hatte, und nicht, weil ihm das Thema peinlich war, war meine Überlegung.

Hätte ich Luise bloß nicht das fatale Angebot gemacht, ihr Vergessen zu belohnen! In so einer Situation hätte meine Mutter wohl niemals die Contenance verloren, sagt sie sich zerknirscht. Constanze hadert mit ihrem kapitalen Fehler, der ihre Haushälterin in die Rolle einer Zeugin versetzen kann. Nicht auszudenken, wenn sie von der Polizei befragt wird! Bei ihrer naiven Ehrlichkeit! Aufgewühlt, wie sie seit

Stunden ist, glaubt sie, in ihrem Mann keine Hilfe zu haben.

Ich könnte Luise einschüchtern, überlegt sie. So etwas wirkt bei Frauen ihres Schlages. Wie zufällig und ganz nebenbei eine Andeutung fallen lassen, dass man auf dem Eichberg keinen Pardon kenne, wenn man einem Kranzinger in den Rücken falle. Und Luise weiß ganz genau, es wäre keine leere Drohung. Haben schließlich noch alle den Kürzeren gezogen, die sich Ludwig in den Weg stellen wollten. Mit Don K ist nicht zu spaßen, wie man wenig passend sagen würde.

Dabei ist die gute Luise noch das kleinere Problem.

Das wirkliche und noch dazu riesengroße heißt Ludwig Kranzinger. Was sage ich der Polizei, wenn er ein Alibi braucht? Weil die Entführung fingiert war. Und wir auf dem Eichberg mittendrin in diesem Schattentheater. Luise und ich als ahnungslose Helferinnen? Schließlich hat Luise für drüben mitgekocht und wir haben mitbekommen, in welcher Zeit der unbekannte Mann bei uns war. Es ist zwar niemand zu Schaden gekommen ... aber ich fürchte, es dauert nicht mehr lange und der gute Ruf meiner Familie könnte ruiniert sein. Und das alles wegen Ludwig, dem Angeheirateten.

Sie setzt sich auf und schluckt eine weitere Tablette gegen ihre Angst vor der Zukunft.

Spielt doch keine Rolle, wenn ich leicht benommen zur Wahl gehe. Was zählt schon meine Stimme?

Während sich Constanze Kranzinger mit einem Stoßseufzer wieder niederlegt, kommt das Ehepaar Stolz nach Hause.

Am späten Abend wurde in der Parteizentrale der Freigelassene mit verhaltener Freude vom Vorsitzenden Marius Haas begrüßt, der im Kreise der Vorstandsmitglieder eine überschwängliche Lobeshymne auf Florentinas Engagement anstimmte. Alles andere als ein Ersatz sei sie gewesen, betonte Haas. Eine günstige Fügung des Schicksals habe sie in der kritischen Phase des Wahlkampfs an die richtige Stelle gehievt, sodass die Fortschrittspartei auch bei dieser Wahl wiederum die Nase vorne haben werde.

Harald Stolz hörte mit gespieltem Wohlgefallen zu und keiner der Anwesenden konnte ahnen, welche Gesellschaft er vorgezogen hätte. Es müsste nicht einmal Kaviar auf nackter Haut serviert werden, sagte er sich bescheiden.

Auf Fragen zu den Umständen seiner Entführung ging er nicht näher ein. Er nahm an, dass alle seine Erklärung auf HD 1 gesehen hatten. Alles Nähere verwies er in das weite Feld der Spekulationen.

„Die Ermittler der Sonderkommission sind den Tätern schon auf der Spur. Die Einvernahme in den frühen Morgenstunden hat mein Vertrauen bestätigt, dass absolut geeignete Kriminalpolizisten mit der Lösung des Falles betraut wurden."

Näher äußerte er sich nicht dazu. Er dankte allen für die Unterstützung im Wahlkampf und wünschte der Partei Glück für den Urnengang.

„Harald, ich bin so froh, dass du wieder da bist", seufzt Florentina im Schlafzimmer lange nach Mitternacht.

„Die Kinder und ich haben die Hoffnung niemals aufgegeben, auch wenn es eine extrem harte Zeit war. Sieben Tage ohne Lebenszeichen von dir! Wie die zuversichtliche Penelope habe ich an deine Rückkehr geglaubt."

Ihr Mann gibt sich auch seiner Frau gegenüber wortkarg. Sie vermeidet Fragen nach seinem Gefängnis und den beiden maskierten Männern. Sie ist überzeugt, die Zeit für diese Themen werde noch kommen. Und wenn nicht, sei es auch nicht schlimm. Ihr ist es schließlich auch nicht angenehm, über die Explosion auf dem Parkdeck befragt zu werden.

Als sie später nackt aus dem Badezimmer kommt und sich an ihren nachdenklich das Bett betrachtenden Mann schmiegt, kommt er ihr noch immer verwirrt vor. Sie knöpft sein Hemd auf und schaut ihm tief in die Augen.

„Wo sind bloß deine Gedanken, Harald? Du kommst mir so abwesend vor. Viel Schlimmes musst du in diesem Verlies erlebt haben. Ich möchte dir beim Abschalten helfen, Liebling. Ich will jetzt mit dir schlafen, damit du wieder ganz daheim bist! Wir gehören doch zusammen."

Statt einer Antwort küsst er sie und zieht Florentina an sich.

Zur Mittagszeit lässt Stolz sein blasses Gesicht von der milden Herbstsonne bräunen, während seine Frau das Elektroboot zum anderen

Ufer des Keilsees steuert.

„Papa, ein Boot!", meldet Cristiano aufgeregt seinem Vater, der sich von den aufdringlichen Fotografen an Bord nicht irritieren lässt. Sie haben ihm und Florentina schon am Vormittag auf dem Weg von der Wohnung zum Wahllokal aufgelauert und wollen offensichtlich dokumentieren, was die Familie Stolz an dem Tag unternimmt, an dem der mit Spannung erwartete Wahlgang stattfindet.

„Das sind bloß neugierige Paparazzi, Kleiner", gibt der Vater geringschätzig von sich, ohne genauer hinzusehen. „Sie wollen uns fotografieren, mehr nicht. Wenn sie dich nerven, dann schau nicht hin oder zeig ihnen deinen nackten Hintern!"

„Ja nicht!", fährt die Mutter entsetzt dazwischen. „Lass um Himmels willen die Hose an, Cristiano! Papa hat nur Spaß gemacht."

„Was haltet ihr davon, wenn wir am nächsten Wahltag eine Ballonfahrt unternehmen?", lenkt Stolz postwendend ab.

„Super!", ruft die Tochter. „Auf diesem See ist es sowieso nur öd. Nur Schwäne und die blöden Papazzi."

Augenblicke später steht Cristiano hinter dem Rücken seiner Mutter auf und zieht seine Hose herunter. Die Fotografen zücken ihre Kameras und drehen zufrieden um.

Fünf Stunden nach dem Schließen der Wahllokale gibt ein Regierungssprecher das Ergebnis bekannt.

Die Fortschrittspartei ist die stimmenstärkste Partei mit 32,7 % geblieben. Den zweiten Platz hat die erstmals kandidierende Frauenpartei mit 30,1 % erreicht. Dahinter liegen abgeschlagen die Kosmos-Partei und die Unabhängigen.

In einer ersten Stellungnahme äußert sich Saskia Pontebba begeistert über den fulminanten Start ihrer Partei, ohne auf den zwei Wochen vorher prognostizierten Wahlsieg einzugehen.

Marius Haas streicht vor den TV- und Hörfunkmikrofonen die gewaltige Herausforderung für die Fortschrittspartei heraus, die trotz der Entführung ihres Spitzenkandidaten den gewohnten ersten Platz behaupten konnte. Die Frage einer Journalistin, ob die Affäre um Harald Stolz seiner Partei möglicherweise hilfreich war, hält Haas für abwegig.

„Wie soll ein Bonus für die Fortschrittspartei entstehen, wenn eine Woche vor der Wahl niemand weiß, ob der Spitzenkandidat noch am Leben ist?"

Ludwig Kranzinger speist mit seiner Frau in einem exklusiven Restaurant mit Blick auf den spiegelglatten Keilsee und genießt ein opulentes Menü in sieben Gängen. Beim Aperitif stellt er mit Erleichterung fest: „Constanze, jetzt ist die Welt wieder in Ordnung."
Sie stößt reflexhaft lächelnd mit ihm an, danach senkt sie ihren Blick. Nach einer nachdenklichen Stille lässt sie ihre Stimmung erkennen. Graziös lehnt sie sich zurück und merkt in sachlichem Ton an: „Im hohen Alter hat meine Großmutter gerne gesagt: Nichts ist so ungewiss wie die Zukunft."
„Aber eine Frau mit deinen Qualitäten wird doch keine Angst haben, Constanze?"

2. Oktober

„Julius, ich weiß, es ist früher Morgen. Die Unzeit schlechthin für dich."
„Spar dir die Vorrede", hört sie ihn schlaftrunken in sein Mobiltelefon
brummen. „Was gibt es so Wichtiges, Karen?"
„Einen extravaganten Leichenfund an geweihter Stelle."
„Du störst meine heilige Morgenruhe und sprichst auch noch in Rätseln. Keine Glanztat für meine Assistentin!"
„In Stichworten melde ich: Georgskirche in Steinfeld, unbekannte
Frauenleiche in einem Beichtstuhl, nur mit türkisfarbenen Dessous
bekleidet, etwa 30 Jahre alt, Striemen am Hals."
Blitzartig sieht Nidda Chrystelle vor sich und murmelt ein „Ich komme"
in das Handy. Bei meinem letzten Besuch, erinnert er sich augenblicklich, hat sie diesen Hauch von Nichts in Türkis getragen. Wenn ich nur
einen Schimmer davon hätte, welche Farbe bei Dessous gerade in
Mode ist. Karen weiß sicher Bescheid, welchen Farbton die junge Frau
zurzeit über dem Intimbereich trägt. Aber meine Frage dazu hätte sie
vorhin auch falsch verstehen können. Wer weiß, auf welche sonderba-
ren Gedanken die gute Karen gekommen wäre? Was für ein verdamm-
ter Morgen!
Hektisch sucht er die Kleidung des Vortags zusammen und eilt für eine
knappe Minute ins Bad. Ich muss jetzt ruhig bleiben und das Beste
annehmen. Soll heißen, das Schlimmste für eine andere. Möglicherweise war`s der echte Krawattenmörder. Der Mann, der in Bernheim
auf einem Friedhof verhaftet wurde, leugnet noch immer. Kann mir
gar nicht denken, warum jemand die sympathische und friedliche Hure
meines Herzens umbringt. Am ehesten noch eine eifersüchtige Ehefrau. Aber ich kenne keinen solchen Mordfall und bin immerhin schon
32 Jahre bei der Kripo. Wenn sie`s wirklich ist? Was mache ich dann?
Ich müsste den Fall sofort abgeben. Das Klügste in dieser Situation.
Und das Schwierigste zugleich.
Vor dem Einsteigen setzt Nidda das Blaulicht auf das Dach des Dienstwagens und quält sich durch den zähen Morgenverkehr in Richtung
Egenz. Erst wenn man`s eilig hat, flucht er vor sich hin, kommt man
drauf, wie viele Ampeln diese Stadt behindern. War die blamable Vor-

stellung im Lusthaus eines von diesen fatalen Vorzeichen? Ein Wink, dass es das letzte Mal mit Chrystelle gewesen sein könnte? Sein Puls schlägt rasant, im Hals pocht und klopft es. Das gewohnte Summen in seinen Ohren hat sich zu einem wütenden Rauschen gesteigert. Der unsichtbare Erzfeind ist verlässlich zur Stelle, wenn Nidda Stress hat. Einen wahren Mörderstress in dem Fall.

Vor den Stufen der bescheiden wirkenden Kirche stellt er das Auto ab und eilt in den Innenraum, der mit Absperrbändern vor Unbefugten mit gierigen Voyeursaugen geschützt wird. Den jungen Kriminaltechniker, der ihm den Blick auf die tote Frau nimmt, schiebt er wortlos zur Seite und atmet im selben Moment erleichtert auf. Was für ein Glück, sagt er zu sich und schickt dankbare Blicke zum Hochaltar. Es hat eine andere erwischt. Eine Schönheit in der Blüte ihrer Jahre. Chrystelle ist noch am Leben! Trotz allem ein guter Morgen, ist er versucht zu denken, doch die Tote zu seinen Füßen beschämt ihn. Für eine Weile dreht er sich weg. Er sucht die Gefasstheit, die von ihm erwartet wird. Erst jetzt nimmt er Karen wahr, die seine Anspannung mit Verwunderung beobachtet hat. Warum dieses merkwürdige Verhalten, fragt sie sich. Liegt es am Fundort? Ist Julius ein kryptischer Gläubiger, für den es hier um eine abscheuliche Blasphemie geht? Oder kennt er Damen mit türkisfarbener Reizwäsche näher? Männer, die in Scheidung leben, führen höchst selten ein mönchisches Leben. Was soll`s? Es geht sie gar nichts an, mit wem er in seinem Privatleben verkehrt.

„Guten Morgen, Julius! Du siehst gehetzt aus", begrüßt sie ihn besorgt.

Er presst die Lippen zusammen und mustert mit versteinerter Miene die Leiche. Während ihn Karen informiert, spürt er den klebrigen Angstschweiß unter seinem Hemd. Das vom Vortag anzuziehen war absolut kein Fehler und die alte Jacke ist noch ganz anderes gewohnt. Ein Spürhund könnte ihm so manchen Lokalbesuch an ihren Gerüchen nachweisen.

„Unser Arzt hat sie bereits eingehend untersucht. Abgesehen von den Striemen am Hals keine äußeren Verletzungen. Er vermutet Tod durch Erdrosseln. Vorbehaltlich seiner Obduktion und einer toxikologischen Untersuchung. Bisher haben wir keine persönlichen Gegenstände von ihr gefunden."

„Danke, Karen", sind Niddas erste Worte in der Kirche. „Wer hat sie entdeckt?"

„Der Kirchendiener Miruts Birru, ein Äthiopier. Beim Blumengießen am frühen Morgen."

„Hast du ihn schon befragt?"

„Ja. Er hat niemanden beobachtet. Die Leiche war schon im Beichtstuhl, als er gekommen ist. Die Tote hat er noch nie gesehen."

„War zu erwarten. Wohnen Nachbarn in unmittelbarer Umgebung?"

„Der Kirchendiener hat uns nur den Pfarrer genannt."

„Dann werden wir ihn befragen, Karen. Wenn alle Fotos vom Tatort gemacht sind, kann die Leiche in die Gerichtsmedizin transportiert werden."

Nach einem längeren Schweigen sagt er mit Blick auf die Tote: „Was für eine schöne Frau. Selbst im leblosen Zustand."

„Hast du sie schon einmal gesehen? Du reagierst ungewohnt emotional heute, Julius", merkt Karen vorsichtig an.

„Ach, was du schon wieder glaubst!", fährt er sie grantig an. „Ich habe sie noch nie gesehen. Aber ihren Anblick werde ich wohl nie vergessen."

Wegen Chrystelle, verzichtet er hinzuzufügen.

„Ein außergewöhnlicher Mordfall", kommentiert sie.

„Inwiefern?"

„Vom Fundort einmal abgesehen, Julius, hat die Tote eine vermutlich teure Unterwäsche an, aber alles andere, was die mondäne Dame trägt, fehlt. Wir haben keine kostspielige Uhr gefunden, kein Smartphone, keinen Schmuck, auch keine Geldbörse."

„Und was hältst du von diesen Fakten, Karen?"

„Entweder wurden sie gestohlen oder die Sachen hätten ihre Identität verraten."

„Wenn ich überlege, in welchem Stadtviertel wir uns befinden, scheint mir sogar eine Leichenplünderung nicht ausgeschlossen. Schließlich sind wir in der berüchtigten Egenz."

Der afrikanische Kirchendiener führt die beiden Ermittler in das Büro von Pater Wolfram, der mitgenommen und geschwächt auf die Polizisten wirkt.

„Was für ein schlimmer Tag!", bedauert er mit brüchiger Stimme. „Das Verbrechen verschont selbst das Haus Gottes nicht mehr. Wo soll das noch hinführen?"

Er zieht seine buschigen Augenbrauen hoch und starrt das Kruzifix auf seinem Schreibtisch an.

„Wir verstehen Ihr Entsetzen, Pater Wolfram", pflichtet ihm Nidda bei. „Wir sind zu Ihnen gekommen, um Ihnen einige Fragen zu stellen."

„Nur zu! Ich helfe Ihnen gerne."

„Pater Wolfram", beginnt Karen Wintrich, „Ihr Kirchendiener hat die Tote heute Morgen entdeckt. Ist die Kirche in den Nachtstunden abgesperrt?"

„Nein, niemals, Frau -"

„Wintrich", ergänzt Nidda.

„Verzeihung, aber ich bin ganz durcheinander. Während der Nacht, wollen Sie wissen. Das Gotteshaus steht immer offen, Tag und Nacht. Wir haben keine Kunstschätze im Inneren von St. Georg und die Tür zu einer Kirche soll für Gläubige und Notleidende stets geöffnet sein."

„Wer weiß davon?", schaltet sich Nidda ein.

„Nehmen Sie mir meine Antwort nicht übel, Herr Kommissar! Das weiß nur Gott, der Herr über Leben und Tod."

„Ich verstehe. Würden Sie bitte so freundlich sein, das Foto auf meinem Handy anzusehen! Haben Sie diese Frau schon einmal gesehen? In der Kirche oder hier in der Nähe?"

Pater Wolfram wirft einen kurzen Blick auf das Gesicht der Toten und wendet sich gleich wieder ab.

„Nein. Noch nie gesehen."

Das helle Bimmeln einer Glocke lässt die Polizisten aufhorchen. Ihre fragenden Blicke beantwortet der Geistliche auf der Stelle.

„Sie hören die Totenglocke von St. Georg. Ich habe Miruts vorhin gebeten, sie sieben Mal zu läuten."

„Pater, ich schließe gleich mit einer Frage nach Ihrem Kirchendiener an. Ist er Ihrer Meinung nach ehrlich? Würden Sie, wie man so sagt, für ihn die Hand ins Feuer legen?"

Der Gefragte schaut Nidda entsetzt an und antwortet in aller Deutlichkeit.

„Der gute Miruts ist absolut ehrlich. Er hat sich noch nie etwas zu Schulden kommen lassen. Wie fällt Ihnen so eine Frage ein, Herr Nidda?"

„Tut mir Leid, aber die Polizei stellt nun einmal nur unangenehme Fragen. Wir kennen Herrn Birru gar nicht, also können und dürfen wir nichts ausschließen. Er war der Erste am Fundort und wir haben dort keine Habseligkeiten der Toten gefunden. Also müssen wir am Anfang von Ermittlungen jeder Möglichkeit nachgehen."

„Ich verstehe", sagt Pater Wolfram beruhigt.

„Wir gehen davon aus, dass das Opfer nicht in der Kirche getötet wurde. Es fehlen Spuren, die auf einen Mord im Beichtstuhl hindeuten würden. Haben Sie eine Vermutung, warum die Leiche in Ihrer Kirche abgelegt wurde?"

„Um Himmels willen, nein! Vielleicht war es ein gottloser Mörder, der das Gotteshaus schänden wollte. Einer, der dem Bösen verfallen ist."

„Die Tote wurde wahrscheinlich in einem Fahrzeug hergebracht und in die Kirche getragen oder irgendwie geschleppt. Haben Sie während der Nacht diesbezügliche Beobachtungen gemacht, Pater Wolfram?"

Der Priester holt tief Luft und berichtet von seiner schlimmen Nacht.

„Ja, ich habe etwas gesehen, was ich Ihnen nicht verheimlichen darf. Aber erwähnen Sie in Gottes Namen mein persönliches Problem nicht gegenüber dem guten Miruts! Er könnte sonst meinen, ich hätte Ihnen mein Leid geklagt. "

Die Ermittler schauen einander irritiert an, geben jedoch ihre Zustimmung.

Was wird das jetzt, überlegt Nidda. Erfahren wir gleich ein sorgsam gehütetes Beichtgeheimnis eines Paters? Wird aber nicht so brisant sein, wenn er freiwillig auspackt. Bei seinem verzweifelten Blick, denkt sich Karen zur selben Zeit, und seinen roten Ohren kann ich ihn mir als ein Opfer der Fleischeslust vorstellen. Warum auch nicht? Bei Tag Priester und bei Nacht Mensch. Von uns kriegt er die Absolution, keine Frage.

„Also, ich will mich kurz fassen. Einige Jahre habe ich als Entwicklungshelfer in Äthiopien gearbeitet, in der Nähe von Gimbi. Dort habe ich die Dienste von Miruts zu schätzen gelernt und als Dank habe ich ihm geholfen, zu uns zu kommen. Er ist mir noch immer unendlich dankbar dafür und lädt mich einmal im Jahr zu einem Essen ein. Miruts kocht dann äthiopisch und ich will ihm diese Freude nicht nehmen. Selbst als ich ihm beim ersten Mal nach einem solchen Essen von gewissen gesundheitlichen Problemen erzählt habe, hat er darauf mit der kindlichen Leichtigkeit eines Afrikaners reagiert. Was beklagst du dich über leichte Bauchschmerzen, hat er verständnislos gefragt. Du musst es als gute Nachricht deines Körpers verstehen, Pater! Und was soll daran gut sein, war meine naive Frage. Er hat lautstark gelacht und gesagt: Dass du noch am Leben bist, Wolfram!"

Die Polizisten verlieren ihre Geduld und Nidda unterbricht den ausufernden Redefluss des Priesters.

„Pater Wolfram, wir haben die dringende Aufgabe, einen furchtbaren Mord aufzuklären. Also kommen Sie jetzt zur Sache! Was haben Sie letzte Nacht beobachtet?"

„Aber natürlich! Ich bitte um Nachsicht. Immer wenn ich aufgeregt bin, höre ich nicht mehr auf zu reden. Ihre Frage von vorhin habe ich nicht vergessen, auch wenn ich noch immer die üblen Nachwirkungen des gestrigen Essens spüre. Aber allen Ernstes, wie ginge es Ihnen mit Hammelfleisch im Magen, zubereitet in Rizinusöl mit äthiopischen Gewürzen und höllisch scharfen Pfefferoni? Als Beilage diese Injera-Fladen aus gemahlener Hirse: Sieht nicht unappetitlich aus, schmeckt aber wie ein saurer Schwamm. Nur damit Sie verstehen können, warum ich den Großteil der letzten Nacht auf der Toilette verbracht habe. Nach jeder Entladung bin ich am Fenster gestanden und habe gewartet, bis mich die nächste grimmige Welle heimsucht. Irgendwann zwischen zwei und drei Uhr ist dann dieser Wagen vor der Kirche gestanden. Ich habe einen freien Blick zum Eingang von St. Georg. Ein großgewachsener Mann ist mit schnellen Schritten und leeren Händen aus der Kirche gekommen. Hätte ich da an etwas so Sündhaftes wie ein Gewaltverbrechen denken sollen? Der Mann hat die Wagentür leise geschlossen und ist weggefahren. Ich sah keinen Grund, in der Kirche Nachschau zu halten. Außerdem habe ich mich zu schwach dafür gefühlt."

„Zwischen zwei und drei Uhr haben Sie also den Mann beobachtet", wiederholt Karen Wintrich.

„Ist er Ihnen bekannt vorgekommen?"

„Ein Bekannter? Nein, ich glaube nicht. Der Bewegungsmelder hat zwar das Licht über dem Portal aktiviert, aber es ist alles sehr rasch gegangen. Da kann man sich schon einmal täuschen, nicht wahr?"

Nidda interessiert sich mehr für den Wagen des nächtlichen Kirchenbesuchers.

„Pater Wolfram, ein Auto ist um vieles größer als ein erwachsener Mann. Können Sie den Wagen beschreiben?"

Der Priester freut sich sichtlich über die Frage.

„Selbstverständlich! Mir fällt die Antwort leicht, weil ich in Äthiopien war."

Nidda befürchtet den nächsten Afrika-Exkurs und verdreht die Augen, während Karen mit dem scherzhaften Gedanken spielt, der Mordfall könne demnächst mit äthiopischer Hilfe geklärt werden. Wie die Gläubigen es bei seiner Predigt machen sollten, hängt sie an den Lippen des Paters.

„Einmal wöchentlich ist der Organisator der Entwicklungshilfe aus Gimbi in das Dorf gekommen, wo ich tätig war. Er hatte einen solchen Wagen, wie ich ihn heute Nacht vor unserer Kirche gesehen habe. Ein ganz alter Land Rover stand dort, mit dem Reserverad an der Hecktür. Ein kastenförmiger Oldtimer, in dem 10 bis 15 Personen Platz haben, zumindest in Afrika."

„Haben Sie das Kennzeichen oder zumindest die Farbe erkannt?", fragt Karen dazwischen.

„Ich bin mir sicher, es war eine dunkle Farbe. Möglicherweise grau. Vom Kennzeichen habe ich nur ein ST erkennen können. Als der Motor gestartet wurde, war das ein bekannter Klang für mein Ohr. Merkwürdig, dass man manche Geräusche nicht so schnell vergisst wie Namen oder Zahlen."

„Pater Wolfram, fällt Ihnen noch etwas zur letzten Nacht ein, das in Zusammenhang mit dem Mord stehen könnte?", fragt Nidda, obwohl er vom Redeschwall des Geistlichen genervt ist.

„Ich weiß nicht, ob es wichtig ist. Miruts hat gut geschlafen, hat er beim Frühstück erwähnt. Er hat wohl keine Beobachtungen während der Nacht gemacht."

„Gut! Vielen Dank für Ihre Ausführungen, Pater Wolfram!" sagt Karen im Aufstehen und reicht ihm die Hand.

„Kamillentee kann ich wärmstens empfehlen, sollten Sie einmal in meine missliche Lage kommen. Gott zum Gruß!"

So schnell wird er nicht mehr über seinen Tinnitus klagen, nimmt sich Nidda vor und spürt eine stechende Leere in seinem Magen. Mit Karen besichtigt er noch routinemäßig die nähere Umgebung der Kirche und hält gleichzeitig Ausschau nach einem Lokal, das ihn vor dem Hungertod retten könnte. Ältere Häuser, die schon von weitem teils unbewohnt wirken, bestätigen seine Absicht, die Erkundung kurz zu halten. Er greift nach Karens Hand und hemmt ihren Schritt.

„Karen, ich denke, das hier bringt nichts. Wir haben genug von diesem öden Viertel gesehen oder willst du die knurrenden Straßenköter zählen?"

„Okay, Julius. Wir gehen zurück. Ich spreche nochmals mit dem Kirchendiener, du kannst ja inzwischen ins Büro fahren."

„Willst du etwa die Aussage des Paters überprüfen?", fragt er sie erstaunt.

„Na klar! Ich möchte wissen, wo er in der Nacht war und ob er wirklich wie ein dunkler Stein geschlafen hat."

„Wie ein dunkler Stein? Hat der Priester nicht gesagt. Ich brauche jetzt bald einen dunklen Kaffee, um mein Gedächtnis anzukurbeln. Irgendwer hat in letzter Zeit einen uralten Land Rover erwähnt. Wird mir gleich einfallen, wenn ich Koffein intus habe. Selbst wenn die Bohnen aus Äthiopien kommen."

„Wie gut, dass mein Vater ein typisches Männerhobby hat, Julius!", sagt sie mit überschäumender Begeisterung und nimmt an seinem Schreibtisch Platz.

Nidda faltet seine Stirn auf und pfaucht ungehalten: „Hast du dir die erzählerische Breite von diesem Pater angeeignet, Karen?"

„Natürlich, ich lerne schnell, wie du weißt. Mein Vater, um zur Sache zu kommen, hat einen uralten Mercedes besessen und mit Hingabe gepflegt und repariert. Es war ihm nicht zu blöd, in kurzen Abständen Öl nachfüllen zu müssen. Mein Daddy heißt Georg wie der Schutzpatron der Kirche von heute Früh. Deswegen die Assoziation in meinem Kopf. Als ich mit der ergebnislosen Befragung des Kirchendieners fertig war, habe ich den Pater gebeten, mir die Stelle zu zeigen, wo der Land Rover gestanden ist. Und was habe ich dort gefunden, Julius?"

„Einen winzigen Ölfleck. Leicht zu übersehen, aber nicht, wenn man sorgfältig sucht. Der Rest wird ein Kinderspiel für unsere Spezialisten sein, wenn wir die Garage des Wagens finden. Dein Vater hat eine begabte Tochter!"

„Wusste ich schon immer", entgegnet sie schmunzelnd.

„Und was hat dein Nachdenken zu Tage gefördert?", fragt sie ihn.

„Wie?" Nach kurzem Zögern fährt er fort: „Ach so, du meinst die Erwähnung des Geländewagens. Es kann nur der Chauffeur von Kranzinger gewesen sein. Sein Name fällt mir momentan nicht ein. Wie heißt der Typ nur? Keine Ahnung. Karen, es ist ein Jammer. Je älter ich werde, desto mehr wird die Erinnerung zu einer Laune des Zufalls."

„Lubic", hilft sie seinem Gedächtnis nach.

„Richtig. Ich warte auf den Anruf der Zulassungsbehörde, wie viele solcher alten Autos gemeldet sind und ein Kennzeichen von Steinfeld haben."

„Weißt du, wird die Leiche heute noch obduziert?"

„Ganz sicher, hat der Gerichtsmediziner gesagt. Wir werden heute noch erfahren, ob es Mord war oder einer dieser fatalen Unfälle bei einem perversen Sado-Sex."

„Der Fundort", denkt Karen laut nach, „lässt beide Annahmen zu."

Mit müder Stimme fragt Nidda: „Was hast du gesagt?"

„Ich versuche einmal, die Tote als Sünderin zu sehen, die noch nicht gebeichtet hat. Das habe ich gemeint."

„Und der Täter wäre ein religiöser Eiferer? Ein Moralapostel mit Henkerambitionen? Warum dann diese spärliche Bekleidung? Eines steht für mich fest: Wir haben es mit einem höchst mysteriösen Mord zu tun ..."

Das läutende Telefon unterbricht ihn. Er nimmt den Hörer ab und lauscht den Informationen von der Zulassungbehörde.

„Verbindlichen Dank für die rasche Auskunft!"

Nidda schnalzt mit der Zunge und ist plötzlich hellwach und guter Laune.

„Ein einziges Uraltmodell ist in Steinfeld gemeldet. Als Farbe ist Dunkelgrau eingetragen."

„Wie heißt der Besitzer, Julius?", drängt sie ihn, zum wichtigsten Punkt zu kommen.

„Kranzinger, Vorname Ludwig."

Jetzt ist Karen dran, mit der Zunge zu schnalzen.

„Der einzige Wagen gehört Don K! Da schau ich aber. Aber eigentlich heißt das noch gar nichts, Julius", versucht sie seine Euphorie zu bremsen.

„Na, na! Das bedeutet eine ganze Menge für uns! Wir müssen jetzt äußerst vorsichtig agieren. Schritt für Schritt den Mann einkreisen, damit seine Anwälte uns möglichst lange nicht behindern können."

„Was schlägst du als ersten Schritt vor?", will sie sofort wissen.

„Du sprichst am besten noch einmal mit Lubic. Jetzt schau nicht so! Das Motoröl ist deine Idee gewesen, Karen. Gut möglich, dass er vom Don manchmal den Auftrag bekommen hat, Motoröl nachzufüllen. Vielleicht fällt ihm sogar ein, wann zum letzten Mal."

„Julius, ich freue mich grenzenlos, wenn ich mich wieder mit diesem Primitivo unterhalten darf", sagt sie augenzwinkernd. „Für heute Abend könnte ich mir nichts Amüsanteres vorstellen."

„Ich bin nun einmal gut zu meinen Mitarbeitern, sooft es der Dienst erlaubt", setzt er grinsend dazu.

Verärgert schickt sie ihm einen flüchtigen Kuss über den Schreibtisch und geht auf den Flur, um ihren Besuch bei einer Freundin telefonisch abzusagen. Zum zweiten Mal binnen fünf Tagen. Und ohne Ironie.

Am späten Nachmittag erreicht der Obduktionsbefund das Büro von Nidda. Die unbekannte Tote wurde zweifelsfrei ermordet. Die Todesursache lautet Erdrosseln von hinten durch einen kräftigen Täter. Faserspuren an ihrem Körper konnten nicht gefunden werden. Genauso wenig wie Hinweise auf einen Geschlechtsverkehr vor der Tat. Sie wurde ein bis zwei Stunden vor Mitternacht getötet.

Ein Foto mit dem Gesicht der Ermordeten für weitere erkennungs-
dienstliche Maßnahmen wurde an Nidda weitergeleitet, der es mit
selten verspürtem Entsetzen minutenlang betrachtet, bevor er es an
sämtliche Polizeidienststellen des Landes schickt, um die Identität der
toten Schönheit klären zu können.

Wenn diese Frau etwas zu beichten gehabt hätte, was müsste dann
erst mit ihrem Mörder geschehen, fragt er sich. Wenn sich zumindest
eine Unmenge an Hass in ihm aufgestaut hätte! Aber eine Tat im Affekt ist völlig auszuschließen. Er hätte die Leiche sonst zerstückelt oder
bis zur Unkenntlichkeit entstellt. Sie lag jedoch beinahe unversehrt auf
dem Steinboden vor dem Beichtstuhl und erweckte den Eindruck, sie
schlafe und könnte sich im nächsten Moment erheben, sich umschau-
en und beim Portal hinausgehen. Wie eine, die aus Übermut die Kirche
in ihrer aufreizenden Unterwäsche betreten hat und ihr unentschuld-
bares Verhalten bereut.

Was muss in diesem Täter vorgegangen sein, quält Nidda seinen Kopf.
Noch gilt sie nicht als vermisst. Noch haben wir keine Ahnung, welchen Beruf sie hatte. Mit welchen Leuten sie verkehrte und wo sie
getötet wurde. Wir stehen ganz am Anfang mit unseren Ermittlungen.
Ihr toter Körper verrät uns mit Sicherheit nur das eine: Wie schön sie
war.

In eiskalter Berechnung hat er sie umgebracht und aus einem noch
unbekannten Grund in die Georgskirche gelegt. Der Beichtstuhl, wird
Nidda bewusst, ist in diesem Fall womöglich ein absichtlich gewählter
Ort mit Symbolkraft. Die sündhaft verführerischen Dessous sollen die
Verderbtheit ihrer Trägerin zeigen. Wie moralisch minderwertig sie
war, ein Flittchen, das vom rechten Weg der Tugend abgefallen und
dem sündigen Leben verfallen ist. Der Täter könnte mit dem Fundort
eine Botschaft aussenden, die vielleicht nur eine Person konkret verstehen kann, oder bloß seine hemmungslose Kühnheit unter Beweis
stellen. Seht her, ich bin ein Mensch, dem nichts heilig ist! Jemand, der
keinen Respekt kennt.

Dieser Jemand weist unter Umständen die Züge eines Psychopathen
auf. Ein Mörder, dem alles Humane fremd ist. Einer, der sakrale Orte

bewusst missachtet. In Niddas Kopf jagt eine Idee die andere. Was er braucht, ist ein konkreter Anhaltspunkt.

„Hallo! Wieder einen doppelten Slibowitz, Frau Kommissar?", begrüßt der schmierige Barmann Karen Wintrich im randvollen „Splitter".
„Sie haben wohl das absolute Gedächtnis", honoriert sie seine Aufmerksamkeit mit einem billigen Scherz.
„Hängt ganz vom Aussehen meiner Gäste ab."
„So, so. Dann bringen Sie mir eben wieder einen Doppelten, bitte, und Herrn Lubic dazu, falls er hier ist. In der Menge an Gästen ist er mir wegen seiner Körpergröße noch gar nicht aufgefallen."
Während die Polizistin auf ihre Bestellung wartet, ahnt sie, warum ihr Chef den Besuch in solchen Lokalen vermeidet. Diese Geräuschkulisse, multipliziert mit Tinnitus 2, muss einen grässlichen Cocktail ergeben, wenn man empfindlich und leicht reizbar ist. Nicht auszudenken, wie es erst in einem Frauenlokal dieser Sorte zuginge.
„Sie wollen mich sprechen?", erkundigt sich Dragan Lubic mit frostigem Lächeln bei der Polizistin.
„Exakt! Aber keine Sorge, gegen Sie liegt nichts vor. Es geht noch einmal um den alten Land Rover."
Erleichtert wiehert er laut lachend und meint: „Sie müssen einen Narren an der alten Kiste gefressen haben. Was es nicht alles gibt."
„Es lässt sich leicht erklären. Von meinem Vater habe ich ein ausgesprochenes Faible für Oldtimer geerbt, deshalb interessiert mich, natürlich ganz privat: Welches Motoröl braucht so ein alter Land Rover, wenn er fahrtüchtig bleiben soll? Ist es dieses Ultra XL, das in unserer Garage gestanden ist?"
Lubic reißt vor Begeisterung die Augen auf.
„Da schau her! Sie kennen sich bei Autos aus! Alle Achtung! Sie werden mir immer sympathischer."
„Nur keine falschen Hoffnungen, Herr Lubic! Nicht alle Gegensätze ziehen sich auf unserem Planeten an. Ein Gentleman beantwortet ohne viel Gesülz, was ihn eine Dame gefragt hat. Na?"
„Bin schon dabei, ich bin ja schon dabei. Der Land Rover von Kranzinger schluckt auch dieses Ultra XL, wie Sie als Expertin vermutet haben.

In größeren Portionen."

„Wird meinen Vater brennend interessieren. Und nur so nebenbei: Können Sie sich zufällig erinnern, wann Sie zum letzten Mal Öl nachgefüllt haben?"

„Muss vorgestern gewesen sein."

„Wird meinen Chef brennend interessieren. Die letzte Frage war nämlich ausschließlich dienstlich."

Lubic schaut sie fassungslos an. Die Polizistin verspürt das leise Knistern seiner Aggression, die sich ihr gegenüber nicht entladen darf. Es bereitet ihr einen stillen Genuss, ein dezentes Siegerlächeln aufzusetzen und einen großen Schluck von ihrem Slibowitz auf sein Wohl zu nehmen.

„Sie haben uns bei einer wichtigen Aufgabe geholfen, Herr Lubic. Die Kripo bedankt sich. Tschüss!"

3. Oktober

Was hätte der schlaue Odysseus gemacht, wäre er vor der Aufgabe gestanden, das Leben einer namenlosen Toten aus dem Dunkel hervorzuholen? Vom Endpunkt aus zurückspulen, was sich belichten lässt, wäre wohl seine Antwort gewesen. Immerzu geduldig warten, welche Hinweise auf ihre Existenz einlangen. Sie werden schon kommen, ist Julius Nidda unter der längeren morgendlichen Dusche überzeugt: Ist es doch niemandem möglich, unsichtbar und ohne soziale Kontakte das Leben im Verborgenen zu führen. Schon gar nicht einer jungen Schönheit, die jedem, der Augen im Kopf hat, auffallen muss.

Was hat sie falsch gemacht, dass sie es mit dem Leben bezahlen musste? Wovon wusste sie, was sie besser für sich behalten hätte? Für einen Raubmord findet sich kein Anhaltspunkt, soviel ist einmal klar. Warum wird sie noch von niemandem vermisst?

Es bringt nichts, weiter nachzudenken, stoppt er sein Grübeln und greift zum Handtuch. Falls kein Prominenter involviert ist, lässt uns der Sicherheitsdirektor in Ruhe arbeiten. Schließlich weiß er, wem er vertrauen kann.

Im Büro wartet die befürchtete Enttäuschung auf den Leiter der Kriminalpolizei Steinfeld. Keine einzige Meldung ist bisher eingetroffen, die auf der Basis des Fotos von der Toten ihre Identität wenigstens etwas erhellen könnte. Aber wir stehen erst am Anfang mit unseren Möglichkeiten, macht sich Nidda Hoffnung auf die nächsten Maßnahmen. Sein Vorzimmer schickt das Foto aus der Gerichtsmedizin an die größten und wichtigsten Tageszeitungen des Landes mit dem Ersuchen, sachdienliche Hinweise an die Steinfelder Kriminalpolizei zu melden. Nidda selbst verfasst einen Aufruf über Interpol an die Polizeizentralen aller europäischen Länder. In kurzer Zeit wissen wir, wer die Ermordete ist, lautet seine Überzeugung. Entweder hat sie in unserem Land gewohnt oder sie ist erst unlängst eingereist und dabei gesehen worden. Von einem anderen Fluggast, von einer mit der Bahn reisenden Person, einem Vermieter eines Leihwagens oder was sonst noch alles in Frage kommt, wenn man von A nach B unterwegs ist.

Am späten Vormittag erscheint Karen gut gelaunt im Kommissariat.

Nidda wirft einen flüchtigen Blick in ihre Richtung und stichelt wie immer, wenn er am Morgen ein leeres Büro vorgefunden hat und nicht weiß, wo sie sich aufhält.

„Du warst beim Friseur, Karen?"

„Irrtum! Ich habe gestern Abend gearbeitet und mir einen Zeitausgleich genommen."

„Ist schon gut! Zur Identität der Frauenleiche liegt keine einzige Meldung bisher vor."

„Dann wird sie unbescholten sein und mit unserer Polizei noch keinen Kontakt gehabt haben. Aber mein Besuch im Splitter war gestern nicht umsonst. Es lief wie geschmiert mit dem Chauffeur von Kranzinger. Ultra XL heißt das Motoröl, das er im Land Rover immer wieder nachfüllt. Zum letzten Mal vorgestern, Julius."

„Vorgestern, sagst du?", spricht Nidda halblaut vor sich hin und kratzt sich am Hinterkopf. „Was meinst du als Autoexpertin? Was könnte das bedeuten?"

„Es könnte heißen, dass der Wagen für eine längere Fahrt vorbereitet wurde."

„Leicht möglich, nein, sogar wahrscheinlich, was du sagst. Wir brauchen allerdings einen triftigen Grund, warum wir vom Garagenboden auf dem Eichberg eine ölige Probe entnehmen dürfen", bleibt er zurückhaltend, was den raschen Fortschritt in den Ermittlungen anbelangt.

„Da sehe ich als angebliche Autoexpertin eine simple Möglichkeit, Julius. Wir brauchen vom Garagenboden kein belastendes Material aufsammeln. Wir veranlassen eine technische Überprüfung, und zwar wegen des Alters des Wagens. Zu diesem Zweck muss die Kripo auf dem Eichberg gar nicht aufkreuzen. Die Zulassungsstelle schnappt sich den Land Rover und wir lassen unsere Spürhunde dazu."

„Eine grandiose Idee! Man merkt, du bist ausgeschlafen. Damit kommen wir ohne Aufsehen an das Motoröl und können den Wagen auf alle möglichen Spuren von der Toten hin untersuchen."

Sie nickt zufrieden und hält den Zeitpunkt für günstig, einen unerledigten Fall wieder hervorzuholen.

„Sag mal, Julius, was machen wir am besten mit dieser ominösen Entführung? Die wenig aussichtsreiche Fahndung nach einem Mann mit einem Feuermal am Hals hat ein mageres Ergebnis gebracht, das zu vergessen ist."

„Du meinst den Sicherheitsmann, der auf dem Flughafen Dornen arbeitet, aber in der fraglichen Zeit wegen einer Augenoperation im Krankenhaus lag. Ich tendiere dazu, die Entscheidung an den Nationalen Sicherheitsdirektor zu delegieren. Wenn er meint, dass wir den künftigen Premierminister noch einmal einvernehmen sollen, dann machen wir das klarerweise."

„Und wenn er sich Bedenkzeit nimmt, dann wissen wir, wer für ihn die explosive Sache entscheidet", macht sich Karen lustig.

Der abnehmende Mond glotzt verstohlen mit seinem geborgten Licht durchs Schlafzimmerfenster und Nidda wälzt sich im Bett von links nach rechts und wieder zurück. Seit er sich in der Horizontale befindet, bereut er, mehr vom Lammbraten in seinen Magen gepackt zu haben, als einem Menschen seines Alters zuträglich ist. Im Lokal „Der Bauch" ließ er es sich zu gut gehen und jetzt geht es ihm schlecht. Ein schwerer Klumpen drückt in seinem Bauch, in dem schon einiges Platz hat. Wie ein Pubertierender wollte er der elektrisierenden Lola beweisen, was er alles verträgt. Jetzt spürt er, was passieren kann, wenn man einer Frau imponieren will. Es ist absolut zu viel gewesen. Er merkt es an der anhaltenden Serie seiner Rülpser. Wie kann man in meinem Alter nur so dämlich sein, schilt er sich still. An einen erholsamen Schlaf ist nicht zu denken. Er öffnet das verschmutzte Fenster und schaut zum unverhüllten Mond. Im Stehen fühlt er sich besser, aber noch weit weg von gut. Kann es einen Zusammenhang zwischen dem Essen und einem Verbrechen geben, fragt er sich, von seinem Magendrücken angeregt. Immerhin hat ein ungewohntes äthiopisches Gericht einen Beitrag zur bevorstehenden Aufklärung eines Mordes geleistet. Und umgekehrt? Gibt es Speisen, die aggressiv machen können? Die eine latente Gewaltbereitschaft aktivieren? Kann eine höllenscharfe Pizza Diavola jemandem den diabolischen Kick liefern, um das Haus eines missliebigen Nachbarn in Brand zu stecken? Er nimmt sich vor, in künftigen Verhören die Verdächtigen nach dem letzten

Essen vor ihrer Tat zu fragen. Warum auch nicht? Gewiefte Verteidiger führen regelmäßig die Beeinträchtigung ihrer Mandanten durch Medikamente vor Gericht ins Treffen, obwohl die Pharma-Produkte zum Wohlbefinden der Menschen beitragen. Genauso kann er sich vorstellen, dass scharf gewürztes Fleisch aus einem Menschen einen Verbrecher macht.

Auf dem Gehweg zu seinem Wohnblock nähert sich eine schlanke, langbeinige junge Frau. Sie trägt eine enge, im Mondlicht glitzernde Hose und wirft einen schwachen Schatten in Niddas Richtung. Sie geht auf die Haustüre zu, ohne zu seinem Fenster hinaufzusehen. Ihre Silhouette entspricht annähernd den Körpermaßen der ermordeten Frau aus der Kirche von St. Georg. Nidda wird wiederum mit dem mysteriösen Mordfall konfrontiert, die Magenschmerzen lassen nach. Die Schattenfrau dort unten hat es besser getroffen. Sie ist am Leben.

Aber die andere Unbekannte – warum wurde ihr das Leben entrissen? Welchen Zusammenhang gibt es zwischen der ermordeten Schönheit und dem sakralen Fundort ihrer Leiche? Zwischen der Toten und ihrem Mörder? Von beiden wissen die Ermittler so gut wie gar nichts.

Warum lag sie halbnackt in einem Beichtstuhl?

Ein Fragezeichen nach dem anderen schießt aus einem tiefgründigen Boden in die Höhe. Nidda nimmt sie alle mit in seinen Schlaf.

4. Oktober

Das auf einer Landzunge thronende Luxushotel Majestic bietet seinen
Gästen allen Komfort und eine unbehinderte Sicht auf den Keilsee,
dessen Wellenkämme auf das felsige Ufer prallen. Seit den Nachtstunden bläst ein kräftiger Wind, der den Herbst ungestüm vor sich her
treibt. Nicht einmal ein Fischerboot ist draußen, fällt Karen Wintrich
auf, als sie zur Rezeption geht. Ein stilvoll gekleideter Portier öffnet ihr
die Tür zur Lounge, wo sie kurz die Luft anhält. So steigen die oberen
Tausend ab, wenn sie in der Hauptstadt Steinfeld zu tun haben, murmelt sie neidvoll. Was könnte sie hier für einen Monatslohn kriegen?
Wenn`s hochkommt, vielleicht drei Nächte mit Frühstück im Zimmer.
Schlafen ist teuer, wenn man im Luxus aufwachen will. Die leger gekleidete Kriminalpolizistin schreitet nichtsdestotrotz selbstbewusst zur
Rezeption, wo sie der in Dunkelblau und Gold amtierenden Empfangs-
dame ihren Dienstausweis zeigt.
„In welcher Angelegenheit kommen Sie zu uns?", flüstert sie um Dis-
kretion bemüht über die Marmorplatte und schaut besorgt nach links
und rechts, ob sich jemand in Hörweite aufhält.
„Wir haben heute Morgen einen Anruf vom Majestic erhalten. Ein
Angestellter hat auf dem Foto einer toten Frau einen Gast erkannt, der
hier gewohnt hat."
„Dann begleite ich Sie in die Direktion, Frau Wintrich. Dort wird man
Sie empfangen."
Die beiden fahren mit dem Personallift in die erste Etage, wo Karen
alsbald auf den beleibten Hoteldirektor trifft, der sie mit sorgenvollem
Blick anfleht.
„Wir wären Ihnen überaus dankbar, wenn der Name unseres interna-
tional bekannten Hauses bei Ihren Mitteilungen an die Medien nicht
genannt wird, Frau Kommissarin. Durch Ihre berufliche Erfahrung wis-
sen Sie ganz genau, wie rasch der gute Ruf eines Hotels ramponiert ist.
Und übrigens, ganz nebenbei: Sollten Sie einmal ein exklusives Wo-
chenende verbringen wollen, garantiere ich Ihnen selbstverständlich
Sonderkonditionen."
Wintrich rümpft die Nase und schaut den verlegen wirkenden Mann

verächtlich an.

„Der Versuch einer Beamtenbestechung wird bei bisheriger Unbescholtenheit nur mit einer bedingten Strafe geahndet. Haben wir uns verstanden, Herr Dahlberg?"

Eingeschüchtert nickt er und läuft rot an wie ein Schüler, der beim Abschreiben erwischt wurde.

„Ich bin hier, um in einem Mordfall zu ermitteln. Was die Medien erfahren und was sie daraus in ihren Berichten machen, darauf hat die Polizei absolut keinen Einfluss", serviert sie ihm in ihrer schärfsten Tonart. Sein ungeschickter Bestechungsversuch liefert ihr die besten Voraussetzungen, jede Hilfe und jede Information vom Hotel zu bekommen. Schlagartig hat sie im Luxushotel am See ein leichtes Spiel vor sich.

„Also, ich will gar nicht wissen, ob Sie die Tote jemals persönlich kennen gelernt haben. Ich ersuche Sie bloß, alle Daten über diesen Gast uns in einem Ausdruck zu überlassen. Sofort und auf der Stelle. Wir bekommen vom Hotel alles, was Sie haben. Auch Belege der Wäscherei und die Aufzeichnungen von Telefongesprächen, falls die Tote das Festnetz verwendet hat. Sollten Sie absichtlich unsere Ermittlungen behindern, indem Sie uns etwas vorenthalten, wird das Majestic einen neuen Direktor brauchen."

„Keine Sorge, Frau Wintrich", beschwichtigt er dienstbeflissen, „Sie erhalten alles, was wir gespeichert haben."

Karens Selbstsicherheit wächst von Minute zu Minute. Dass die Polizei den Namen der Ermordeten noch immer nicht kennt, bereitet ihr kein Kopfzerbrechen. Sie agiert so, wie wenn ihr der Name längst vertraut wäre.

„Welche Zimmernummer hatte sie?", fragt sie Direktor Dahlberg, der auf seinen Monitor schaut und die gewünschten Daten herbeiklickt.

„Wir haben doch keine Zimmer, Frau Kommissarin! Warten Sie kurz! So, hier steht`s: Suite D 17."

„Gut. Sofortiges Aviso an das Personal: Niemand betritt mehr D 17, bis unsere Techniker mit ihrer Arbeit fertig sind."

„Wie Sie wünschen."

Er nimmt den Hörer ab und gibt die Anweisung an die Serviceleiterin weiter.

„Unter welchem Namen hat sich die Tote angemeldet, Herr Dahlberg?"

„Unter ihrem richtigen klarerweise. Ich sehe hier auf meinem Monitor ein Ausweisdokument und zwei Kreditkarten auf den Namen Dr. Clara Torrin. Daran haben wir keinen Zweifel, schließlich ist sie schon mehrmals unser Gast gewesen. Und es gab niemals Unregelmäßigkeiten."

Einen klingenden Namen, der zu ihrem makellosen Äußeren passen würde, hat Karen für möglich gehalten, der akademische Titel lässt sie jedoch einigermaßen staunen.

Die Kriminalistin nimmt anschließend ein Kuvert mit den gewünschten Unterlagen entgegen, in das der Direktor routinemäßig einen Prospekt samt Preisliste gesteckt hat. Sie versieht die Suite im Flügel D mit dem Siegel der Kriminalpolizei und schlendert zur nach Jasmin duftenden Lounge mit dem moussierenden Gefühl, ein bisschen zu den VIPs des Majestic zu gehören. Sie kann nicht widerstehen, den Hotelprospekt aus dem Kuvert zu ziehen. Gar nicht so weit daneben, was sie geschätzt hat, registriert sie mit hochgezogenen Brauen. Drei Nächte, aber ohne Frühstück, bekäme sie für ihren Monatslohn. Ich müsste schon grenzenlos bescheuert sein, denkt sie sich, so viel für das dreimalige Benützen von Bett und Bad zu bezahlen, und lächelt dazu, was der Portier devot erwidert.

Als Julius Nidda das Tageshoroskop für den Krebs gelesen hat, pfeift er bestens gelaunt in seinem Büro „The Winner Takes It All".

„Sie können derzeit so einfühlsam wie bestimmt kommunizieren", hat er in der Tagespost gefunden, „was es Ihnen erleichtert, unangenehme Dinge zur Sprache zu bringen. Nutzen Sie diesen Schwung für Ihre unmittelbare Zukunft!"

Ein kurzes Telefonat mit seiner Kollegin hat ihn bereits über den erfolgreichen Besuch im Majestic informiert.

Die chemischen Analysen des Motoröls im Land Rover und vor dem Kirchenportal sind in vollem Gang, gleichzeitig läuft die Spurensuche im Wagen.

Wie es für Nidda plötzlich aussieht, ist die Kriminalpolizei schon auf dem besten Weg, die Ermordung von Clara Torrin aufzuklären. Wie immer ist die Aufgabe mühevoll, den Gang krimineller Ereignisse von hinten aufzurollen und auf diese Weise Licht in die Finsternis eines Verbrechens zu bringen.

Nidda ist bei der dritten Strophe von „The Winner Takes It All" angelangt, da wird ohne Anklopfen die Tür geöffnet und Karen tritt ein. In einer Hand hält sie das Hotelkuvert wie einen Siegespokal in die Höhe, mit der anderen zieht sie die Tür schwungvoll hinter sich zu.

„Julius, der Inhalt dieses Kuverts hat`s in sich. Das könnte den Durchbruch bei unserem Mordfall bedeuten. Der Hoteldirektor ist mit allem rausgerückt, was über die Tote gespeichert ist, obwohl er geächzt und geschwitzt hat. Nur wegen der Diskretion, dürfte das Schlüsselwort des Majestic sein."

„Na gut. Setz dich und lies vor, was auf dem Datenblatt vermerkt ist."

„Sie heißt Clara Torrin, wurde 31 Jahre alt und war Akademikerin. Sie hatte nämlich einen Doktortitel."

„Ihr Wohnort?", fragt Nidda, während er sich Notizen macht.

„Die Wohnadresse ist Melissenweg 19 in Langenhall. Als Beruf hat sie Kommunikationsberaterin angegeben."

„Seit wann hat sie im Majestic logiert, Karen?"

„Augenblick, das steht schon auf der nächsten Seite. Check-In am 24. September, 16.15 Uhr. Sie hat zwei Kreditkarten verwendet. Keine Gespräche über die Telefonanlage des Hotels."

„Wenig überraschend. Existieren Belege vom Service-Bereich?"

„Eine Menge vom Zimmerservice für Essen und Getränke. Es scheint fast so, als habe sie nur in ihrer Suite gegessen. Auch von der Wäscherei sind Belege vorhanden. Für zwei Hosen, Blusen und jede Menge Unterwäsche."

„Hm", meint er nachdenklich, „wie interpretierst du diese Fakten?"

„Ich sehe auf die Schnelle einen gewissen Widerspruch. Sie meldet sich unter ihrem richtigen Namen an und meidet das Restaurant, wie wenn sie inkognito abgestiegen wäre. Offensichtlich wollte sie möglichst wenigen anderen Gästen begegnen. Die Belege aus der Wäscherei sind für mich noch im Rahmen des Normalen. Es gibt Frauen mit

einem ausgeprägten Hygiene-Tick. Vielleicht war es auch ein Mode-
zwang, wenn sie mehrmals am Tag die Kleider gewechselt und die
Unterwäsche farblich darauf abgestimmt hat."

„Also eine mondäne Lady oder so?", erkundigt er sich mit verschmitz-
tem Lächeln.

„Schaut ganz so aus und passt auch gut zum Majestic. Bist du schon
einmal dort gewesen, Julius?"

„Nö! So, wie ich manchmal angezogen bin, lassen sie mich wahrscheinlich nur mit gezückter Dienstwaffe hinein."

Karen lacht, weil sie diese anscheinend selbstkritische Ansicht über
seine Kleidung schon lange teilt.

„Wenn ich dich richtig verstanden habe, Julius, willst du eher nicht ins
Hotel? Oder hast du einen Anzug im Büro?"

„Habe ich nicht. Ich bleibe hier und rufe die Polizei in Langenhall an.
Vielleicht haben die Kollegen brauchbare Informationen, zum Beispiel
über die familiären Verhältnisse der Toten. Irgendwer soll doch entscheiden, was mit der Leiche geschieht, wenn wir sie in der Gerichtsmedizin nicht mehr brauchen. Ich muss auch jemanden finden, der sie
offiziell identifiziert, bevor sie von der Bestattung geholt wird. Die
Techniker werden sich sofort um ihre Handynummer kümmern und
die Rufdaten seit ihrem Check-In sammeln. Die übliche Routine also
übernehme diesmal ich."

„Dann fahre ich mit einer unserer Spürnasen zum Majestic und wir
nehmen uns die Suite vor. Bin schon gespannt, wie es dort aussieht."

„Außerdem hast du noch einen Auftrag fürs Hotel, Karen: Frag das
Personal, mit wem sie zusammen gesehen wurde, ob sie jemand abgeholt hat oder in der Lounge mit ihr gesprochen hat."

„Da war ich schon mal, Frau Kommissarin", platzt der junge Techniker
heraus, als er mit Karen die prunkvolle Lounge betritt.

„Dienstlich oder privat, Christoph?", muss sie unverzüglich wissen.

„Privat natürlich! Ich war mal kurz mit einer Jungen von der Rezeption
zusammen. Mehr verrate ich nicht."

Karen lässt nicht locker, weil sie an eine mögliche Informationsquelle
denkt.

„Arbeitet die Ex noch hier?"

„Ich glaube nicht. Die Snobs, die hier absteigen, hat sie überhaupt nicht ausstehen können. Einmal pro Woche hat ein männlicher Gast reiferen Alters sie telefonisch unter einem Vorwand in seine Suite gebeten, um ihr ein spezielles Angebot zu machen."

Schade, denkt sich Karen. Es wäre zu einfach gewesen, Insiderinformationen von dem Mädchen zu bekommen.

„Deine Ex ist vermutlich sehr attraktiv?"

„Was denken Sie denn? In puncto Aussehen konnte sie mit mir mithalten."

Wintrich bleibt abrupt stehen und schaut Christoph prüfend ins Gesicht.

„Wie unaufmerksam von mir. Dein blendendes Aussehen muss ich bisher glatt übersehen haben, junger Mann."

An der Rezeption verlangt sie Auskunft, wann die Suite D 17 zum letzten Mal gereinigt worden ist. Nach mehreren internen Telefonaten lautet die Antwort: „Letzter Service am 1. Oktober. Seither wurde die Suite nicht mehr benützt. Es gibt keinen Abreisevermerk und deshalb auch keine Rechnung."

Die Frage nach Kontakten Frau Torrins mit anderen Gästen oder Besuchern der Lounge bleibt unbeantwortet. Sehr zum Missfallen der Kriminalpolizistin, die eine Erkundigung nach einer Überwachungskamera vorläufig aufschiebt.

„Frau Kommissarin", tönt die Empfangsdame mit einem perfekten zimtfarbenen Rouge von oben herab, „wir leben die Diskretion. Unser Personal ist dahingehend geschult, solche Treffen oder zufällige Begegnungen nicht wahrzunehmen. Schließlich zahlen unsere Gäste dafür, eine geschützte Atmosphäre wie in den eigenen vier Wänden zu genießen. Unser Portier hält Fotografen und neugierige Journalisten fern und unsere Gäste honorieren das Höchstmaß an Diskretion, indem sie gerne wiederkommen."

„Was für ein Komfort für die betuchten Gäste, ihnen eine maximale Anonymität zu bieten! Aber aus der Sicht der Kriminalpolizei schaut`s in unserem Mordfall anders aus, ganz anders", kontert Wintrich scharfzüngig.

„Wie soll ich das verstehen, Frau Kommissarin?", fragt die Rezeptionistin barsch.

„Mit Hausverstand. Je länger die Aufklärung des Mordes dauert, desto öfter könnte das um Diskretion bemühte Majestic mit Namen und Bild in den Medien aufscheinen. Und wer weiß, welche Spekulationen da aus dem Boden schießen?"

Empört blickt die Rezeptionistin aus ihren eisblauen Augen die Polizistin an und sagt: „Ich beende unser Gespräch mit der Versicherung, der Polizei bei ihren Ermittlungen nach Maßgabe unserer Richtlinien zu helfen. Guten Tag!"

„War deine Ex auch so sympathisch?", will Karen vom jungen Techniker auf dem Weg zur Suite D 17 wissen.

„Wird das jetzt ein Verhör, Frau Wintrich?"

„Überhaupt nicht. Tut mir Leid. Ich ziehe die Frage zurück, damit du ohne Groll an die Arbeit gehen kannst. Solche überheblichen Ziegen wie diese Empfangstussi kann ich nun einmal nicht ausstehen. Kommt abgehoben daher, wie wenn sie mit der Prominenz der ganzen Welt auf Augenhöhe verkehren würde."

Christoph denkt sich seinen Teil und hofft, den nächsten Schauplatz wieder mit Nidda aufsuchen zu dürfen. Der Alte ist am Privatleben seiner Mitarbeiter so gut wie gar nicht interessiert. Er redet auch nicht so viel wie die Kommissarin, die eine Keycard für die Suite zückt und das Polizeisiegel damit durchtrennt.

„Voilà, D 17 gehört uns."

Die beiden staunen über die Größe der Suite und ihre Einrichtung und erkennen sehr bald, was Reinigung im Majestic bedeutet. Bettwäsche, Handtücher, das Tischtuch, alles sieht aus, als wäre es noch nie verwendet worden. Wie am Vortag gekauft, sagt sich Christoph und fragt sich im nächsten Moment, wozu er überhaupt hier ist.

„Alles so steril wie ein OP. Hier finden wir wahrscheinlich keine verwertbaren Spuren", meldet er nach einem intensiven Blick auf Bett und Möbel.

„Als letzte Hoffnung", meint Karen ernüchtert, „bleibt uns, was die Schränke und Schubladen für uns bereithalten."

„Hoffentlich etwas, von dem aus wir Rückschlüsse auf ihr Leben ziehen können. Ihre Lieblingsfarbe und die Körbchengröße werden wohl kaum etwas über ihren Mörder verraten."

„Du sagst es."

Zwei Stunden später wiederholt sich im Kommissariat die Szene vom Vormittag mit einem winzigen Unterschied. Karen hält dieses Mal eine Plastikhülle hoch, in der ein kleines Notizbuch steckt. Christoph hat es in einer leeren Handtasche gefunden, wie wenn es dort vergessen oder verborgen worden wäre. Es ist beinahe der einzige interessante Fund in der ganzen Suite geblieben. Dass es türkisfarbene Dessous gibt, ist ihm von seinem aktiven Privatleben, das den jungen Frauen gewidmet ist, seit längerem bekannt. Karen Wintrichs intensive Blicke auf die Reizwäsche-Kollektion der Ermordeten hat er im ersten Moment als ihren Entschluss gedeutet, in den nächsten Tagen ein Fachgeschäft für Damenwäsche aufzusuchen. Aber sie hat etwas ganz anderes dabei überlegt. Etwa, ob die Tote ein Dessous-Messie war. Als Model könnte er sich diese Lady nicht gut vorstellen, dazu waren ihre Rundungen zu prächtig, wie er vom Fundort in der Kirche in Erinnerung hat.

„Na, Karen, was bringst du aus der majestätischen Luxusherberge mit?", erkundigt sich Nidda, der gerade die Liste mit den Rufdaten der Ermordeten studiert.

„Bis auf dieses Notizbuch glatte Fehlanzeige. Eine Unmenge an teuren Toiletteartikeln und eine Riesenauswahl an Dessous wie in einer exklusiven Wäscheboutique."

„Eine alte Kriminalistenregel lautet: Je kleiner das Notizbuch, desto brisanter sein Inhalt."

„Da könntest du Recht haben. Das Büchlein trägt einen Titel oder einen Namen: Cora."

Nidda reibt sich die Nase und schaut grübelnd ins Leere, dann ist er sich sicher.

„Das ist ein Pseudonym. Nicht sehr einfallsreich, behaupte ich einmal."

„Meinst du, Cora steht für Clara?"

„Na klar. Cora war ihr Deckname", lautet seine Antwort.

„Schon. Aber wozu hat sie den zweiten Namen verwendet?"

„Mh, gute Frage. Möglicherweise für eine Community oder es war eine Art Künstlername. Aber warte einmal, Karen. Ich habe da eine Ahnung. Routinemäßig habe ich heute das Internet nach Einträgen ihres Namens abgesucht. Die Torrin hatte einmal einen Lehrauftrag an einem historischen Institut in Mexico. Und der Name Cora klingt doch irgendwie spanisch."

Eine Weile schaut sie ihn wortlos an, dann meint sie: „Kann sein. Meine spanischen Vokabel kann ich auf den Fingern einer Hand abzählen. Rein zufällig nennt mir mein kleiner Finger das Wort corazon."

„Corazon? Was bedeutet das?"

„Herz. Corazon ist das Herz, Julius."

„Mh. Das hast du im kleinen Finger? Hilft es uns auch weiter? Besser, wir schauen uns die Notizen an."

Sie finden Termine, die in chronologischer Reihenfolge geordnet sind. Nach jedem Datum stehen zwei Buchstaben, bei denen es sich um die Initialen von Klienten handeln könnte. In einer dritten Spalte sind runde Summen notiert.

„Das könnten die Honorare für eine Kommunikationsberatung sein", vermutet Julius.

„Ich weiß nicht so recht. Wenn ich dran denke, wie teuer ein Honorar in dieser Branche kommt, habe ich so meine Zweifel", wirft sie ein.

„Was dann, Karen?"

„Mit diesen Initialen war nur die Tote vertraut. Sie wusste, welche Person dahintersteckt. Und wie gesagt, die Honorare mit 900 bis 4500 sind mir zu niedrig. Die Gute hat als Luxusprostituierte gearbeitet, sag ich dir, und hier ihre Dates vermerkt, damit sie beim nächsten Auftrag das alte Honorar einsehen kann. Passt auch recht gut zu unserem harmlosen Fund in einer Schublade: eine nette Auswahl diverser Kondomtypen. Für eine Frau Doktor doch eher ungewöhnlich."

Nidda pfeift durch die Schneidezähne und entgegnet halb im Scherz: „Nicht ungewöhnlich, wenn sie eine ausgeprägte nymphomanische Ader hatte."

„Also weißt du, auf diese Idee kann auch nur ein Mann kommen."

Mit ernstem Gesichtsausdruck weist er Karen sogleich auf ihre Nachlässigkeit hin.

„Wer am Beginn von Ermittlungen grundlos oder aus persönlichen Motiven auf die Verfolgung einer Spur verzichtet, begeht einen gravierenden taktischen Fehler."

Genauso energisch setzt sie ihm entgegen: „Ist mir nicht unbekannt, Herr Kommissar, aber vor uns auf dem Tisch liegt etwas Relevantes: das Notizbuch einer Ermordeten und die Rufdaten ihres Handys von den letzten Wochen ihres Lebens. Ich schlage vor, wir geben der Auswertung dieser Daten den Vorzug vor der Enthüllung einer eventuellen nymphomanischen Veranlagung."

„Karen, du regst dich umsonst auf. Ihre Lüsternheit habe ich als Scherz gemeint, der dir entgangen sein dürfte. Wir können ja, wenn wir sonst nicht weiterkommen, meine abwegige Annahme noch einmal aufgreifen."

„Einverstanden, Julius. Fangen wir mit dem Puzzle an!"

Er schlägt eine Strategie vor, mit der sie zu seiner Freude sofort einverstanden ist. Die beiden suchen zunächst akribisch danach, ob Ludwig Kranzingers der Kripo bekannte Handy-Nummer in der Gesprächsliste der Ermordeten aufscheint. Sie finden drei Telefonate zwischen den Geräten seit dem 19. September, nach der Freilassung von Harald Stolz vier weitere bis zum 1. Oktober, an dem sie ermordet wurde. Diese Gespräche gingen von Torrin aus und dauerten zwischen 18 und 34 Minuten.

„Höchst interessant", kommentiert Julius, „aber was war der Inhalt ihrer Telefonate?"

„Das wissen wir nicht. Noch nicht. Wir wissen aber, dass es zwischen dem 25. und dem 28. September keine Gespräche zwischen beiden Mobiltelefonen gegeben hat. Das kann natürlich etwas bedeuten", orakelt Karen und beginnt im Notizbuch zu suchen.

„Suchst du etwas Bestimmtes?", fragt er.

„Nur so eine Idee. Angenommen, wenn diese Buchstaben Initialen sind, dann finde ich unter Umständen einen Vermerk mit LK oder KL."

„Für Ludwig Kranzinger. Also, wenn auch zu diesem schwarzen Büchlein eine Verbindung von ihm existiert, wird es eng -"

„Bingo!" ruft sie dazwischen. „LK ist am 24. September vermerkt, als Summe ist 3200 eingetragen."

Nidda schweigt und klopft ein paar Mal mit dem Fingernagel auf die Schreibtischplatte.

„Recht gut und schön, Karen. Aber zu wenig für eine Vorladung oder gar ein Verhör. Wir brauchen noch mehr Fakten. Wir müssen warten, bis die Untersuchung des Motoröls und die Spurensuche im Land Rover abgeschlossen sind."

5. Oktober

Das ist schneller gegangen als erwartet, denkt sich Nidda an seinem Schreibtisch, wo eine digitale Weisung des Justizministeriums eingegangen ist. Gestern erst wurde die neue Regierung, von der Fortschrittspartei und der Frauenpartei gebildet, angelobt. Mitglieder der Frauenpartei leiten die Hälfte der Ministerien, vom Außenamt über die Bildung bis zu den Umweltagenden. Die männlichen Minister gehören ausnahmslos der Fortschrittspartei an. Florentina Stolz muss sich durch diese Personalentscheidung ihrer Partei ausgebremst vorkommen, war Karen Wintrichs erster Kommentar. Der Ermittlungsstopp an die Kriminalpolizei Steinfeld wird vom Ministerium damit begründet, es sei niemand ernsthaft geschädigt oder verletzt worden. Somit kann es sich nach interner Meinung des zuständigen Ministers, den traditionell die Fortschrittspartei stellt, auch um keine gewaltsame Freiheitsberaubung oder um eine Nötigung gehandelt haben, höchstens um einen Bagatellfall, der ad acta zu legen sei, überlegt der Kommissar. Womit für ihn feststeht, die ganze Affäre am Ende des Wahlkampfs war gar kein Fall, sondern eine Finte. Ein Täuschungsmanöver, um die gesamte Aufmerksamkeit der Wähler zu bekommen. Kritische Beobachter werden die dubiose Angelegenheit, zu der die Entführung offiziell herabgestuft wurde, als Fake bezeichnen. Ein klassisches Polit-Fake, urteilt Nidda. Es wäre ein gefundenes Fressen für die lästige Marton, in die Sache hineinzustechen und der Öffentlichkeit eine explosive Theorie zu servieren. Zu einer ernsthaften Diskussion ist es noch immer nicht gekommen, weil die angebliche Entführung vor der Wahl in erster Linie Emotionen ausgelöst hat, bedauert Nidda. Emotionen, die der Fortschrittspartei geholfen haben dürften. Thema Nummer Eins in diesen Tagen ist natürlich die neue Regierung unter Harald Stolz, der sich ausschließlich über die Vorhaben seiner Funktionsperiode äußert. Ist auch ein Leichtes, politische Heldentaten anzukündigen. Was vorher geschehen ist, ist ihm keine Erwähnung wert. Welcher Politiker mit Hausverstand weckt schon einen schlafenden Hund auf?

„Jedenfalls verbindlichen Dank, Herr Justizminister", murmelt Nidda amüsiert. „Jetzt muss die Polizei wenigstens keine Fata Morgana mehr verfolgen."

Ob diese Entscheidung wirklich klug war, geht ihm durch den Kopf, wird die Zukunft zeigen. Die fatale Entführung, von der der neue Premierminister vor der Abstimmung gesprochen hat, könnte zu einer lebenslangen Hypothek für Harald Stolz werden. Etwas, woran der politische Gegner seine rechte Freude haben kann. Ganz zu schweigen von investigativen Journalisten, die ein Damoklesschwert über seinem Regierungssessel aufhängen können.

Karen, die von den Kriminaltechnischen Labors im Tiefgeschoß mit den dringend benötigten Fakten ins Büro kommt, interpretiert die Einstellung der Ermittlungen in der für sie typischen Art.

„Die Entführung eines Politikers ist unter der neuen Regierung nicht strafbar, wenn das Opfer nicht verletzt, jedoch ausreichend ernährt wird. Entzieht man im Wahlkampf einem Kandidaten vorübergehend die Freiheit, muss man mit keinen Konsequenzen rechnen, wenn er anständig behandelt wird. Somit könnte die Affäre Stolz zu einem Präzedenzfall werden, der uns unangenehme Arbeit erspart und Satirikern neuen Stoff liefert. Ist doch eine gute Nachricht, Julius", merkt sie vergnügt an.

„Womit alle Beteiligten zufrieden sein dürften", ergänzt er, während er seine Hand nach den Ergebnissen der Kriminaltechnik ausstreckt. „Was bringst du von unten, Karen?"

„Erfolgsmeldungen. Diese Kollegen haben wieder einmal ausgezeichnet gearbeitet."

„Jetzt mach`s nicht so spannend! Was haben sie im Land Rover gefunden?"

„Die Forensische DNA-Analyse hat nachgewiesen, dass die zwei Haare, die im Scharnier der Gepäcksraumtür eingeklemmt waren, von unserer Frauenleiche stammen. Mehr Spuren waren nicht zu finden, aber selbst das dünnste Frauenhaar weist eindeutig auf seine Besitzerin hin, wie wir wissen."

„Ausgezeichnet, Karen!", freut er sich über die Mitteilung.

„Aber es kommt noch besser, Julius! Das Motoröl vom Kirchenvorplatz stammt von derselben Type wie das im Land Rover. Es wird vom australischen Hersteller Penrite speziell für Oldtimer angeboten. HPR 20 W/50 ist die Produktklasse des Schmiermittels."

„Dann brauchen wir nur mehr die Zustimmung eines Staatsanwalts, um gegen Don K vorgehen zu können."

„Eine reine Formsache, wenn man bedenkt, welche Fakten wir gegen ihn beisammen haben: den Fund der Haare des Opfers im Kofferraum seines Wagens, die Übereinstimmung des Motoröls, die Telefonate mit der Ermordeten und den Augenzeugen, der Kranzinger an seiner Statur wiedererkennen dürfte -"

Mit einem Handzeichen unterbricht er seine Kollegin.

„Wenn allerdings Frau Kranzinger ihrem Mann ein Alibi verschafft, müssen wir wieder von vorne beginnen."

„Am besten, wir statten ihr noch heute einen Besuch ab und fragen sie nach der Nacht des 1. Oktober."

„Dann warten wir nicht länger, Karen."

Zu dritt sitzen sie im Salon der Villa auf dem Eichberg, als Nidda den Grund des Besuches erklärt.

„Der Land Rover Ihres Mannes wurde von uns beschlagnahmt, weil der Wagen nachweislich für ein Verbrechen verwendet wurde, Frau Kranzinger."

Die Angesprochene macht einen entsetzten Gesichtsausdruck und ringt um passende Worte.

„Wie? Ich – weiß nicht – ich bin – ich verstehe gar nichts mehr", stammelt sie kopfschüttelnd.

„Mit dem Wagen wurde eine Frauenleiche zur Georgskirche transportiert", erklärt Karen Wintrich. Frau Kranzinger horcht beim Namen der Kirche plötzlich auf und starrt mit bangen Blicken auf die beiden Kriminalpolizisten.

„Kennen Sie diese Kirche?", stellt Julius Nidda die erste Frage. Er ist entschlossen, ihr zuzusetzen. Sie kann mit seiner Rücksichtnahme nicht rechnen. Unter keinen Umständen. Sie ist für ihn das wichtigste Bindeglied zwischen dem Tatverdächtigen und der Peripherie. Wenn sie Fakten liefert, ist Don K geliefert.

„Ja, ich war einmal dort. Vor nicht allzu langer Zeit. Irgendwann im

September dürfte es gewesen sein. Als Vertreterin unseres Charity-Clubs habe ich dort mit Pater Wolfram gesprochen. Wir haben ihm eine karitatives Angebot gemacht."

„Wissen Sie noch, wem Sie davon erzählt haben?" will Nidda sogleich Genaueres erfahren.

„Naja, den anderen Mitgliedern des Clubs habe ich gesagt, dass der Pater große Freude gezeigt hat. Ich habe ihn in seiner Kirche angetroffen, die 24 Stunden täglich für alle Menschen offen steht."

„Haben Sie über den Besuch dort auch mit Ihrem Mann gesprochen?"

Constanze Kranzinger überlegt kurz und entschließt sich zu einer ehrlichen Antwort. Sie will nichts verschweigen. Sie will ihren Prinzipien treu bleiben.

„Ich denke schon."

„Können Sie sich erinnern, ob Sie erwähnt haben, dass die Kirche St. Georg rund um die Uhr geöffnet ist?"

Sie denkt angestrengt nach und sagt schließlich: „Ich bin mir nicht sicher, Herr Nidda."

„Aber Sie können es auch nicht ausschließen", setzt er nach, „dass Sie das erwähnt haben?"

„Nein, das kann ich nicht. Was Sie alles wissen wollen! Und Sie haben mir noch gar nicht gesagt, um welches Verbrechen es eigentlich geht."

Karen unterrichtet sie über die ermordete Frau, deren Bild vor wenigen Tagen in den Medien gezeigt wurde.

„Ach, diese schöne, junge Frau. Und sie soll mit unserem Wagen transportiert worden sein? Wer behauptet so etwas, Frau Kommissarin?"

„Pater Wolfram hat es beobachtet. Außerdem haben wir Spuren von ihr im Land Rover gefunden."

Constanze Kranzinger schweigt und lässt den Kopf sinken. Karen schaltet ihr Mobiltelefon ein und sucht nach einem Foto.

„Frau Kranzinger, schauen Sie bitte auf mein Handy. Das Bild zeigt die Ermordete. Haben Sie diese Frau schon einmal gesehen?"

„Nein, noch nie!", antwortet sie schroff.

„Wir verdächtigen Ihren Mann, die Leiche in die Kirche von St. Georg gebracht zu haben", setzt Nidda sie in Kenntnis. „In diesem Zusammenhang müssen wir Ihnen eine wichtige Frage stellen."

Sie zuckt kurz zusammen und schaut den Kommissar mit geweiteten Pupillen an wie eine, vor der sich ein plötzlicher Abgrund auftut. Ein jäher Schrecken beherrscht ihr Gesicht.

„Können Sie bestätigen, dass Ihr Mann in der Nacht zum 2. Oktober zu Hause war?"

„Mein Mann schläft immer zu Hause, wenn er nicht auf Geschäftsreise ist. Ist aber schon längere Zeit nicht vorgekommen", betont sie mit gefestigter Stimme. Sie nimmt sich zusammen, um glaubhaft zu wirken.

Karen setzt postwendend nach, um ihre Angabe zu überprüfen.

„Können Sie beschwören, dass er in der Nacht vor dem 2. Oktober nicht doch einmal das Haus für eine oder zwei Stunden verlassen hat? Denken Sie genau nach! Es ist wichtig."

Frau Kranzinger blickt wehmütig zum Fenster hinaus und gesteht schließlich schweren Herzens, was ihre Ehrlichkeit diktiert.

„Nein, beschwören kann ich es nicht. Ich will ganz aufrichtig sein. Wir haben getrennte Schlafzimmer. Manchmal werde ich durch die WC-Spülung wach, dann weiß ich, dass Ludwig zu Hause ist. Beim gemeinsamen Frühstück sehen wir uns jeden Tag."

„Vielen Dank für Ihre Offenheit", sagt Nidda, dem die Erleichterung anzumerken ist.

„Aber warum soll mein Mann das gemacht haben? Warum kann es nicht Dragan gewesen sein, sein Chauffeur?"

„Weil Pater Wolfram einen großgewachsenen Mann beobachtet hat. Deshalb scheidet Lubic als Verdächtiger von vornherein aus", antwortet Karen und raubt ihr die stille Hoffnung auf einen Irrtum der Ermittler.

„Ihr Mann", erkundigt sich Julius Nidda anschließend, „ist jetzt zu Hause?"

Constanze Kranzinger schaut bei ihrer Antwort ins Leere und lässt sich ihre Erschütterung über den Verdacht gegen ihren Mann anmerken.

„Ich vermute ihn in seinem Büro in der Stadt."

Die charmante Carmen versucht verzweifelt, im feudal wirkenden

Empfangsbereich der Alloro-Chefetage den resolut auftretenden Kriminalkommissar zurückzuhalten, indem sie sich Julius Nidda unerschrocken in den Weg stellt, der sich mit weiblichen Mitteln nicht stoppen lässt.

„Entweder Sie bringen mich sofort und ohne Widerrede zu Herrn Kranzinger oder ich nehme Sie wegen Behinderung polizeilicher Ermittlungen fest. Alles klar, junge Frau?" schnauzt er sie an, obwohl ihr hübsches Aussehen eines sanfteren Umgangs wert wäre. Carmen resigniert achselzuckend und öffnet zaghaft die Tür zu ihrem Chef.

„Was ist los, Carmen?" fragt er sie mit säuerlichem Gesicht und reckt sein kantiges Kinn nach vor.

„Entschuldigen Sie vielmals, aber der Herr ist von der Kriminalpolizei und will unbedingt zu Ihnen, Herr Kranzinger", stammelt sie eingeschüchtert.

„Hier ist mein Dienstausweis, Herr Kranzinger. Ich heiße Julius Nidda, falls Sie meinen Namen seit unserem letzten Gespräch vergessen haben. Ich ermittle in einem Kapitalverbrechen."

Die zunächst abweisenden Blicke von Don K signalisieren nun den raschen Wechsel zu einer reservierten Freundlichkeit, mit der man Geschäftspartnern üblicherweise begegnet. Ein antrainierter Reflex, vermutet Nidda. Passt nicht so recht zu seinem rustikalen Gesicht. Er ist gespannt, wie lange diese Mimik seines Gegenübers anhalten wird.

„Tut mir Leid, Herr Kommissar. Ein bedauerliches Missverständnis unserer Jüngsten da draußen. Aber Sie müssen verstehen, wir haben absolut keine Routine im Umgang mit der Polizei. Bitte, nehmen Sie Platz und sagen Sie mir, worum es geht!"

Nidda informiert ihn kühl und sachlich über die Spurensuche im Land Rover, ohne die ermordete Clara Torrin zu erwähnen.

„Wann sind Sie zum letzten Mal mit diesem Wagen gefahren, Herr Kranzinger?"

„Mh, wenn ich so nachdenke, kann ich nur sagen: schon lange nicht mehr. Er wurde übrigens vor mehreren Tagen zur Zulassungsstelle wegen einer technischen Überprüfung gebracht. Es ist nicht mehr ratsam, mit dem Oldie längere Fahrten zu unternehmen, weil er ständig Öl verliert. Wie die technische Untersuchung sicherlich herausgefunden hat. Wer weiß, ob er überhaupt noch für den Verkehr zugelassen wird. Ich kenne noch kein Ergebnis und ehrlich gestanden geht mir der Land Rover auch gar nicht ab."

„Sie sagen also, dass Sie in letzter Zeit nicht mit ihm gefahren sind. Könnte es sein, dass Ihre Frau den Wagen verwendet hat?"

Der Gefragte lacht kurz und erklärt daraufhin: „Meine Constanze ist stets elegant gekleidet und sie würde nicht einmal zum Scherz in diese alte Kiste, wie sie immer sagt, einsteigen. Ein klares Nein auf Ihre Frage, Herr Nidda. Völlig ausgeschlossen."

„Gut, dann kommt noch Ihr Chauffeur in Frage, Herr Lubic."

„Sie meinen, er hätte den Wagen ohne mein Wissen verwendet?"

„Genau das meine ich, Herr Kranzinger", bestätigt Nidda.

„Es wäre schon denkbar, weil der Schlüssel des Wagens in der Garage hängt. Aber ohne meine Erlaubnis – also das halte ich für wenig wahrscheinlich."

Julius Nidda fasst sich nachdenklich ans Kinn und meint: „Ich schließe aus Ihren Angaben, dass niemand anderer mit dem Land Rover unterwegs war als Sie selbst."

Nidda rückt jetzt mit seiner Anschuldigung heraus.

„Wir haben die Aussage eines seriösen Zeugen bekommen, der Sie in der Nacht vor dem 2. Oktober vor der Kirche St. Georg in Steinfeld gesehen hat. Ihr nächtlicher Kirchenbesuch würde die Kriminalpolizei nicht im Geringsten interessieren, wenn nicht am nächsten Morgen die Leiche einer ermordeten jungen Frau im Inneren gefunden worden wäre."

Ruhig und überlegt entgegnet der Beschuldigte: „Ihren Äußerungen kann ich keinen Zusammenhang entnehmen. Ich soll angeblich vor dieser Kirche gesehen worden sein und am nächsten Morgen liegt eine Tote in derselben Kirche, die offensichtlich nachts nicht abgesperrt war."

„Ich bin mit meinen Ausführungen noch nicht zu Ende. Den von Ihnen vermissten Zusammenhang liefern zwei Haare, die laut DNA-Untersuchung zweifelsfrei von der Toten stammen. Wir haben diese Beweisstücke im Gepäckraum Ihres Land Rovers gefunden."

Nidda lässt Kranzinger keine Sekunde aus den Augen, um die Sprache

seines Körpers zu beobachten. Der mächtige Großunternehmer und Drahtzieher im Hintergrund beißt auf seine Oberlippe und kratzt sich nervös am Hinterkopf, dann ändert er abrupt seine Taktik. Seine Stimme wird hart wie das Holz einer mächtigen Baumwurzel.
„Herr Nidda, ich werde mich zu diesem Verdacht nur mehr in Gegenwart meines Anwalts äußern."
„Das ist Ihr gutes Recht. Dann fahren wir also sofort in mein Büro zu einer Vernehmung. Auf dem Weg dorthin können Sie Ihren Anwalt verständigen. Kommen Sie mit!"
Während der verärgert blickende Kranzinger von seinem Mobiltelefon aus seinen Anwalt ins Kommissariat bestellt, fragt sich Nidda am Steuer seines Dienstwagens, warum der verdächtige Unternehmer keine telefonische Warnung von seiner Frau erhalten hat. Einen Hinweis durch einen Anruf, dass die Kriminalpolizei wegen einer Mordermittlung zu ihm unterwegs sei. War sie so schockiert, dass er ihr keinen Anruf wert war? Will sie von ihm nichts mehr wissen? Oder hat sie sich gedacht, für einen mächtigen Macher wie ihren Ludwig ist das Ganze nicht mehr als ein lästiger Zwischenfall, der mit Hilfe einflussreicher Freunde im Handumdrehen ausgebügelt wird? Hat sie etwa seine Nummer gewählt und er wollte das Gespräch nicht annehmen? Zeitungsmeldungen über das Privatleben der beiden existieren nicht, erinnert sich der Kommissar. Was auch immer das zu bedeuten hat.

„Mein Name ist Stefan Walk. Ich bin hier, um die tote Frau Torrin zu identifizieren", führt sich der etwa 40jährige Mann bei Karen Wintrich ein. Sie bietet dem unangekündigten Besucher im Büro einen Platz an und überlegt angestrengt, ob Nidda etwa vergessen hat, sie über die Sache in Kenntnis zu setzen.
„Wer hat Sie informiert, Herr Walk?"
„Sie meinen, dass sie umgebracht wurde? Die Polizei in Langenhall hat durch einen Zufall herausgefunden, dass ich einmal mit Clara befreundet war – vor acht Jahren. Ihre Eltern sind Archäologen und arbeiten gerade in der Nubischen Wüste im Norden Sudans. Sie haben mich gebeten, die Formalitäten zu erledigen und die Leiche einäschern zu lassen."

Beim letzten Satz schwankt seine Stimme und Karen merkt ihm an, wie nahe ihm die Ermordung gehen dürfte.

„Ich verstehe. Wir können Ihre Hilfe gut gebrauchen, denn die Tote ist für uns noch immer ein völlig unbeschriebenes Blatt. Was war sie für eine Frau?"

„Eine mit vielen Talenten und – einer unverzeihlichen Leerstelle. Ihr Studium hat sie in der vorgesehenen Mindestdauer absolviert, anschließend hat sie zwei Jahre lang an einer mexikanischen Universität gearbeitet. Das war auch das Ende unserer Beziehung. Nach ihrer Rückkehr haben wir uns ein einziges Mal getroffen. In Langenhall."

Gedankenverloren hört er zu sprechen auf. Seine Finger bewegen sich fahrig, als hätte er sie nicht unter Kontrolle. Die eigenmächtige Motorik eines aufgewühlten Menschen, denkt sich Karen Wintrich. Sie bemüht sich mit sanfter Stimme, ihn wieder zum Reden zu bringen.

„Wollen Sie etwas trinken, Herr Walk?", fragt sie ihn besorgt.

„Nein, danke, es geht schon wieder. Es fällt mir nur schwerer, als ich vermutet habe, über Clara zu reden. Noch dazu vor einer Polizistin."

Er richtet sich im Sessel wieder auf und kratzt sich verlegen am Hals. Er will keine Schwäche zeigen. Das aufregende Kapitel Clara hat er vor langer Zeit abgeschlossen. Jetzt befindet er sich mitten im tragischen Epilog.

„Ich kann mich einigermaßen in Ihre Situation versetzen. Niemandem fällt so etwas leicht, glauben Sie mir. Sie haben vorhin von einer Leerstelle gesprochen. Wollen Sie mir erklären, was Sie damit angedeutet haben?"

Mehrmals schluckt er hinunter, dann gibt er sich einen Ruck und spricht weiter.

„Sie war völlig verändert bei unserem letzten Treffen. Schöner als je zuvor, aber Ihre Ansichten hatten sich verändert. Ich war entsetzt, muss ich sagen. Irgendetwas Gravierendes muss sich damals in Mexico ereignet haben. Irgendetwas hat ihre Persönlichkeit verändert. Sie nimmt es mit ins Grab, befürchte ich."

Er bricht wieder ab, doch Karen lässt nicht locker.

„Herr Walk, die Kriminalpolizei hat die Aufgabe, den Mord an Ihrer ehemaligen Freundin aufzuklären. Beantworten Sie bitte meine Fragen, auch wenn es für Sie nicht angenehm ist. Inwiefern ist Frau Torrin verändert zurückgekommen?"

„Für sie zählte nur mehr das Extravagante, das Leben im Luxus. Den Lehrauftrag an der Uni hat sie als langweilig abqualifiziert, der außerdem miserabel bezahlt sei. Sie hat ihr Leben total umgekrempelt und hinderlichen Ballast abgeworfen, wie sie es genannt hat. Sie können sich wahrscheinlich schon denken, Frau Kommissarin, was sie damit gemeint hat. Moral sollen sich die Leute leisten, die arm bleiben wollen. Mir ist sie nur im Weg, hat sie mir ins Gesicht gesagt. Ohne mit der Wimper zu zucken. Ihr ging es ums schnelle Geld, um ihr Luxusleben zu finanzieren."

„Wissen Sie, wie sie an das schnelle Geld kommen wollte?"

Mit höhnischem Unterton antwortet er: „Ja. Sie hat sich kein Blatt vor den aufreizend geschminkten Mund genommen. Ich vermiete meinen Körper für Geld, lautete ihre Ansage. Betuchte Herren zahlen hohe Summen dafür, mit meinem Fleisch spielen zu dürfen. Wer Geld hat, kann zugreifen. Speziell ältere Herren mit Niveau hole ich aus ihrer sexuellen Lethargie. Eine rundum befriedigende Win-Win-Situation."

Er scheint erleichtert, nachdem er es ausgesprochen hat. Karen staunt über seine Äußerungen, die sie vorerst einer posthumen Abrechnung mit der ehemaligen Geliebten zuschreibt.

„Das waren ihre Worte?"

„Ja. Unglaublich, nicht wahr? Diese drastische Wortwahl hat mich schockiert. Ich bin ihr stumm gegenüber gesessen und sie dürfte sich womöglich überlegen vorgekommen sein. Mit einem Zynismus, wie er im Gewerbe der Lust üblich sein dürfte."

„Sie war also eine Prostituierte im oberen Preissegment. Stimmen Sie dieser Einschätzung zu?"

„Ja. Man kann es nicht anders bezeichnen, wenn man nichts beschönigen will."

„Hatten Sie später noch irgendeinen Kontakt zu ihr?"

„Nein. Ich habe ihn nicht mehr gesucht. Eine Luxusnutte passt nicht in meine Welt. Aber sporadischen Kontakt gibt es zu ihren Eltern, von denen sie auch nicht mehr viel wissen wollte."

Auf dem Weg zur Gerichtsmedizin treffen sie am Flur Julius Nidda, in dessen Gefolge sich Ludwig Kranzinger mit einem bekannten Anwalt befindet.

„Julius", erklärt Karen in aller Kürze, „wir sind unterwegs zur Identifizierung. Herr Walk ist aus Langenhall gekommen. Er hat Frau Torrin gut gekannt."

Bei ihrem Namen verhaken sich die Blicke von Kranzinger und Walk ineinander. Die Mimik der beiden Männer zeigt nicht die geringste Bewegung. Zwei Masken starren einander schweigend an. In Walk steigt eine Ahnung auf, der Mann neben dem Polizisten habe vielleicht mit Clara zu tun gehabt. Ist es einer ihrer reichen Kunden? Wie auch immer, er hat kein gutes Gesicht, sagt er sich. Nidda nickt Stefan Walk noch aufmunternd zu, dann geht er mit den anderen in Richtung Verhörraum weiter.

„Der Herr mit dem markanten Gesicht kommt mir bekannt vor", wendet sich Walk wieder der Polizistin zu, während sie nebeneinander auf den Lift warten.

„Meinen Sie den großgewachsenen, älteren Herrn, der neben Kommissar Nidda gestanden ist?"

„Ja, den."

„Vermutlich haben Sie sein Bild schon einmal in den Medien gesehen."

„Wie heißt er?", will der Ex-Freund der Ermordeten wissen.

„Seinen Namen werden Sie von mir nicht erfahren. Ich darf mich dazu nicht äußern."

Er schaut sie ratlos von der Seite an und betritt nach ihr die leere Liftkabine.

Mit einem neuen Rätsel. Wieder geht es um Clara.

Im kahlen Raum für Verhöre sitzen Julius Nidda, Ludwig Kranzinger und sein Anwalt Frank Rittis an einem großen Tisch. Es gibt hier keine weiteren Einrichtungsgegenstände, die Wände sind leer. Die Akustik ist ungemütlich. Jedes gesprochene Wort hallt nach. Grautöne sorgen für eine deprimierende Raumwirkung, die von der Kriminalpolizei beabsichtigt ist.

Nidda schwenkt seinen unfreundlichen Blick von einem Gegenüber zum anderen. Bewusst lässt er die beiden auf den Beginn des Gespächs warten. Mit seinem Hinhalten will er sie nerven. Sie sollen zappeln. Sie sollen ihn für unbeholfen halten oder gar für verlegen. Das alles macht ihm nichts aus. Er geht nicht zum ersten Mal auf diese Weise vor. Jede Sekunde seines Schweigens erhöht die Unsicherheit eines Befragten, mit welchem Vorwurf er gleich anschließend konfrontiert werden könnte. Jede Sekunde Ungewissheit zerrt an den Nerven eines Verdächtigen, weiß er aus Erfahrung. Darum lässt er sich Zeit. Von seinen Notizen aufblickend nickt er einmal zum Zeichen des bevorstehenden Anfangs, als der Anwalt mit seinen Fingernägeln auf die Tischplatte trommelt und ungehalten meint: „Herr Kommissar, meine Zeit und die meines Mandanten ist kostbar und teuer. Ich ersuche Sie höflich, mit Ihrer Befragung zu beginnen."

„Das hatte ich gerade vor, Herr Rittis. Ich eröffne die Einvernahme im Mordfall Dr. Clara Torrin. Das Opfer wurde in der Nacht des 1. Oktober vor Mitternacht erdrosselt. In den frühen Morgenstunden wurde ihre spärlich bekleidete Leiche vor einem Beichtstuhl der Kirche St. Georg in Steinfeld gefunden. Bevor ich auf die Beweislage eingehe, stelle ich die zu erwartende Standardfrage: Hatten Sie, Herr Kranzinger, jemals Kontakt mit der Ermordeten?"

Der Befragte schaut seinen Anwalt an, der ihm zuflüstert, er müsse sich nicht selbst belasten.

„Kein Kommentar", äußert sich Kranzinger infolgedessen verhalten und ohne erkennbare Emotion.

Der Kommissar beginnt daraufhin mit seinen Ausführungen.

„Sie bleiben mir eine Antwort schuldig. In diesem Fall sollen Sie einen Überblick über die Beweislage bekommen – in chronologischer Reihenfolge. Zwischen dem 19. September und dem 1. Oktober gab es mehrere Telefonate zwischen Ihrem Mobiltelefon und dem des Mordopfers. Diese Fakten hat die Auswertung der Rufdaten ergeben. Eine Taxifahrerin hat sich heute bei uns gemeldet. Sie hat angegeben, die Ermordete in der Tatnacht zwischen 21 und 22 Uhr zum Alloro-Tower, wo sich Ihr Büro befindet, gebracht zu haben. Frau Torrins leichten, schwarzen Ledermantel und ihre hellblauen High-Heels hatte die modeinteressierte junge Lenkerin in guter Erinnerung. Sie weiß auch noch, dass das Handy ihres Fahrgasts zweimal geläutet hat. Sie hat die Gespräche aber nicht angenommen, was in der einigermaßen anonymen Atmosphäre eines Taxis selten vorkommt. Beim derzeitigen Stand der Ermittlungen sind wir noch nicht in der Lage, die letzte Stunde im Leben der Erdrosselten zu rekonstruieren. Wir wissen jedoch, dass ihre Leiche im dunkelgrauen Land Rover, angemeldet auf Ludwig Kranzinger, zur Georgskirche transportiert wurde. Vom Fenster des Pfarramts aus hat ein Augenzeuge einen Mann Ihrer Größe zwischen 2 und 3 Uhr beim Verlassen des Gotteshauses beobachtet. DNA-Spuren des Mordopfers konnte die Kriminaltechnik im Gepäckraum Ihres Wagens feststellen. Abgesehen davon hat er vor dem Kircheneingang Öl verloren, und zwar von derselben Type, die bei einer technischen Routineüberprüfung im Land Rover gefunden wurde."

Mit einem Handzeichen unterbricht der Anwalt den Polizisten.

„Herr Kommissar, gestatten Sie, dass ich Sie unterbreche. Für die erwähnten Telefonate zwischen dem Mobiltelefon meines Mandanten und der Toten wird Ihnen Herr Kranzinger eine plausible Erklärung liefern, sobald er Gelegenheit hatte, in seinem Terminkalender im Büro nachzusehen. Alle anderen Fakten stehen auf schwachen Beinen, wenn es um eine vermutete Verwicklung meines Mandanten in den Mordfall Torrin geht. Aus gutem Grund haben Sie anfangs von einer Einvernahme gesprochen. Oder liegt so etwas Vages wie ein Anfangsverdacht vor, weil Sie ein gestörtes Verhältnis zu verdienten Bürgern unseres Landes haben?"

Der Anwalt sieht die Chancen für Kranzinger, unbehelligt davonzukommen, im Steigen und schnippt zur Demonstration seiner Zuversicht mit seinem fleischigen Mittelfinger. Muss ein Tick sein, denkt sich Nidda postwendend, dessen Tinnitus ein rauschendes Crescendo anstimmt. Er ignoriert die Unterstellung von Rittis und im selben Augenblick betritt Karen Wintrich den Raum. Sie setzt sich unauffällig an den Tisch und ersucht Nidda ums Wort. Ausführlich legt sie dar, was Stefan Walk über Clara Torrin berichtet hat.

„Die Ausführungen meiner Kollegin könnten eine Erklärung für die Anzahl der uns bekannten Telefongespräche liefern. Es ist nicht auszuschließen, dass Sie mehrmals die Liebesdienste von Clara Torrin in Anspruch genommen haben. Durch die eingehende Befragung Ihrer

Ehefrau wissen wir, dass Sie getrennte Schlafzimmer benützen. Auf die Tatzeit und die Stunden danach angesprochen konnte Ihre Frau Ihnen kein Alibi geben."

Kranzingers Gesicht zeigt zum ersten Mal Wirkung. Auf seiner Stirn glänzt ein Schweißfilm. Seine kräftigen Hände halten sich wie die Pranken eines Ringers an der Tischplatte fest. Julius Nidda erkennt eine günstige Gelegenheit. Er wird sogleich die Frage zu stellen, für die er bisher noch keinen triftigen Grund hatte.

„Herr Kranzinger, in groben Zügen haben Sie und Ihr Anwalt erfahren, was wir über Sie herausgefunden haben. Über Einzelheiten mit Beweiskraft wird später noch zu reden sein. Dass Sie in die Ermordung von Frau Dr. Clara Torrin verwickelt sind und den Abtransport ihrer Leiche übernommen haben, steht für die Ermittler zweifelsfrei fest. Beantworten Sie also meine Frage: Wo waren Sie am 1. Oktober ab 22 Uhr?"

Der Anwalt gibt ihm ein kurzes Zeichen mit der Hand, worauf sein Mandant antwortet: „Kein Kommentar."

„Herr Kommissar", fügt Frank Rittis unmittelbar danach hinzu, „ich ersuche um ein Vier-Augen-Gespräch mit meinem Mandanten. Ich bestehe auf dem Recht einer Beratung."

„In Ordnung", stimmt Nidda zu und verlässt mit Karen Wintrich den Verhörraum.

„Wie schätzt du unsere Aussichten ein, Julius?", fragt sie ihn im Büro noch vor dem ersten Schluck Kaffee.

„Der gibt so schnell nichts zu. Aber ich werde den Druck erhöhen. Bis er mit schweißnassem Hemd vor mir sitzt und allmählich kleiner wird. Er wird einen Fehler begehen. Spätestens, wenn er müde wird. Ein Macher wie er hält es nicht ewig aus, sich passiv zu verhalten und die Aussage zu verweigern. Er ist nicht der Typ des Schweigers. Davon gehe ich aus."

„Hoffentlich hast du Recht", wünscht sich Karen.

„Wir versuchen es noch einmal wie vorhin: Du kommst mit Verspätung ins Verhörzimmer und bringst als neues Beweismittel das Notizbuch mit, das du in der Suite gefunden hast. Alles klar?"

„Okay."

Den zweiten Teil der Vernehmung beginnt Nidda mit einer Frage, die er wie ein Angebot formuliert.

„Herr Kranzinger, wollen Sie, soweit es Ihnen möglich ist, zur Aufklärung des Mordfalls beitragen? Sie wissen, dass die Gerichte mit mildernden Umständen manchmal sehr großzügig sind. Ich kann mir nicht vorstellen, dass es einen erfolgreichen Unternehmer kalt lässt, wenn eine außergewöhnlich schöne und intelligente Frau grausam getötet wird. Falls Sie es nicht wissen: Beim Tod durch Erdrosseln wird der Blutstrom zum Gehirn unterbrochen, aber das Opfer stirbt nicht sofort. Es schlägt wie wild um sich, versucht sich zu wehren – Sie haben dieses Grauen vermutlich schon einmal in einem Film gesehen. Für den Kriminalisten ist die Phase des Todeskampfes besonders interessant. Die Dauer dieses Martyriums gibt dem Mörder eine kurze Spanne Zeit, um Mitleid zu üben. Während er mit ganzer Kraft seine Schlinge zuzieht, hat der Täter in den letzten Sekunden vor dem Exitus die Gelegenheit, die Gewalt zu beenden. Er hat noch eine letzte Chance, unter die Menschen zurückzukehren. Auch dem Mörder der ersten Oktobernacht bot sich die Chance, Clara Torrin am Leben zu lassen. Unsere Gerichtsmedizin bestätigt, dass das Opfer nicht im Affekt getötet wurde. Die Tat hätte gestoppt werden können. Aber der Täter wollte es anders. Er hatte die Ermordung geplant und führte sie ohne jedes Mitgefühl durch. Kalt wie eine Maschine. Ohne jede Regung. Ich wiederhole also meine Frage: Wollen Sie zur Aufklärung beitragen?"

Nidda lässt den Tatverdächtigen währenddessen nicht aus den Augen. Sein Blickkontakt zu ihm reißt nicht ab. Der Beschuldigte zeigt keine Wirkung. Sein regloser Kopf würde auf eine Statue passen. Einzig das ausbleibende Alibi durch seine Frau hat ihn kurz getroffen.

„Mein Mandant", schaltet sich blitzschnell der Anwalt ein, um eine ungeschickte Antwort Kranzingers zu verhindern, „hat ein selbstverständliches Interesse daran, dass die Tat aufgeklärt wird."

„Nun, das ist nicht mehr als eine leere Phrase, Herr Anwalt. Ich habe von einem Beitrag zur Aufklärung gesprochen", kontert Nidda mit leicht aggressivem Unterton. Mit butterweichen Diplomatenbeteuerungen lässt er sich nicht abspeisen.

„Herr Kommissar", bricht Kranzinger sein Schweigen, „dass meine Frau mir kein Alibi geben kann, habe ich ihrer rücksichtslosen Ehrlichkeit zu verdanken. Manchmal ist es schwer zu ertragen, wenn jemand in erster Linie korrekt sein will. Aber so ist sie leider. Wir schlafen schon seit Jahren getrennt voneinander und genauso wenig könnte ich ihr für die fragliche Zeit ein seriöses Alibi verschaffen. So ist es nun einmal. Aber es ist meinem Wissensstand nach noch nicht so weit gekommen, dass Singles von Haus aus unter Verdacht geraten, weil sie alleine schlafen. Mit anderen Worten: Sie haben dadurch noch lange keinen Beweis für meine Abwesenheit von zu Hause in den relevanten Nachtstunden."

„Sie haben damit grundsätzlich Recht. Aber im vorliegenden Fall kommen Sie ohne Alibi als Täter in Frage und dieser Verdacht lässt sich auch nicht wegdiskutieren, weil Sie vor der Georgskirche zwischen 2 und 3 Uhr nachts beobachtet wurden."

„Bei Nacht?", wirft Rittis ein. „Welche außergewöhnliche Sehkraft besitzt der angebliche Zeuge?"

„Es gibt eine simple Erklärung: Der Bewegungsmelder am Kirchenportal hat die Beleuchtung des Vorplatzes aktiviert. Das Gebäude ist rund um die Uhr geöffnet und deshalb bei Nacht gut ausgeleuchtet. Wir gehen beim derzeitigen Stand unserer Ermittlungen davon aus, dass Frau Kranzinger ihrem Mann gegenüber erwähnt hat, dass die Kirche niemals versperrt wird."

„Ich bezweifle, Herr Kommissar", lässt der Anwalt nicht locker, „dass eine Gegenüberstellung meines Mandaten mit dem unbekannten Zeugen zu einer Identifizierung führen wird."

„Die Ermittler sind hier gegenteiliger Ansicht. Wegen der DNA-Spuren des Mordopfers im Land Rover. Ihre Haare wurden nicht im Fahrgastraum gefunden, sondern im Gepäckraum. Ein wesentliches Indiz dafür, dass die Tote mit dem Wagen zur Kirche transportiert wurde. Anschließend wurde sie bis zum Beichtstuhl getragen und dort abgelegt. Ein Mitarbeiter der Pfarre hat sie in auffallender Unterwäsche in den Morgenstunden gefunden. Zu diesem Zeitpunkt war sie bereits mehrere Stunden tot."

Nidda macht eine Pause, um seine letzten Sätze auf die beiden Männer wirken zu lassen. Konzentriert blättert er in seinen Notizen, als die

Tür leise geöffnet wird. Karen Wintrich betritt den Raum. In der Hand hält sie das Notizbuch des Mordopfers. Rittis hat die für Kranzinger bedrohlicher werdende Lage längst erkannt. Er flüstert seinem Mandanten ins Ohr, der sich daraufhin mit einer eindeutigen Handbewegung der Aussage zu den Anschuldigungen entschlägt.

„Ich stelle fest, dass Sie zu den Fakten rund um den Transport der Leiche die Aussage verweigern. Meine Kollegin Wintrich, die Sie bereits kennen, ist mit neuem belastendem Material zu uns gekommen. Worum handelt es sich?"

Sie erwähnt eingangs die sieben Telefonate zwischen Kranzinger und Torrin zwischen dem 19. September und dem Tag des Mordes. Um die Reaktion auf der anderen Seite zu testen, lässt sie nebenbei fallen, dass die ersten Gespräche genau in der Zeit geführt wurden, als Harald Stolz wie vom Erdboden verschluckt war. Kranzinger behält sein Maskengesicht bei. Sein Atem beschleunigt merklich.

„Eines der letzten Gespräche zwischen Ihnen und Frau Torrin gibt in der Auswertung als Datum den 1. Oktober an. Den Tag ihrer Ermordung. Worüber haben Sie vor vier Tagen mit ihr gesprochen?"

Die Antwort fällt wie erwartet dürftig aus.

„Ich kann mich nicht mehr erinnern. Ich führe täglich Dutzende Gespräche und merke mir vor allem, was für die Geschäfte relevant ist. Mit Frau Torrin hatte ich jedoch keine Geschäftsbeziehung."

Karen hat sein Gesicht dabei beobachtet und kein Anzeichen einer Falschaussage entdeckt. Seine Stimme klingt sicher. Ein Lügner aus Fleisch und Blut. Eine andere Erklärung lässt sie im Moment nicht zu.

„Sie hatten mit ihr keine Geschäftsbeziehung. Sie geben damit also zu, dass es sich um eine private Beziehung gehandelt hat, Herr Kranzinger", hakt Karen Wintrich ein.

Gleichzeitig nimmt sie das Moleskine mit violettem Umschlag zur Hand und hält es dem Beschuldigten entgegen.

„Dieses Notizbuch ist zugleich ein interessanter Kalender. Das Moleskine trägt den Titel Cora. Der chice Name Cora war das Pseudonym des Mordopfers. Clara Torrin verdiente ihr Geld in den letzten Jahren als begehrtes Callgirl für Reiche. Über ihre Kunden hat sie Buch geführt – in einer aufschlussreichen Deutlichkeit."

Der Facialis-Nerv Kranzingers zuckt mehrere Sekunden im Rhythmus einer kaputten Neonröhre. Der Anwalt schaut ihn erstaunt an. Muss eine unangenehme Neuigkeit für beide sein. Sie haben keine Ahnung, was Cora in ihr Notizbuch geschrieben hat.

„Zum Beispiel ist am 24. September vermerkt: LK 3200. Die Summe gibt das Honorar an, das die Ermordete mit LK vereinbart hat. LK – das sind Ihre Initialen. Was sagen Sie dazu?"

Kranzingers geringschätzige Geste mit der Hand vermittelt den Eindruck, es handle sich um eine Lappalie. Um irgendeine Nebensächlichkeit, die zu wenig wichtig war, um in sein Gedächtnis aufgenommen zu werden.

„Eine bedeutungslose Sache in Ihren Kreisen?", ergreift Nidda das Wort. „Ein alltäglicher Vorgang ohne Konsequenz?"

Ohne Verständigung mit seinem Anwalt bequemt sich Kranzinger zu einer Aussage.

„Jetzt kann ich mich wieder erinnern. Es ging um eine Gefälligkeit unter Geschäftsmännern. Frau Torrin stand auf der privaten Wunschliste eines ausländischen Partners. Die genannte Summe wurde vermutlich auf die Spesenrechnung gesetzt. Ein Schuft, wer Böses dabei denkt."

„Wir sind", setzt Nidda fort, „schon ein gutes Stück weitergekommen. Sie haben zugegeben, mit der Toten mehrfach telefonischen Kontakt gehabt zu haben. Bei der Frage nach den Vorgängen in Ihrem Land Rover und in der Kirche St. Georg verweigern Sie die Aussage. Sie besitzen für die Tatzeit kein Alibi und sind beim Fundort der Leiche von einem Augenzeugen gesehen worden. Ohne Übertreibung, Herr Kranzinger: Das Netz rund um Sie wird enger. Ich beende damit vorläufig Ihre Einvernahme, muss Sie aber ersuchen, auf die Entscheidung des Untersuchungsrichters zu warten. Bis dahin dürfen Sie das Kommissariat nicht verlassen. Widrigenfalls schreiben wir Sie zur Fahndung aus."

Der Bauunternehmer starrt die Tischplatte vor sich an. Seine Gesichtszüge sind versteinert.

Die junge Staatsanwältin nimmt Niddas mündlichen Bericht über den Stand der Ermittlungen mit verhaltenem Wohlgefallen entgegen. Drei Tage nach Auffinden der Ermordeten sei es höchst an der Zeit, der

Öffentlichkeit einen Erfolg präsentieren zu können. Auch wenn die Täterschaft noch völlig ungeklärt sei, fügt sie mit Enttäuschung hinzu. Auf die Information, dass ein bisher unbescholtener Prominenter aus der Wirtschaft im Verdacht stehe, den Leichentransport durchgeführt zu haben, reagiert sie mit einem unbekümmerten Achselzucken, das die Göttin der Gerechtigkeit beeindrucken dürfte.

„Intensivieren Sie die Ermittlungen, Herr Nidda! Der Mörder des Callgirls ist immer noch auf freiem Fuß. Er muss vorsichtig agiert haben, wenn auf der Toten keine fremden DNA-Spuren zu finden sind. Streng genommen kein Wunder, schließlich hat die Frau in Kreisen verkehrt, wo die Schlauheit unerlässlich ist. Die Optik ist derzeit absolut unangenehm: Tatort unbekannt, kein Tatwerkzeug gefunden, kein Geständnis – ein unerfreuliches Trio an Negationen!"

Sie übernimmt die Ausfertigung der Anzeige gegen Ludwig Kranzinger wegen des Delikts der Beteiligung an einem Mord.

Dem Untersuchungsrichter ist die nachweisbare Mitwirkung des Verdächtigen am Mordfall Clara Torrin zu unbedeutend für die Untersuchungshaft. Vorläufig sei ihm die Suppe zu dünn, lautet seine abschließende Bemerkung. Der Verdächtige bleibe bis auf weiteres auf freiem Fuß.

Für die anschließende Benachrichtigung, Kranzinger werde ohne die Verhängung der Untersuchungshaft angezeigt, lässt sich Julius Nidda jede Menge Zeit. Er soll angemessen zappeln, sagt er sich. Wenn man sie geschickt nützt, kann die Zeit zu einer unsichtbaren Waffe werden. Der Gegner bleibt dabei im Visier. Warten zu müssen wird für ihn zur Qual. Und sie verdient jeder Verdächtige. Außerdem gibt er ihm damit noch einmal Gelegenheit für ein intensives Gespräch mit seinem Anwalt. Wie hat der Wirtschaftsboss vorhin so passend zitiert: Ein Schuft, wer Böses dabei denkt.

Das Schinken-Sandwich in der Polizei-Kantine schmeckt ihm besser als sonst. Nichts und niemand zwingt ihn, in aller Eile zu essen.

Mit abgeschwächtem Rauschen im Ohr teilt Nidda den beiden Wartenden mit gehöriger Verspätung mit, die Ermittlungen würden fortgesetzt. Die Anzeige wegen Beteiligung an der Ermordung Clara Torrins erfolge auf freiem Fuß, jedoch dürfe Ludwig Kranzinger das Land nicht verlassen. Er solle keinesfalls vergessen, dass das Profil seiner DNA durch die bereits abgegebene Speichelprobe erfasst sei. Nidda wendet während seiner Ausführungen seinen Blick vom Gesicht des Verdächtigen nicht ab. Es zeigt ihm die bekannte Maske einer Wachsfigur.

Auf dem Weg zu einem Sunset-Drink werden Julius und Karen am Haupteingang des Polizeigebäudes von Ilona Marton gestoppt. Marton, die in Polizeikreisen gewöhnlich Marter genannt wird, bleckt ihr Stonehenge-Gebiss und beschert Julius eine Begegnung, mit der er schon seit drei Tagen rechnet.

„Herr Kommissar, vor wenigen Minuten hat der bestens bekannte Bauunternehmer Kranzinger mit seinem Anwalt dieses ehrenwerte Haus verlassen. Er hat einigermaßen mitgenommen ausgesehen. Oder wäre erschöpft das passende Wort? Nicht so wichtig im Moment. Laufen etwa gegen ihn Ermittlungen, über die unsere Leser Bescheid wissen sollten?"

Die beiden Kriminalpolizisten verständigen sich mit einem kurzen Blick. Er bedeutet für Karen nichts anderes, als voranzugehen und ihm ein Bier zu bestellen, es werde nicht lange dauern, bis er nachkomme. Nidda lockt in diesem Moment das Risiko im Umgang mit der Journalistin. Er lässt sich auf einen Test ein. Er will wissen, ob sie ihr Wort halten kann. Wenn nicht, so bringt sie zumindest Bewegung in die Sache. In Kurzform informiert er Marton über den aktuellen Stand der Nachforschungen. Schließlich fügt er hinzu, wobei er sie mit mahnenden Blicken fixiert: „Sie garantieren mir, dass die Veröffentlichung bis übermorgen zurückgehalten wird. Habe ich Ihr Wort?"

„Natürlich, Herr Kommissar! Und einen schönen Abend!"

Im Lokal bemerkt Karen erstaunt zu seinem Test: „Wo kommt dein jugendlicher Leichtsinn her?"

6. Oktober

KIRCHENSCHÄNDUNG DURCH MULTIMILLIONÄR?

Grenzenloses Entsetzen in Steinfeld. Ein allseits bekannter und erfolg-reicher Bauunternehmer steht seit gestern im Verdacht, die ermordete Geheimprostituierte Clara Torrin in der Nacht zum 2. Oktober in den Beichtstuhl der Kirche von St. Georg gelegt zu haben. Wie berichtet trug das Opfer nicht mehr als eine aufreizend knapp geschnittene Un-terwäsche. Der Verdächtige wurde auf freiem Fuß angezeigt und mit einem Ausreiseverbot belegt. Für den Multimillionär gilt die Un-schuldsvermutung. Vom Mörder und dem Tatwerkzeug fehlt noch jede Spur.

Ergänzt wird die Meldung durch zwei Fotos, welche das Gesicht der Toten und den Beichtstuhl von St. Georg, dem Fundort der Leiche, zeigen.

Die Tagespost hat den gewichtigen Stein ins Wasser geworfen, den Ilona Marton im Hauptquartier der Polizei in die Hand bekommen hat. Das der Kripo gegebene Wort hat die Journalistin unbekümmert hin-terher geschleudert, lässt sich doch nur ein Anfänger eine solche Chance entgehen. Die Welle des Aufregers schwappt im Blitztempo auf alle Nachrichtensender des Landes über. Fotografen und TV-Kameras positionieren sich vor dem Alloro-Tower und auf dem Eich-berg im Wettstreit um das erste Bild vom Verdächtigen, dessen Name nicht genannt werden muss. Er ist allen bestens bekannt. Die Paparaz-zi warten vergeblich. Kranzinger hält sich irgendwo versteckt. Manche vermuten ihn bereits im Ausland. Untergetaucht.

Mit ungutem Gefühl fährt Luise Kurasa von ihrer Steinfelder Wohnung auf den Eichberg hinauf. Die Morgennachrichten, mit denen sie der Radiowecker aus dem Schlaf geholt hat, haben sie hochschießen las-sen. Aufgeregt und schlagartig hellwach ist sie auf dem Bett gesessen und hat Eins und Eins zusammengezählt.

Ludwig Kranzinger muss die Ermordete engagiert haben. Wer sonst? In seinem Auftrag oder in dem von Harald Stolz wurde sie umgebracht, weil sie zu viel wusste. Luise traut dem Unternehmer sogar einen Mord zu. Der Archetyp eines Emporkömmlings wie er sieht in einem Verbrechen einen unkonventionellen Weg zur Absicherung des eigenen Erfolgs, steht für sie fest.

Kranzinger hat die Leiche eigenhändig abtransportiert, weil er keinen weiteren Mitwisser brauchen konnte. So und nicht anders muss es gewesen sein.

Soll sie noch heute die Haare zur Kriminalpolizei bringen? Wie geht das, ohne dass der eigene Name evident wird? Wohl gar nicht möglich. Also verzichtet sie auf den Gang zur Polizei.

In einem Banksafe sind die Beweisstücke vom Bett des Gästehauses sicher. Dort bleiben sie erst einmal.

Mühsam bahnt sie sich den Weg zur Zufahrt. Reflexartig werden die Objektive auf ihren Wagen gerichtet. Mit der Fernbedienung öffnet sie das Tor zur Auffahrt, das ihr viel zu langsam aufgeht. Sie will unerkannt bleiben. Zu spät, schimpft sie vor sich hin. Die lauernden Fotografen haben ihre Bilder bereits geschossen. Seit zwei Wochen wird die im irischen Stil angelegte Gartenanlage vom Herbst erobert. Beinahe alle Blüten der Rhododendren sind abgefallen. Mit angehaltenem Atem fährt sie auf das herrschaftlich anmutende Anwesen zu. Wo nun Entsetzen und stumme Ratlosigkeit residieren.

Constanze Kranzinger wartet schon im Foyer auf Luise, die immer um dieselbe Zeit kommt. Die Hausherrin ist sichtlich aufgebracht. Von einem Fuß tritt sie auf den anderen. Sie weiß nicht, was sie sagen soll. Luises vorwurfsvollem Blick weicht sie sogleich aus. Vergeblich. Ohne Begrüßung legt die verärgerte Haushälterin los.

„Vor der Zufahrt warten lästige Paparazzi, Frau Kranzinger. Eine ganze Meute lauert dort unten. Ins Visier haben sie mich genommen wie eine gesuchte Attentäterin. Wie komme ich dazu? Die halbe Welt kennt morgen mein Auto! Fürchterlich ist das!"

Luise ist regelrecht erbost. Ihrer Wut lässt sie freien Lauf.

Die Angesprochene spürt eine ihr unbekannte, beklemmende Machtlosigkeit, die ihr die Luft zum gleichmäßigen Atmen nimmt. Wieder taucht dieses Bild in ihr auf. Das Pferd, auf dem sie balanciert, bietet keinen Halt mehr. Goyas Feder zeichnet in ihrem Kopf ein zweites Blatt. Ein scheuendes Tier, das sich aufbäumt. Die mutige Äquilibristin wird im hohen Bogen abgeworfen. Mit vor Entsetzen geweiteten Augen fällt sie in die Tiefe. Ein einziges Ereignis hat das angestrengt erreichte Gleichgewicht zerstört. Aus dem gespannten Hochseil der Originalradierung ist eine lange Schlinge geworden. Sie baumelt nach unten.

Die Hausherrin kehrt aus ihrer Gedankenwelt zurück und beendet ihr Schweigen.

„Luise, Sie sagen es. Es ist fürchterlich."

Sie wendet ihren Blick vorsichtig der wutentbrannten Haushälterin zu, die sie ungeduldig fixiert hat. Wer bleibt Frau Kranzinger noch? Luise ist der einzige Mensch, dem sie zu Hause noch trauen kann.

„Wir müssen reden. Jetzt gleich. Kommen Sie! Wir setzen uns in die Veranda."

Ein nervöses Zittern belegt ihre Stimme. In ihren Augen leidvolle Blicke.

„Das Telefon habe ich schon abgestellt. Ich besorge mir noch heute eine andere Nummer. Muss sein, damit ich in den eigenen vier Wänden Ruhe habe."

„Ist Ihr Mann auch hier?", kommt Luise sogleich zur Sache.

„Nein. Gott sei Dank! Er hat gestern noch das Nötigste gepackt und hält sich angeblich im Majestic auf."

„Na dann."

Luise weiß nur zu gut, wo das ermordete Callgirl abgestiegen ist. Es stand in allen Zeitungen.

„Es läuft auf eine Trennung hinaus", beginnt Constanze Kranzinger mit einem Seufzer. „Mir fällt keine andere Lösung ein, bei der ich mein Gesicht nicht verliere. Ich habe ihm schon vor Jahren einen Fehltritt verziehen, aber jetzt kann ich nicht mehr anders."

Luise wirft ihr einen fragenden Blick zu.

„Sie sollen es aus meinem Mund erfahren, dass er eine uneheliche Tochter hat. Ein Fehltritt, der in meiner Familie für Empörung gesorgt hat. Aber keiner hat diese Schande nach außen getragen. Und wie immer bitte ich um Ihre Diskretion, gute Luise."

Die Haushälterin hält den Augenblick für günstig, über ihren Fund im Gästehaus zu sprechen.

„Als ich drüben aufgeräumt habe nach dem geheimnisvollen Besuch, habe ich Haare im Bett gefunden. Eindeutig von zwei verschiedenen Personen."

Frau Kranzinger horcht auf und fragt: „Wozu erzählen Sie mir das? Ich verstehe nicht, Luise."

„Nun, ich habe die Haare als Beweismittel an mich genommen. Sie sind sicher verwahrt."

„Als Beweismittel?", erkundigt sie sich erstaunt.

„Ja. Die Polizei könnte durch eine DNA-Analyse ganz schnell herausfinden, ob diese Ermordete im Gästehaus zu Besuch war."

„Ich verstehe. Aber damit geraten doch wir zwei in die unerfreulichen Ermittlungen hinein. Was für eine Peinlichkeit! Gar nicht auszudenken! Was sind das überhaupt für Haare, Luise?"

„Wie soll ich sagen? Diese geringelten, gnädige Frau, Sie wissen schon."

„Schamhaare etwa? Gott, wie ekelhaft. Die haben Sie wirklich aufbewahrt?"

„Ja. Ich hatte Handschuhe an. Außerdem heißt es doch immer, Beweismittel soll man nicht unterschlagen."

„Schon, aber die Folgen! Denken Sie um Himmels willen an die schlimmen Folgen!", mahnt sie aufgebracht. Sie sieht sich blitzartig im Strudel eines riesigen Skandals, würde Luise die Behörden einschalten.

„Also, was soll ich machen? Gebe ich die Haare weiter oder bleiben sie in Verwahrung?"

„Nicht so hurtig, Luise! Ich brauche Zeit zum Nachdenken."

„Die Sache ist doch so: Gebe ich die Beweismittel weiter, wird die angebliche Entführung des neuen Premierministers womöglich aufgeklärt. Dann kann er seinen Hut nehmen, kaum dass er vereidigt wurde. Und Ihr Mann kommt aus den Fängen der Justiz nie mehr heraus."

„Und wenn Sie diese Haare vernichten, Luise?"

„Dann wird Ihr Mann höchstens für den Abtransport der Leiche verurteilt. Wenn ihm nicht mehr nachzuweisen ist. Vorher werden wir von

der Polizei einmal kurz befragt, aber dann haben wir unsere Ruhe."
Luise schaut sie auffordernd an, eine Entscheidung zu treffen.
Constanze Kranzinger sind der untadelige Ruf ihres Namens und die
Ruhe vor Polizei und Journalisten wichtiger als die Aufdeckung der
Hintergründe der Entführung. Mit Gewissheit in ihrer Stimme gibt sie
von sich: „Wir beide werden in Zukunft ein anderes Leben führen,
Luise. Diese neue Zeit hat gestern Abend begonnen. Vernichten Sie um
Himmels willen diese ekelhaften Haare, damit zumindest wir unsere
Ruhe haben!"
Während sie das mit äußerster Bestimmtheit ausspricht, beschließt
Luise, die Beweismittel im Schließfach zu belassen. Man kann nie wis-
sen, wofür sie einmal verwendet werden können. Nichts ist so ungewiss wie die Zukunft, hat sie auf dem Eichberg gelernt. Aus dem Mund
der gnädigen Frau.
„Es ist noch zu früh für einen Cognac", sagt Constance Kranzinger mit
versteinertem Gesicht, „aber heute stimmt ohnehin nichts. Also bringen Sie uns zwei Gläser, Luise!"
Als Luise den Cognac serviert, schüttet die resigniert wirkende Hausherrin ihr Herz aus. Sie lässt die langjährige Haushälterin in ihr Inners-
tes blicken. Zum ersten Mal, seit Luise die Stelle auf dem Eichberg
angetreten hat.
„Welch eine Blamage! Was für eine Schande! Dass es so weit kommen
musste! Je erfolgreicher mein Mann in seinen Geschäften geworden
ist, desto mehr ist er von mir weggedriftet. Ohne jedes Bedauern. Ohne mich zu fragen, wie es mir dabei geht. Ein selbstherrlicher Egoma-
ne ist er geworden. Ohne jede Selbstkontrolle. Mit der Zeit ist ein
harmonisch lebendes Paar in ein triviales Nebeneinander gerutscht.
Was ohne den Rausch der Liebe beginnt, hat mir meine Zuversicht
immer wieder geflüstert, wird wohl von Dauer sein. Doch es ist anders
gekommen, weiß ich heute. Es läuft irgendwann einmal auf eine Me-
salliance hinaus, soll die orakelhafte Befürchtung einer Tante gelautet
haben. Bald nach unserer Hochzeit. Die Tante trank niemals Alkohol,
Luise. Nicht dass Sie meinen, sie habe wirres Zeug geredet. Also auf Ihr
Wohl, meine Gute!"
Sie leert ihr Glas zur Hälfte und beendet den Einblick in ihre Seele mit

einem nüchternen Urteil.

„Was für eine Katastrophe ist dieser Tag!"

Am liebsten würde Luise sie in den Arm nehmen und trösten. Ihr fehlt bloß der Mut dazu. Schließlich ist sie nicht mehr als ihre Angestellte. Akkurat und emsig, wie die Hausherrin manchmal lobend anmerkt. Mehr nicht. Luise entfernt sich mit ihrem Glas in die Küche. Mit grimmiger Verbitterung zieht Constanze Kranzinger, geborene Menze, im Salon ihren Ehering vom schlanken Finger. Sie dreht und wendet ihn voll Verachtung und fragt sich, ob jemals eine gedemütigte Ehefrau dieses Edelmetall zu einem Projektil umschmelzen ließ. Um den bedeutungslos gewordenen Ring ihrem Mann in den Tod mitzugeben.

„Frau Hardt", erklärt er, nachdem er ihr Taxi bestiegen hat, „ich bin Julius Nidda von der Kriminalpolizei Steinfeld. Sie haben am Abend des 1. Oktober eine Frau vom Hotel Majestic zum Alloro-Tower gebracht, wie Sie meiner Kollegin mitgeteilt haben."

„Ja. Das war meine Aussage."

Er lächelt sie freundlich an. Sein Blick bleibt am kurzen, akkurat geflochtenen Zopf hängen. Eine junge Frau, die auf ihr Aussehen großen Wert legt, schließt er aus ihrem gepflegten Äußeren. Keine von diesen Taxilenkerinnen, die genauso gut in eine Reparaturwerkstätte passen. Keine, die ihr T-Shirt eine halbe Woche lang trägt. Keine mit Metallstücken an den Ohren. Das milde Licht des Tages auf ihrem frischen Gesicht lässt ihn sein Alter vergessen. Sie ist ihm überaus sympathisch und er vergisst für einen Moment, warum er in ihrem Auto sitzt. Ihre sanfte Stimme reißt ihn aus seinen angenehmen Gedanken.

„Sagen Sie, stimmt etwas nicht daran?"

Sie schaut ihn fragend vom Fahrersitz aus an und erwartet eine prompte Antwort.

„Wie? Ach so. Nein, keine Sorge. Wir haben keinen Zweifel an Ihrer Aussage. Wir wollen von Ihnen alles wissen, was Sie von dieser Fahrt in Erinnerung haben, Frau Hardt. Schließlich waren Sie eine der Letzten, die mit Frau Torrin Kontakt gehabt haben. Im Augenblick muss ich sogar zugeben, die Letzte, von der wir wissen. Deshalb bin ich hier.

Wir machen diese Fahrt noch einmal."

„Jetzt gleich?"

„Jetzt gleich. Gegen Bezahlung natürlich."

„Anschnallen nicht vergessen, Herr Nidda!"

Sie fährt mit ihrem Zeigefinger über den Touchscreen des Navi und sucht nach der Route. Dann teilt sie ihrem Fahrgast mit: „Leider schon gelöscht. Die Fahrt war vor einer Woche. Ich habe die Route offensichtlich wieder entfernt. Macht aber nichts. Vom Majestic zum Alloro gibt es nur eine Standardroute."

Auf dem Weg zum Hotel fängt Nidda mit seinen Fragen an.

„In welcher Verfassung war Frau Torrin, als sie eingestiegen ist? War sie in Eile? War sie nervös? Beunruhigt? Ist Ihnen irgendetwas an ihrer Stimmung aufgefallen?"

Während sich Veronika Hardt durch den dichten Verkehr schlängelt, lässt sie sich mit ihren Antworten Zeit. Die Situation, die letzte Taxifahrt eines Mordopfers nachzustellen, macht ihr sichtlich Stress.

„Über ihre Stimmung kann ich gar nichts sagen. So etwas wie eine psychische Verfasstheit war ihr nicht anzumerken. Aber soll ich Ihnen sagen, wie sie auf mich gewirkt hat?"

„Unbedingt! Sagen Sie mir alles, was Ihnen einfällt!", ermuntert er sie.

„Elegant und kalt zugleich. Diesen Eindruck habe ich von ihr gewonnen. Wie eine, die mit einer schnellen Unterschrift hundert Angestellte entlässt. Wie eine, die keine Skrupel kennt. Kalt wie ein Eisblock."

„Eiskalt hat sie auf Sie gewirkt. Wissen Sie, wie Frau Torrin ihr Geld verdient hat?"

„Ja. Das Schnelle Blatt hat sie als Sex-Gespielin bezeichnet, die sich nur Reiche leisten können. Nicht sehr anständig, wenn es um ein Mordopfer geht. Aber es trifft den Nagel auf den Kopf. Wissen Sie, Herr Nidda, mit mir fahren des Öfteren Prostituierte – aber bei denen spüre ich, dass sie ein Herz haben. Von der Toten kann ich das beim besten Willen nicht behaupten."

Logischerweise kommt ihm Chrystelle in den Sinn, als sie das Herz erwähnt. Vor der Ladezone des Majestic bleibt Hardt stehen und wartet auf seine Anweisung.

„Wie hat hier vor einer Woche die Fahrt begonnen?"

„Sie ist aus dem Hotel gekommen, hatte eine schwarze Handtasche bei sich und ist direkt auf meinen Wagen zugegangen."

„Welchen Eindruck hatten Sie von ihrem Äußeren? Von ihrer Erscheinung?"

„Mh. So, wie sie angezogen war, der schwarze Ledermantel und die hellblauen High-Heels, ich habe auf Schauspielerin getippt. Oder eine aus der Musikbranche. Stil hatte sie, keine Frage."

„Gut. Wir fahren jetzt die Route ab wie damals", gibt er das Zeichen zur Abfahrt.

„Hat sie eine Andeutung gemacht, was sie beim Alloro-Tower wollte? Dort stehen ja keine Wohnhäuser und es war zwischen 21 und 22 Uhr."

„Nein, mit keinem Wort. Sie war nicht gesprächig. Sicher hat sie mich als ihr Personal betrachtet."

„Ist sie neben Ihnen oder im Fond gesessen?"

„Natürlich hinten. Die besseren Damen sitzen im Taxi immer hinten. Sie wollen keine Nähe zum Fahrer. Wer vorne sitzt, will einen gewissen Kontakt pflegen. So wie Sie, Herr Kommissar."

Nidda hört den Vergleich gerne. Am Ende der Fahrt will er darauf zurückkommen. Eine kühne Eingebung, doch worauf soll ein Mann in seinem Alter warten?

„Sie war also ein schweigsamer Fahrgast. Was hat sie währenddessen gemacht?"

„Beobachtet habe ich nicht viel wegen des ungewöhnlich starken Verkehrs. Zur selben Zeit war gerade ein Fußballmatch aus. Einmal hat sie ihre Lippen nachgezogen. Zweimal hat das Handy geläutet. Mit verschiedenen Klingeltönen, ist mir aufgefallen. Next in Line habe ich erkannt. Johnny Cash. Ein Star aus Ihrer Jugendzeit", sagt sie mit einem Augenzwinkern. „Sie hat beide Anrufe weggedrückt."

„Ohne Kommentar oder mit irgendeiner Reaktion?"

„Nein, ohne jede Regung. Ganz professionell, könnte man sagen."

„Es gibt Fahrgäste, die anscheinend Belangloses von sich geben. So in der Art: An der Kreuzung dort vorne habe ich meinen ersten Unfall gehabt. Haben Sie eine solche Äußerung von ihr in Erinnerung?"

„Nein, absolut nichts. Ich glaube, ich hätte mit ihr einen teuren Umweg nehmen können, sie hätte wahrscheinlich keinen Einwand vorgebracht."

„Ich bin wirklich beeindruckt, was Sie noch alles wissen. Dort vorne steht schon der Büroturm vom Kranzinger. Bleiben Sie hier bitte stehen!"

Die Lenkerin lässt den Motor laufen und schaut auf das Taxameter. Damit liefert sie Nidda die Idee zur nächsten Frage.

„Hat sie Ihnen Trinkgeld gegeben?"

„Ja. Das war großzügig. Sehen Sie, darauf hätte ich beinahe vergessen. Sie hat doch einmal etwas Persönliches von sich gegeben."

„Nämlich?"

Er will es sofort erfahren.

„Ich habe einiges mehr in Aussicht. So ungefähr lautete dieser Satz nach dem Bezahlen."

„Sie hat also eine größere Summe erwartet, keinen alltäglichen Liebeslohn. Jedenfalls gut, dass Ihnen das wieder eingefallen ist. Frau Hardt, vielen Dank für die Wiederholungsfahrt und Ihre Antworten."

Bei seiner privaten Frage blickt er ihr freundlich in die dunklen Augen.

„Ich möchte Ihnen ein etwas ungewöhnliches Trinkgeld anbieten. Darf ich Sie zum Abendessen einladen? Wann immer Sie wollen."

Sie schaut Nidda prüfend an, ob sie mit dem älteren Herrn ausgehen soll, überlegt aber nicht allzu lange.

„Warum nicht? Wo gehen wir morgen hin?" hört er von ihr und genießt das Leuchten ihrer Augen.

„Im Kaiviertel kenne ich ein außergewöhnliches Lokal. Passt in dieser Hinsicht gut zu Ihnen. Ich meine aber jetzt nicht den Namen des Lokals, Frau Hardt. Es heißt Der Bauch. Kennen Sie es?"

„Nur über meine Fahrgäste. Alle reden auf der Heimfahrt von dieser Lola. Sie muss ein Unikum von einer Kellnerin sein."

„Könnte man sagen. Sie werden sie kennen lernen. Bis morgen!"

Nidda zahlt den Fahrpreis und steigt aus dem Wagen, als sie ihm nachruft: „Ich bin um acht dort."

Wir könnten über Gott und die Welt reden, ist er noch in Versuchung vorzuschlagen, aber nicht über mein Alter. Sie ist bereits aufs Gas gestiegen.

Beschwingt winkt er dem abfahrenden Taxi nach und nähert sich zu Fuß dem Alloro-Tower. Ein unerklärbares Gefühl schickt ihn über den Gästeparkplatz in Richtung Foyer. Irgendetwas sagt ihm, dass im Inneren des Gebäudes ein Hinweis auf ihn wartet. Unauffällig drückt er sich an den wartenden Journalisten und Fotografen vorbei. Er weiß, das Mordopfer war höchstwahrscheinlich am Abend des 1. Oktober hier.

Die Frage nach einem möglichen Augenzeugen geht im Foyer ins Leere. Der Empfang ist nur bis 20 Uhr besetzt. Torrin kann frühestens wenige Minuten nach 21 Uhr hier gewesen sein, wie die Taxilenkerin ausgesagt hat.

„Gibt es für die Halle eine Überwachungskamera?"

„Nein, Herr Kommissar. Nach 20 Uhr ist hier ohnedies niemand mehr anzutreffen. Der Eingang wird geschlossen. Geputzt wird immer am frühen Morgen", erklärt der Portier.

Ernüchtert verlässt Nidda die Halle, während ein Wagen aus der Tiefgarage herausfährt und die Aufmerksamkeit der Presse auf sich zieht. Im selben Augenblick glaubt er an die vorläufig letzte Chance für einen Fortschritt in den Ermittlungen. Im Eilschritt geht er zum Empfang zurück und schießt los: „Aber die Garagenausfahrt hat doch wohl eine Überwachungskamera?"

„Natürlich."

Im Büro der Security lässt sich Nidda zeigen, was die Kamera in der fraglichen Nacht ab 21 Uhr erfasst hat. Je später es auf der eingeblendeten Uhr wird, desto weniger Autos verlassen die Garage. Jedes zeigt die Designtypen der letzten Jahre. Um 22.48 Uhr ist das langweilige Verfolgen der Bilder vorüber. Ein uralter, dunkelgrauer Land Rover müht sich die Auffahrt herauf. Am Steuer ist Ludwig Kranzinger zu erkennen. Neben ihm sitzt Clara Torrin. Unverkennbar.

Endlich geht was weiter! Er lässt sich die Freude über die Entdeckung nicht anmerken, nimmt die Aufzeichnung in einer Kopie an sich und kehrt dem Büroturm eilig den Rücken zu.

Im Kommissariat spricht Karen Wintrich mit zwei jungen Männern, die sich auf den Bericht in der Tagespost hin bei der Polizei gemeldet haben. Nidda stößt dazu und hört ihre Aussagen mit größtem Interesse. Sie seien nach dem Ende des Fußballspiels noch eingekehrt, um den Sieg ihrer Mannschaft zu feiern. Der Ältere der beiden merkt an, dass sich solche Gelegenheiten eher selten bieten würden. Ihr Club stecke in einer anhaltenden Formkrise. Später hätten sie an einem Zebrastreifen in der Stadionstraße gewartet, bis die Fußgängerampel auf Grün umgeschaltet habe. Direkt vor dem Übergang sei ihnen der uralte Land Rover aufgefallen, weil er wegen des Rotlichts anhalten musste.

„Uns hat ein Kontrast amüsiert, der nicht zu übersehen war", setzt der Jüngere fort.

„Welchen Kontrast meinen Sie?", erkundigt sich Karen.

„Naja, diese uralte, knatternde Kiste und auf dem Beifahrersitz ein junges Rasseweib. Wir haben das Ganze ziemlich deftig kommentiert, aber das ist nichts für die Ohren einer Frau wie Sie."

„Nur so nebenbei", kontert Karen energisch, „Polizistinnen sind die niveaulosen Macho-Sprüche so gewohnt wie ein Seemann die hohen Wellen. Nichtsdestotrotz, Ihre Selbstzensur in allen Ehren."

Nidda will Genaueres wissen. Er schaltet sich in das Gespräch von seinem Schreibtisch aus ein. Wegen der neuen Erkenntnis durch die Kameraüberwachung erscheint ihm wichtig, was die Männer beobachtet haben.

„Sagen Sie, wie hat die Beifahrerin ausgesehen! Können Sie sie beschreiben?"

„Nicht nötig. Es war die ermordete Lady aus dem Beichtstuhl. Wir kennen das Bild aus der Zeitung."

„Sind Sie sicher?", vergewissert er sich.

„Großes Ehrenwort, Herr Kommissar."

Der andere nickt zum Zeichen der Bestätigung.

„Haben Sie den Lenker auch gesehen?"

Jetzt antwortet der Ältere für die beiden.

„Ja. Es war der Kranzinger."

„Es stimmt, was mein Freund sagt."

„In welche Richtung wollte der Wagen?"

„Schwer zu sagen. Stadtauswärts möglicherweise."

„Also nur eine Vermutung. Wir brauchen jetzt noch eine relativ genaue Zeitangabe. Wissen Sie noch, wann Sie in der Stadionstraße an der Fußgängerampel gestanden sind?"

Die beiden Männer beginnen zu überlegen. Es dauert eine Weile, bis der Ältere Auskunft gibt.

„Es muss schon nach 23 Uhr gewesen sein. Ich habe den letzten Bus nach Hause erreicht. Er fährt um 23.15 Uhr."

„Bestens! Meine Herren, Sie haben uns sehr geholfen. Frau Wintrich wird Ihre Aussagen protokollieren und Sie werden anschließend gebeten, sie durch Ihre Unterschrift zu bestätigen."

Karen verzieht kurz das Gesicht. Will er heute die Mittagspause wirklich ohne mich verbringen? Habe ich etwas angestellt, weil er auf seine angenehmste Mittagspausenfüllerin verzichtet? Was ist an diesem Vormittag mit ihm passiert?

Entspannt und tatendurstig kehrt der Kommissar zwei Stunden später ins Büro zurück. Wie verwandelt kommt er Karen vor, die ihre Beobachtung wortlos übergeht. Neben ihr riechen zwei leere Kaffeebecher mit letzten Kräften. Das Protokoll der Stadionbesucher liegt unterschrieben auf Niddas Arbeitsplatz. Er honoriert es mit einem undeutlichen „Danke", bevor er von den Ergebnissen seines Vormittags berichtet. Der nachgestellten Taxifahrt widmet er einen ausufernden Bericht, wie Karen empfindet. Sie weiß anschließend, wie die Taxilenkerin aussieht und was sie anhatte. Muss eine beeindruckende Fahrt für ihn gewesen sein, denkt sie sich überrascht.

„Ich werde ihn morgen verhören", beginnt Nidda ohne lange Vorrede und schaut ihr entschlossen in die Augen. „Natürlich nenne ich es ein Vier-Augen-Gespräch. Von Mann zu Mann. Sein Anwalt kann meinetwegen draußen vor der Tür warten und ihm jederzeit zur Seite stehen, wenn Don K es für nötig hält. Er soll sich anfangs ruhig wohlfühlen. Warum nicht? Bleibt er hart wie eine Nuss, dann greife ich zum Hammer."

Mit offenem Mund hört Karen von seinem Plan.

„Julius, du entscheidest. Keine Frage. Unsere Indizien können sich inzwischen sehen lassen. Aber tu mir einen Gefallen: Verwenden wir den heutigen Nachmittag noch, um auffällige Einzelheiten des Mordes eingehend zu besprechen. Was hältst du von meinem Vorschlag?"

„Okay."

„Wir kennen das Mordmotiv noch nicht. Klammern wir es also aus. Wichtiger sind für mich zwei andere Fragen: die Durchführung des Mordes und der Charakter des Fundorts. Die Vorgangsweise erinnert mich frappierend an den Bernheimer Krawattenmörder. Der sitzt in Untersuchungshaft und leugnet noch immer. Dieser mutmaßliche Täter hat seine Morde schon beträchtliche Zeit vorher begangen. Ist doch denkbar, dass ihn unser Mörder kopiert hat."

„Du meinst, unser Täter ist ein Mensch ohne eigene Idee, wie er Torrin umbringen kann? Ein Ersttäter, der sich am Bernheimer Frauenhasser ein Beispiel nimmt, weil ihm keine bessere Methode einfällt", sagt Nidda.

„Er könnte den Krawattenmörder nachgeahmt haben, weil dieser nur durch einen Zufall gefasst werden konnte", präzisiert Karen ihre Überlegung.

Warum hat er sein Opfer nicht erschossen und ins Wasser des Keilsees geworfen, fragt sich Nidda insgeheim. Warum hat er Torrin nicht erschlagen, mit Benzin übergossen und eingeäschert? Noch weitere Mordarten, die er sich gut vorstellen könnte, hätte der Kommissar auf Lager. Nach einer kurzen Pause spricht er weiter.

„Woher nehmen Mörder überhaupt ihre Pläne? Ob Kranzinger Krimis liest oder Kriminalfilme anschaut? Ich werde ihm morgen diese harmlose Frage stellen."

„Mach das, Julius! Je mehr wir über sein Innenleben erfahren, desto größer wird die Chance, ihm ein Geständnis zu entlocken."

„Ist auch der Grund, warum ich mit ihm allein reden werde. Quasi inoffiziell. Wie hast du das mit dem Fundort gemeint, Karen?"

„Der Fundort und das Aussehen der Leiche wirken auf mich wie die Komposition eines alten Gemäldes, das dem Betrachter etwas mitteilt."

„Was?", unterbricht er sie, neugierig geworden.

„Der entblößte Körper, die spärlich bedeckten Geschlechtsteile sollen Torrin posthum bloßstellen. Dem Betrachter wird mitgeteilt, welchen Beruf sie ausgeübt hat. Solange sie lebte, war sie eine geheime Prostituierte. Sie hat im Verborgenen gearbeitet. Kaum jemand, von ihren

Kunden abgesehen, dürfte von ihrem Job gewusst haben. Sonst wäre sie auch nicht erfolgreich gewesen. Ein Geheimtipp für Kenner mit Geld, nichts anderes verrät ihr Moleskine. Nach ihrem Tod soll die Welt die Wahrheit über sie erfahren. Das ist ein erster Aspekt der Komposition. Der Fundort an sich verweist auf Verschiedenes, meiner Ansicht nach. Die Tote befand sich ursprünglich zur Gänze im Beichtstuhl, wo sie nach Kranzingers Meinung hingehört. Sie hat etwas Unrechtes begangen. Ich vermute, die Beichtstühle befinden sich deshalb im Eingangsbereich einer Kirche, weil sich nur sündenfreie Menschen dem Hochaltar nähern sollen. Was sie ihm getan oder vielleicht sogar angetan hat, solltest du ihn morgen fragen. Das in der Nähe hängende Bild der Heiligen Afra, deren entblößter Leib auf einem Holzstoß zu brennen beginnt, könnte man als ein zufälliges Zusammentreffen bezeichnen. Aber es wirkt irgendwie stimmig. Die krasse Darstellung passt doch zu unserer Toten. Wichtiger ist mir ein anderer Aspekt: Den Fundort der Leiche verstehe ich als eine kryptische Kommunikation zwischen Kranzinger und seiner Frau. Sie kennt die Kirche durch ihr karitatives Engagement. Er weiß davon und teilt ihr etwas Bestimmtes mit. Den Inhalt kennen wir noch nicht."

7. Oktober

Um 10 Uhr sitzen sie im Verhörraum wieder gegenüber. Julius Nidda und Ludwig Kranzinger.
Der Kommissar hat die Horoskop-Spalte seiner Morgenzeitung ignoriert. Eine zweite Tasse Kaffee schien ihm die bessere Vorbereitung für das so genannte Gespräch. Heute ist der Tag der Fakten. Heute schenkt er Anzeichen, Vorzeichen und Voraussagen keine Beachtung. Wie groß seine Chance ist, den hart gesottenen Bauunternehmer, einen der einflussreichsten Männer des Landes, zu einem Mordgeständnis zu motivieren, zeigt die gefühlte Skala seines rauschenden Tinnitus bereits auf dem Weg zur Polizeizentrale an.
Nidda bemüht seine freundlichste Stimme, als er das Gespräch beginnt. Der andere soll sich wohlfühlen, damit er redet. Ohne Unterlass soll er darüber reden, wie Torrin zu Tode gekommen ist und warum. Der Kommissar ist vorbereitet, sich alles anzuhören, was Kranzinger loswerden will. Es spielt keine Rolle, wer ihm gegenüber sitzt. Don K oder ein Müllmann, es soll keinen Unterschied ausmachen, wenn es um die Wahrheit geht. Dafür wird er bezahlt.

„Herr Kranzinger, ich wiederhole eingangs, was ich gestern in unserem Telefonat gesagt habe. Es gibt neue Erkenntnisse im Fall Clara Torrin. Deswegen sind Sie hier. Ich ersuche Sie, dazu Stellung zu nehmen. Der Raum selbst, in dem wir sitzen, soll Sie nicht verunsichern. Hier sind wir absolut ungestört. Kein Telefon. Niemand klopft oder unterbricht uns. Wir können uns ganz auf die Sache konzentrieren."
Nidda schaut ihm unablässig in die Augen. Kranzinger wartet ab, was die andere Seite vorbringt. Je weniger er spricht, desto weniger kann er falsch machen, hat ihm sein Anwalt geraten, der draußen vor der Tür sitzt. Er kann ihn jederzeit hereinbitten. So wurde es telefonisch vereinbart.
„Den meisten Menschen", setzt der Kommissar fort, „bleiben Befragungen durch die Polizei zeitlebens erspart. Sie kennen das Procedere höchstens aus Kriminalfilmen oder wenn sie Krimis lesen. Zählen Sie eigentlich zu dieser Mehrheit der Bevölkerung? Falls Sie sich wundern,

Herr Kranzinger: Es handelt sich dabei um eine völlig harmlose Frage am Rande. Quasi mit privatem Charakter."

Nidda hat sich vorgenommen, sich behutsam an den Verdächtigen heranzutasten. Er will seine Zunge lösen, bevor er ihn mit seinen handfesten Beschuldigungen konfrontiert.

„Ich will nicht unhöflich sein, Herr Kommissar, obwohl Sie Ihre Frage von weither geholt haben, wie mir vorkommt. Ich lese keine Krimis. Sie sind was für Menschen, denen nichts Besseres einfällt. Wenn ich Zeit für ein Buch habe, dann interessieren mich Themen aus der Politik und der Wirtschaft."

„Ich verstehe. Auch keine Kriminalfilme?"

„Eher selten. Die altehrwürdige Columbo-Serie hat mir damals ausgezeichnet gefallen, weil dieser Inspektor den tollpatschigen Polizisten elegant vortäuscht. In Wahrheit ist er schlauer als jeder Fuchs. Ich hoffe für Sie, Sie kennen diese Fernsehserie."

„Columbo ist nicht mein Typ. Ich habe ihn als schrullig in Erinnerung. Außerdem redet er zu viel von seiner Frau", leugnet er seine Sympathie für den Amerikaner.

Auf das Stichwort Frau geht Kranzinger nicht ein. Während der kurzen Gesprächspause vermutet er, er könnte mit dem Polizisten eine unerfreuliche Erfahrung gemeinsam haben. Das Thema Frau möchte er auf keinen Fall ansprechen. Nur kein Streichholz anzünden, wenn ein Kriminalpolizist am Tisch sitzt. Im Nu macht sein Gegenüber daraus das leidige Alibiproblem, sagt er sich, und dann lodert die Flamme meterhoch.

„Auf die aktuellen Kriminalfilme kann ich gut und gern verzichten. Sie sind entsetzlich actionlastig. Uninteressant für mich."

„Geht mir auch so", stimmt der Kommissar zu.

Nidda schaut ihn verständnisvoll an, doch es ist an der Zeit, zur Sache zu kommen.

„Bleiben wir bei dem, was uns verbindet. Ich meine den Fall Clara Torrin. Von nicht weniger als sieben Telefonaten haben wir Kenntnis, die Sie mit der Ermordeten geführt haben. Was mich daran interessiert: Wie kommt man überhaupt an die Nummer einer geheimen Luxusprostituierten?"

Kranzinger macht kein Geheimnis daraus, wie die Reichen zu ihren elitären Vergnügungen kommen.

„Partner in meiner Geschäftswelt haben Vertrauen zueinander. Und zu einem erfolgreichen Abschluss gehört auch ein niveauvolles Relaxen. In Herrenrunden, auf einem Golfplatz oder im Extrazimmer eines Nachtclubs ist es nicht so schwierig, eine seriöse Empfehlung zu bekommen."

„Welche Details aus den Telefonaten mit Torrin sind Ihnen in Erinnerung?"

„Es ging um den Termin für ihren Besuch und um das Honorar."

Nidda stutzt und fragt mit ziemlicher Verwunderung: „Für ein einziges Sex-Treffen braucht ein geschickter und erfahrener Geschäftsmann wie Sie insgesamt sieben Anrufe? Wie soll ich das glauben?"

„Es mag Ihnen merkwürdig erscheinen, aber die Erklärung dafür ist absolut harmlos. Mein Partner aus dem Ausland hat mehrmals um eine Verschiebung seines Abends mit Frau Torrin gebeten."

„Aha. Welcher Termin wurde schließlich realisiert?"

Die Antwort kommt blitzschnell. Zu schnell, scheint es Nidda.

„Der 1. Oktober."

„Der letzte Tag ihres Lebens also."

Der Kommissar verstummt und reibt sich nachdenklich die Stirn. Mehrmals. Von einer zur anderen Seite. Er lügt, denkt er sich. Für die Erpressung, die Torrin im Taxi angedeutet hat, wäre dann keine Zeit geblieben. Das einzige naheliegende Mordmotiv setzt er keinem Zweifel aus. Nidda bleibt dabei: Don K sagt die Unwahrheit.

„Wir haben in der Suite, die Frau Torrin im Majestic zuletzt bewohnt hat, ein violettes Moleskine gefunden. In der ersten Einvernahme haben Sie es schon gesehen. Die Eintragung für den 24. September lautet dort: LK 3200. Entspricht die Summe von 3200 Dollar dem Honorar, das die Ermordete verlangt hat, Herr Kranzinger?"

Mit geringschätziger Miene kommentiert der Befragte, er könne sich an den Betrag nicht mehr erinnern. Beim besten Willen nicht mehr.

„Für Summen dieser Größenordnung fehlt der Platz in meinem Gedächtnis", antwortet er provokant.

„Sie meinen mit anderen Worten, mit Peanuts dieser Dimension befassen Sie sich erst gar nicht. Habe ich Recht?"

Er nickt gelassen. Nidda denkt kurz an den Stammkundentarif, den ihm Chrystelle aus wohlüberlegter Berechnung heraus gewährt. Welche Welten müssen da dazwischen liegen? Einfach unvorstellbar. Er möchte es liebsten gar nicht erfahren.

„Ihr All-Inclusive-Preis war also 3200 Dollar für eine Nacht", ersucht er Kranzinger um eine Bestätigung.

„Für einen Herrn", ergänzt der Eingeweihte.

„Sind Sie an einem der vorhergehenden Tage in den Genuss ihrer Qualitäten gekommen? In der Art eines Vorkosters? Der Herr, den Sie von Kopf bis Fuß verwöhnen wollten, dürfte ein kompliziertes Naturell besitzen. Da ist es doch gut, wenn man sich im Vorhinein persönlich davon überzeugen kann, dass die Leistung den Ansprüchen des anderen einigermaßen gerecht wird."

Kranzinger verneint mit einer lautstarken Empörung, deren Ursache auch ein Versäumnis sein könnte, wie Nidda argwöhnt.

„Befassen wir uns jetzt mit dem Geschehen am späten Abend und in der Nacht des 1. Oktober. Frau Torrin hat sich von einem Taxi von ihrem Hotel zum Alloro-Tower bringen lassen. Die Lenkerin des Wagens hat sich bei uns gemeldet. Sie konnte sich wegen des extravaganten Aussehens an ihren Fahrgast noch sehr gut erinnern. Die Fahrt hat zwischen 21 und 22 Uhr stattgefunden. Frau Torrin trug einen schwarzen Ledermantel und hellblaue High-Heels. Sie sind genauso wie ihre Handtasche und die persönlichen Wertsachen bislang verschwunden. Aber wir bleiben dran. Soeben ist eine Suchhundestaffel auf dem Eichberg unterwegs, um die Witterung nach der Kleidung aufzunehmen. Die Kollegen haben ein großes Reservoir an persönlichen Dingen der Toten aus dem Hotel mitgenommen, um den Hunden die Arbeit zu ermöglichen."

Don K lacht argwöhnisch und sagt belustigt: „Reine Zeitverschwendung, was die Polizei bei mir zu Hause unternimmt. Torrin war nie dort! Sollen wenigstens die Hunde ihre Freude haben. Sie können den gepflegten Garten genießen, bevor sie wieder in den Zwinger müssen. Was Sie machen, ist völlig umsonst. Sie bemühen das ganze Register der Polizei von Steinfeld und Umgebung doch nur, weil es um einen

Prominenten geht. Weil Sie den Medien eine Alibi-Aktivität der Ermittler liefern wollen. Das treibt Sie an. Ich rate Ihnen ab: Es bringt nichts! Sie werden bei mir zu Hause nichts finden."

„Wir werden sehen, wer von uns beiden zuletzt lachen kann. Übrigens, beinahe hätte ich darauf vergessen – ganz in der Manier Ihres verehrten Inspector Columbo. Frau Torrin hat zur Taxilenkerin einen einzigen Satz von Bedeutung gesagt. Einen wirklich bemerkenswerten Satz."

Julius Nidda schaut ihn stumm an, um seine Nerven zu reizen. Er gäbe Wochen seines Lebens dafür zu erfahren, welche Gedanken gerade in seinem Hirn Achterbahn fahren.

„Welchen Satz, Herr Kommissar?", fragt er mit vorgetäuschter Lässigkeit.

Julius Nidda nimmt sich für seine Antwort Zeit. Viel Zeit. In aller Ruhe rückt er seinen Sessel in eine andere Position, direkt an den Tisch heran. Näher beim Verdächtigen, näher bei der Quelle des Bösen.

„Frau Torrin hat angegeben, eine größere Summe zu erwarten. Das hat sie der Taxilenkerin erzählt."

„Warum erzählen Sie mir davon? Sollten Sie einen Tipp benötigen: Haben Sie schon an eine Erbschaft gedacht?"

„Ich mag diese Aussage über das Geld ganz besonders. Sie liefert nämlich die Berechtigung für eine naheliegende Theorie. Davon rücke ich nicht mehr ab. Doch dazu vielleicht erst am Nachmittag. Bei der Rekonstruktion dieses Abends sind gestern weitere Fakten aufgetaucht, von denen Sie noch gar nichts wissen können. Sie sind mit ein Grund für die zweite Befragung. Wissen Sie, warum Frau Torrin mit dem Taxi zur Alloro-Zentrale gefahren ist und nicht direkt zu Ihrem ausländischen Partner?"

Kranzinger staunt. Wie kommt dieser alte Schnüffler auf diese Frage? Er überlegt, was er antworten soll. Ist der Zeitpunkt bereits da, den Anwalt hereinzuholen? Er will sich zugeknöpft zeigen. Nur ein Idiot redet sich in einer solch heiklen Situation um Kopf und Kragen. Äußerste Zurückhaltung macht er zu seiner Devise. Er wird nur mehr knappe Antworten geben, nimmt er sich vor. Es ist Aufgabe der Polizei, die Sache aufzuklären. Nicht seine eigene.

„Nein. Ich weiß es nicht", gibt Kranzinger zur Antwort.

„Macht gar nichts. Ihrem Gedächtnis helfe ich gerne nach. Frau Torrin hat sich zuerst zu Ihnen begeben. Sie haben sie auf dem Firmengelände oder im Foyer erwartet. Fällt es Ihnen jetzt wieder ein?"

Niddas Stimme spielt auf der Tonleiter von Güte und Verständnis. Als habe er einen senilen Heimbewohner vor sich sitzen.

„Sie konstruieren das mit freier Phantasie, weil Sie keine Fakten mehr haben", kontert Don K.

Aus seinen Unterlagen fischt der Kommissar einen Fotoausdruck, den er ihm als Beweis hinhält.

„Sie täuschen sich, Herr Kranzinger. Schauen Sie genau auf dieses Foto! Es stammt von der Videoüberwachung der Alloro-Tiefgarage. Aufgenommen am 1. Oktober um 22.48. Sie sitzen am Steuer Ihres Land Rovers, neben Ihnen Clara Torrin. Wir wissen mehr über Sie, als Ihnen angenehm ist. Ich erlaube mir an dieser Stelle eine ganz persönliche Bewertung, die Sie sich gefallen lassen müssen: Schon peinlich, vom Sicherheitsstandard des eigenen Bürogebäudes aufgedeckt zu werden. Beim Verlassen des eigenen Baus ist der Fuchs in die Falle gegangen."

Nidda beobachtet die Schweißbildung auf dem Gesicht seines Gegenübers mit Genugtuung. Eine günstige Gelegenheit, den Druck auf den Verdächtigen zu erhöhen.

„Sie sehen, dass die Polizei auf Ihr Gedächtnis gar nicht angewiesen ist. Wir können Ihnen noch mehr nachweisen als die Autofahrt mit dem Mordopfer. Sie haben das Firmenareal zu zweit verlassen. Wo ging die Fahrt hin?"

„Dazu mache ich keine Angabe."

Aus Kranzingers Antwort hört der Kommissar einen resignierenden Unterton heraus. Nidda greift wieder zur seiner pseudofreundlichen Stimme.

„Macht nichts. Macht gar nichts. Durch zwei Zeugen wissen wir es ohnedies. Kurz nach 23 Uhr waren Sie in der Stadionstraße stadtauswärts unterwegs. Sie erinnern sich jetzt sicher wieder. Neben Ihnen dieselbe attraktive junge Frau wie beim Verlassen der Tiefgarage: Clara Torrin. Sie hat zu diesem Zeitpunkt nicht geahnt, dass sie sich auf ihrer Todesfahrt befindet."

Der Kommissar stoppt die Vernehmung. Er steht auf, streckt demonstrativ seinen Rücken und umkreist in bedächtigen Schritten den Tisch und die Sessel des Verhörraums. Auf einem sitzt Ludwig Kranzinger in stiller Ratlosigkeit. Er beobachtet den Kommissar mit fragenden Blicken von unten. Die zu Beginn des Gesprächs aufrechte Körperhaltung des Verdächtigen hat sich verändert. Leicht geduckt sitzt er jetzt auf seinem Sessel. Ein Boxkämpfer in Verteidigungsstellung. In Erwartung der nächsten Attacke im Fight um die Wahrheit. Nidda empfindet eine unglaubliche Überlegenheit, als er hinter Kranzingers gebeugtem Nacken stehenbleibt. Heute bekommt er sein Geständnis, sagt ihm sein Optimismus.

„Wissen ist Macht", setzt der Kommissar die Einvernahme von seinem Stuhl aus fort. „Sie kennen sicher diesen Ausspruch eines alten Briten. Die sensationellen modernen Kriminaltechniken verhelfen uns gewöhnlichen Ermittlern zu einem machtvollen Wissen. Wann Frau Torrin getötet wurde, können wir nämlich durch die Obduktion exakt eingrenzen. In der Expertise des Gerichtsmediziners lese ich hier: Todeszeitpunkt spätestens 24 Uhr. Fokussieren wir unser Gespräch zunächst auf die Autofahrt und das Geschehen danach. Sie haben keine Angabe gemacht, wohin Sie nach 23 Uhr mit dem Mordopfer unterwegs waren. Überspringen wir einfach diesen einigermaßen nebensächlichen Punkt. Irgendwo sind Sie stehengeblieben. Dort ist es zu einer Auseinandersetzung gekommen. Durch Blicke in die Autospiegel haben Sie gesehen, dass niemand in der Nähe ist, der die Tat beobachten könnte. Alles Weitere ist nach Ihrem Mordplan verlaufen."

Nidda gönnt seiner Stimme eine kurze Pause. Er ist es nicht gewöhnt, lange Monologe zu halten. Was soll sich Veronika denken, wenn sie am Abend einem krächzenden Oldie gegenübersitzt? Kranzinger kann indigniert schauen, wie er will. Er muss lernen, sich in Geduld zu üben. Die Mühlen der Gerechtigkeit haben keinen Turboantrieb.

„Wenden wir uns also Ihrer Taktik zu, mit der Sie das Problem Torrin lösen wollten. Sie ist zu einer lästigen Mitwisserin geworden und hat zu viel Druck ausgeübt. Nicht auszuschließen, dass die Ermordete auch in politischen Kreisen ihrem lukrativen Job nachgegangen ist und dabei auf ein brisantes Geheimnis gestoßen ist. Mit anderen Worten: Sie war Ihnen und ihresgleichen im Weg – und deshalb musste sie weg. Für immer. Sie täuschen eine Autopanne vor. Sie sagen nach der Auseinandersetzung mit ihr, der Motor lasse sich nicht mehr starten oder etwas Ähnliches. Das dürfte Frau Torrin nicht durchschaut haben. Aber kein Wunder bei einem Oldtimer. Um die angebliche Panne zu beheben, steigen Sie aus und holen aus dem Fond hinter dem Beifahrersitz die vorbereiteten Handschuhe und das Mordwerkzeug. Die Kriminaltechniker und der Gerichtsmediziner sprechen von einem sehr starken, breiten Band oder einer Krawatte. Vielleicht haben Sie eine Anregung durch den Bernheimer Krawattenmörder bekommen. Leicht möglich. Wollen Sie Einwände erheben, Herr Kranzinger?"

Der Angesprochene wendet minutenlang seine starren Blicke den leeren, grauen Wänden zu. Als sein Name fällt, streift er Niddas aufmerksamen Blick. Er spielt weiterhin den Teilnahmslosen und verharrt in seinem Schweigen. Er sitzt nur da und macht den Mund nicht auf. Ein Gegenüber aus Stein. Ein Gesicht ohne menschliche Regung.

„Also keine Einwände. Dann setze ich fort. Aber Sie können mich gerne unterbrechen, falls etwas an der Rekonstruktion nicht stimmt. Ihr Land Rover ist der Tatort. Es war ein kapitaler Fehler, was Sie nach dem Mord gemacht haben, meinen die Leute aus dem Labor. Ihre eigenen Fingerabdrücke finden sich zur Genüge am Lenkrad, an der Fahrertür und im Gepäckraum, während auf der Beifahrerseite alle Spuren entfernt sind. Da wurde nach der Tat fleißig geputzt. Es passt ganz einfach nicht zusammen: Sie fährt mit Ihnen, hinterlässt jedoch keine Spuren dort, wo sie gesessen ist. Ihre Überlegung war, alle Spuren des Mordopfers im Wagen zu entfernen. Es sollte niemand nachweisen können, dass Torrin mit Ihnen gefahren ist. Kommen Sie mir bitte nicht mit der Mär vom Kavalier, der seiner Beifahrerin die Tür öffnet und schließt. Es muss dort Spuren von ihr gegeben haben. Sie haben diese entfernt. Weil Clara Torrin in Ihrem Wagen ermordet wurde.

Ich gönne Ihnen jetzt eine Pause. Sie können gerne auch mit Ihrem Anwalt sprechen, falls er noch draußen wartet."

Nidda nimmt seine Unterlagen und verlässt als Erster den Raum.

In seinem Büro greift er hastig zum Mineralwasser. Seine ausgetrocknete Kehle braucht Flüssiges. Karens Blicke verlangen nach einem Zwischenbericht. Wie ist der Stand der Dinge, steht auf ihrem Gesicht.

„Die Sachen der Toten, Karen, der Ledermantel, die auffallenden Schuhe, die Tasche. Wo sind die Sachen? Wo hat sie der Mörder bloß versteckt? Wir brauchen sie für die Indizienkette."

„Sag mir, wie weit er von einem Geständnis entfernt ist, und ich sage dir, was ich über die Sachen des Opfers denke."

Nidda trinkt das zweite Glas leer. Mit der Antwort lässt er sich Zeit.

„Ich weiß es wirklich nicht, wie weit er noch hat. Aber zu deiner Beruhigung: Über den Mord haben wir noch gar nicht gesprochen. Seinen fleischigen Nacken habe ich mir genauer angesehen. Eine schräg verlaufende Fettfalte stimmt mich zuversichtlich."

Er grinst dazu und fährt sogleich wieder sachlich fort.

„Wie du weißt, stehe ich in einem Verhör gerne mal auf und gehe um den Verdächtigen herum. In langsamen, aber deutlich hörbaren Schritten. Die Taktik des Einkreisens ist bloß ein simpler Psychotrick, wirkt auf die meisten aber einschüchternd. Sie hocken auf dem Sessel wie Gefesselte, die nicht entkommen können."

Er füllt wieder das Glas und schaut Karen auffordernd an. Torrins verschwundene Habseligkeiten stellen ein Problem dar.

„Ihre Sachen also. Solange wir sie nicht finden, ist das ein Punkt für Kranzinger. Er kann so mit Fug und Recht behaupten: Ich habe ihre Sachen nicht, weil ich sie nicht ermordet habe", sagt Karen.

„Und was können wir unternehmen? Der Untersuchungsrichter muss uns eine Hausdurchsuchung genehmigen. Kannst du herausfinden, ob Don K eine Jagdhütte oder ein Bootshaus besitzt?"

„Mache ich gleich."

„Beim kleinsten Anhaltspunkt soll die Hundestaffel ausrücken. Diesmal wirklich."

„Wie soll ich das verstehen, Julius?"

„Nicht so wichtig im Moment. Ich bin neugierig, was ihm sein Anwalt rät. Wenn er weiterhin zu den wichtigen Punkten die Aussage verweigert, werde ich ihn mit dem Tathergang konfrontieren."

Julius Nidda gegen Ludwig Kranzinger. Das Gespräch geht in die nächste Runde. Der Anwalt bleibt in Rufbereitschaft.

Der Verdächtige verzichtet auf eine ergänzende Stellungnahme zur Mordnacht. Der Chefermittler konfrontiert ihn daraufhin mit der Tat. So genau, wie ihm möglich ist.

„Blenden wir zurück, wie Clara Torrin ihres Lebens beraubt wurde. Sie sitzt angeschnallt auf dem Beifahrersitz. Der alte Wagen hat keine Nackenstützen. Der Täter ist ausgestiegen und hat die rechte, hintere Tür geöffnet. Hinter ihrem Rücken streift er Handschuhe über und legt das vorbereitete Mordwerkzeug blitzschnell um ihren Hals.

Er zieht die Schlinge zu und wird nicht mehr locker lassen. Bis der Todeskampf vorbei ist.

Das Opfer greift verzweifelt zur Schlinge. Es versucht angestrengt, sich Luft zu verschaffen.

Vergeblich. Die Gewalt von hinten ist stärker. Sie kommt von einem kräftigen Mann.

Wie verrückt schlägt die Frau mit den Beinen aus.

Ihr Schrei bleibt in der Kehle stecken. Einen trockenen Würgelaut bringt sie hervor. Nicht mehr. Der letzte Laut ihres Lebens. Ihre Zuckungen werden schwächer. Ihr Widerstand ist gebrochen.

Immer noch ist sie am Leben. Ihr Bewusstsein trübt sich. Das Herz schlägt rasend. Es will noch viele Jahre weiter schlagen.

Der Täter braucht Geduld. Und er hat sie. Er wartet auf den entscheidenden Augenblick, der ihr das Leben entreißt. Sie ist eine außergewöhnlich schöne, junge Frau, die der Täter nicht einmal hasst.

Ihr Gesicht kann er nicht sehen. Will er nicht sehen. Ihre sterbenden Augen bleiben ihm erspart. Könnte er sie überhaupt ertragen? Hätte er den Mut, seinem leidenden Opfer in die Augen zu blicken?

Er weiß nicht, wie lange er schon mit seinen starken Händen an der Schlinge zieht. 20, 30 oder 40 Sekunden? Es ist anstrengend, auf diese Weise einen Menschen zu töten. Es kostet eine unmenschliche Kraft.

Plötzlich ist ihr Leben zu Ende.

Ihre Hände fallen. Der ganze Körper sinkt in sich zusammen. Der Kampf ist vorbei.

Endlich, denkt sich der Mörder erleichtert.

Im Wagen ist es still geworden.

Nur der Atem des Mörders geht schwer."

Nidda schaut den Verdächtigen stumm an. Seine bohrenden Blicke setzen Ludwig Kranzinger unter Druck. Er sitzt dem wahrscheinlichen Mörder gegenüber und wartet auf seine Reaktion. Ein Zeichen oder ein Wort.

Nichts.

Kranzinger sitzt auf seinem Sessel, als hätte er den Kommissar nicht verstanden. Oder gar nicht gehört. Sein Gegenüber bleibt stumm wie ein Stein.

Erreichen ihn die Worte des Polizisten noch? Was denkt er sich beim Zuhören? Gehört er zu denen, die Vorwürfe ausblenden können?

Die beiden schweigen. Minutenlang.

Nidda legt seinen Kopf auf die aufgestützte Hand. Die Pause tut ihm gut.

Reizen, provozieren bis zum Äußersten. Was sonst, damit er redet? Wenn es sein muss, will er von vorne beginnen. Zermürben.

„Sie sagen gar nichts. Sie leugnen nicht einmal. Sie hüllen sich in Schweigen. Eine durchsichtige Hülle, die Sie nicht beschützen wird. Vorhin wollte ich Ihnen helfen, als ich vom Tathergang gesprochen habe. Ich weiß nur zu gut, wie schwer es einem anständigen Menschen fällt, Worte für einen gemeinen Mord zu finden, den er verübt hat. Mit jedem Wort muss er die Schreckenstat ein zweites Mal begehen. Wiederum legt er die Schlinge um den wunderschönen Hals des unschuldigen Opfers. Von neuem beginnt der Todeskampf. Er hört das Röcheln ein zweites Mal. Das junge Opfer stirbt noch einmal seinen qualvollen Tod. Herr Kranzinger, ich sage Ihnen in Ihr regloses Gesicht: Sie sind der Mörder. Sie haben Clara Torrin umgebracht. Niemand anderer. Wenn Sie ein Geständnis ablegen, befreien Sie sich von einer riesigen Last."

Nidda fixiert ihn wie ein Pokerspieler. Was überlegt der andere? Erhöht er den Einsatz oder steigt er aus? Entscheidet er sich für die Wahrheit, um die Last der Lüge loszuwerden?

Der andere räuspert sich und sagt lapidar: „Ich habe sie nicht getötet."

Die dürren Worte sind keine Überraschung für den Kommissar. Er tut so, als würde er ihm glauben.

„Nehmen wir an, es stimmt, was Sie behaupten. Dann stimmt auch, dass Sie den Mörder kennen."

„Ich habe den Mord nicht gesehen", entgegnet er kalt.

„Wie kommen Sie dann zur Leiche, die Sie zur Georgskirche gebracht haben? Unmittelbar nach der Tat. Allein die zeitliche Nähe spricht für Sie als Täter."

„Dazu verweigere ich die Aussage."

„Ist Ihr gutes Recht, wie es so respektvoll heißt. Aber ich mache Sie auf etwas anderes aufmerksam: Das Gericht und die gesamte Öffentlichkeit sehen in Ihnen bestenfalls jemanden, der einen Mörder deckt. Der im selben Boot wie der Mörder sitzt. Dem jedoch auch zugetraut wird, den gemeinen Mord begangen zu haben. Mit dieser Last werden Sie den Rest Ihres beschädigten Lebens verbringen müssen. Die unbestechliche Meinung der Bevölkerung stempelt Sie zu einem Schwerverbrecher, bevor Ihr Prozess noch begonnen hat. Vom Mann auf der Straße werden reiche Menschen schon immer in Windeseile verurteilt. Sie würden keine Hemmungen kennen, Regeln und Gesetze zu brechen. Die Gier treibe sie an und nichts sei den Superreichen heilig. So urteilen die Leute über Millionäre. Dürfte Ihnen nicht neu sein."

Der Kommissar schweigt eine Weile. Seine Worte sollen im anderen sickern. Er soll Gelegenheit haben, es sich anders zu überlegen. Mit der Geduld eines chinesischen Fischers gibt Nidda ihm Zeit, diesen einen Satz herauszulassen, auf den der Ermittler wartet. Mit einer Schlinge um den Hals hockt ein alter Kormoran vor ihm. In seinem Schlund steckt der Fisch, den er hervorwürgen soll. Der Fisch der Wahrheit.

Der Beschuldigte bleibt bei seiner Haltung. Er bleibt weiter stumm.

„Herr Kranzinger, schauen Sie mir ins Gesicht! Ich bin der Einzige, der herausfinden kann, dass Sie kein Mörder sind. Dass Sie dieses Callgirl nicht hinterrücks umgebracht haben. Aber Sie müssen mir einen kleinen Schritt entgegenkommen und mit brauchbaren Informationen herausrücken, damit die Ermittlungen gegen den großen Unbekannten aufgenommen werden. Dazu brauche ich eine Aussage aus Ihrem Mund, die Sie entlasten kann. Die Polizei ermittelt nicht so schnell wieder ohne echte Anhaltspunkte wie in der Phantom-Entführung des letzten Monats. Wir werden uns in Zukunft nicht mehr so schnell an der Nase herumführen lassen. Ist Ihnen bewusst, dass ich Ihr Leben verändern werde? Gleichgültig, ob Sie ein umfassendes Geständnis ablegen oder nur so viel zugeben, wie wir Ihnen nachweisen können." Leise erhebt sich Nidda aus seinem Sessel. Er geht hinter dem Verdächtigen auf und ab. Er entzieht sich seinem Blickfeld, damit dieser ungestört nachdenken kann. Für den Polizisten eine Gelegenheit, sich für den nächsten Schritt vorzubereiten.

Von seiner Linie weicht Kranzinger keinen Millimeter ab. Er schweigt weiter. Nidda nimmt wieder Platz.

„Sie bleiben bei Ihrer Aussageverweigerung. Ich sage Ihnen jetzt auf den Kopf zu, warum. Sie können meine Darstellungen nicht entkräften. Sie entschlagen sich der Aussage, weil Sie keine Argumente und damit auch keine Überzeugungskraft aufbringen können, um zu leugnen. Weil Sie für eine Entgegnung etwas Entscheidendes brauchen: ein Alibi. Sie haben vergessen, sich für die Tatzeit ein Alibi zu verschaffen. Ihr zweiter kapitaler Fehler. Deswegen bleiben Sie stumm. Vorderhand."

Sein Facialisnerv zuckt ein paar Mal leicht, sonst sitzt Kranzinger wie eingefroren auf seinem Sessel.

„Gehen wir in der Chronologie der kriminellen Ereignisse weiter. Es ist wenige Minuten vor Mitternacht. Die Tote befindet sich auf dem Beifahrersitz. Dort kann sie nicht bleiben. Sie heben die Leiche an und legen sie in den Gepäckraum des Land Rovers. Mit dem notwendigen Krafteinsatz ziehen Sie ihr den schwarzen Ledermantel aus, ebenso die Schuhe. Die aufreizenden Dessous bleiben an ihrem Körper. Sie versinken in Gedanken, als die junge Frau entblößt vor Ihnen liegt. Sie halten inne. Die vollendeten Linien ihres Oberkörpers erinnern Sie womöglich an die klassische Statue einer Venus. Die anklagenden Augen, die hässlichen Striemen am Hals? Sie tun so, als gäbe es sie nicht. Als hätten Sie eine Schlafende vor sich. Trotz der dürftigen Innenbeleuchtung sehen Sie, wie schön sie ist. Obwohl sie tot ist. Bei einer dieser Verrichtungen sind zwei Haare an einem Türscharnier unbemerkt hängen geblieben. Der nächste Fehler, den Sie begehen. Auch Mächtigen unterlaufen Fehler. Wie heißt es so richtig: Nobody is too big to fail. Das Mobiltelefon der Toten schalten Sie unverzüglich aus.

Dann wischen Sie ihre Fingerabdrücke weg. Niemand soll herausfinden, dass sie zu Lebzeiten im Wagen gesessen ist. Niemand soll herausfinden, dass der Platz des Beifahrers der Tatort ist. Eine vergebliche Mühe. Die Videoaufzeichnung aus der Alloro-Garage und die beiden Zeugen beweisen das Gegenteil. Auch diese Rechnung ist nicht aufgegangen. Die Polizei hat intensiv und erfolgreich ermittelt. Und sie bleibt weiter dran. Unsere Arbeit ist noch nicht zu Ende. Ich kann mir vorstellen, wie es in Ihrem Inneren aussieht. Tief drinnen steckt ein schwarzes Gift. Das ätzende Gift der Angst, es könnte sich ein weiterer Zeuge melden. Einer, der in unmittelbarer Nähe des Tatorts war."
Nidda strengt sich an, den Verdächtigen zu provozieren. Er will seinen Widerspruch entfachen, damit er aus sich heraus geht. Damit er sein Schweigen beendet.
„Es ist an der Zeit, den Schauplatz des Mordes zu verlassen. Sie starten den betagten Motor und steigen aufs Gas. Ein langer Blick in den Rückspiegel meldet, dass kein Augenzeuge in der Nähe gewesen sein dürfte. Sie wissen bereits, wo Sie die Leiche hinbringen werden. Von Ihrer Frau haben Sie zufällig erfahren, dass St. Georg auch nachts offen ist. Ihnen ist auch bekannt, dass man mit einem Wagen direkt zum Eingang fahren kann. Vom Bewegungsmelder am Portal wissen Sie nichts. Er ist für Kirchen absolut ungewöhnlich. Sie sind allem Anschein nach kräftig genug, die Leiche in den Kirchenraum zu tragen, und gehen im spärlichen Licht, das von außen durch die hohen Fenster dringt, auf den Beichtstuhl gleich beim Eingang zu. Ein guter Platz für die Tote, scheint Ihnen. Die spärliche Bekleidung soll Clara Torrin im Kontext des geweihten Kirchenraumes bloßstellen. Sie soll als Sünderin entdeckt werden. Als eine Luxusnutte, die noch zu beichten hat. Gut denkbar ist ein weiterer Aspekt im Zusammenhang mit dem späteren Fundort. Ihre Frau soll sich angesprochen fühlen. Mit ihrem karitativen Verein unterstützt sie die Pfarre St. Georg. Der von Ihnen gewählte Platz könnte eine verschlüsselte Botschaft an Ihre Frau sein. Sie wird an keinen Zufall geglaubt haben, als sie vom Leichenfund in St. Georg erfahren hat. Gibt es doch bessere Möglichkeiten, eine Ermordete verschwinden zu lassen. Eine bestimmte Absicht hat Sie dazu bewogen, mit der Toten zu dieser Kirche zu fahren. Sie wollten mit

dieser Inszenierung etwas mitteilen, was nur Ihre Frau dekodieren kann."

Kranzinger schüttelt während der letzten Sätze ständig seinen Kopf. Nidda unterbricht seinen Monolog. Er hofft auf eine verbale Äußerung seines Gegenübers, der sich über die Spekulationen des Polizisten amüsiert.

„Sie sind mit meinen Vermutungen nicht einverstanden, wie ich sehe. Korrigieren Sie mich, bitte, unverzüglich! Ich höre."

„Bei allem Respekt, Herr Kommissar. Mit Ihrem Interpretationszwang liegen Sie völlig daneben. Schlicht und einfach falsch, was Sie behaupten."

Schlecht verborgener Spott liegt in seiner Stimme. Er will den Kommissar verunsichern.

Mit der Faust drischt Nidda auf die Tischplatte und schaut den Beschuldigten feindselig an. Mit martialischem Ton geht der Kommissar postwendend auf ihn los.

„Dann sagen Sie mir endlich, warum Sie die Tote in der Kirche abgelegt haben! Warum haben Sie die Leiche nicht vergraben oder ohne viel Aufwand im Keilsee versenkt?"

Kranzingers Antwort kommt spontan. Sie klingt ehrlich. In kühlem Tonfall kommt die überraschende Erklärung.

„Sie war zu schön für die Fische."

Nidda bleibt die Sprache weg. Zu schön für die Fische, wiederholen seine Lippen still und er schaut den anderen erstaunt an. Eine Erklärung, die ihn fasziniert. Irgendwie rührt sie ihn sogar. Mit einer Empfindung, mit einer echten Bewunderung muss Kranzinger vor der halbnackten Toten gestanden sein. Wäre sie etwa gar nicht getötet worden, wenn er sie nackt gesehen hätte? Hätte ihr enthüllter makelloser Körper ihn von dem Verbrechen abgehalten?

„Ich verstehe allmählich. Ihre Schönheit hat eine große Emotion ausgelöst. Eine Art von posthumem Respekt also. Oder halten Sie es sogar für ein Mitgefühl? Und warum gerade eine Kirche?", will er noch wissen.

„Wieder gebe ich Ihnen eine simple Antwort. Eine Tote stört in einer Kirche nicht. Dort passt sie hin. Dort geht es doch immer um das Leben und den Tod."

„Und um das Gewissen", setzt der Kriminalpolizist mit aggressiver Stimme fort. „Um alles, was ein Mensch zu verantworten hat. Wie geht es Ihnen damit? Nervt Sie Ihr Gewissen? Lässt es Sie noch schlafen? Oder haben Sie ihm die Zunge herausgerissen und es mundtot gemacht?"

Die Antwort bleibt aus.

Wegen der eindeutigen Äußerungen Kranzingers verzichtet der Kommissar darauf zu erwähnen, was der in seiner Nachtruhe gestörte Pater Wolfram beobachtet hat.

„Durch Ihre Aussage ist jetzt klar geworden, warum die Tote in der Georgskirche gefunden wurde. Die beiden wichtigsten Fragen in einem Mordfall sind jedoch noch nicht beantwortet: Haben Sie Clara Torrin getötet? Warum wurde sie ermordet?"

Nidda blickt ihn auffordernd an und erfährt nichts Neues.

„Ich habe sie nicht getötet. Ich weiß auch nicht, warum sie umgebracht wurde. Herr Kommissar, Sie können sich noch so bemühen, ich sage kein weiteres Wort. Ich gebe zu, die Leiche zur Kirche von St. Georg gebracht und in den Beichtstuhl gelegt zu haben. Mehr habe ich nicht zu sagen."

„Aber ich!"

Der Kommissar kontert mit der Energie einer Maschine.

„Clara Torrin hat einen ungewöhnlichen Job ausgeübt, bei dem es um Sex ging. Von einem ehemaligen Freund wissen wir, was ihr am wichtigsten war: Geld. Sie war hemmungslos geil aufs Geld. Sie konnte nie genug davon haben, weil sie ihr Luxusleben finanzieren musste. Wenn sie eine größere Summe in Aussicht hatte, wie wir von einer glaubwürdigen Taxifahrerin wissen, kann sie damit keineswegs ihre laufenden Einkünfte aus ihrem Job gemeint haben. Sie dürfte auf ein Geheimnis gestoßen sein, das sie auf die Idee einer Erpressung gebracht hat. Eine große Summe für das Verschweigen eines großen Geheimnisses. Rascher und einfacher würde sie nicht mehr ans große Geld kommen. Eine naive Vorstellung, die sie bereuen sollte. Irgendetwas ist bei diesem Deal zwischen Erpresserin und Opfer schiefgelaufen. Es ist entweder zu einem heftigen Streit um die Summe gekommen oder die andere Seite war niemals bereit, sich erpressen zu lassen. Es schien dem vermeintlichen Opfer zu gefährlich, auf die Erpressung einzugehen. Nur zu verständlich. Bei einer solchen Abmachung gibt es absolut keine Garantie für ein dauerhaftes Stillschweigen. Was bleibt übrig? Der Gang zur Polizei oder der Griff zu einem Mordwerkzeug. Das Erpressungsopfer hat sich für den Mord entschieden. Es muss einen triftigen Grund für diese Lösung gegeben haben. Ein brisantes Geheimnis wäre zu einem Riesenskandal geworden, wenn Frau Torrin ihr Insiderwissen an die Medien weitergegeben hätte. Ein altbekanntes Schema liegt hier vor: Ein Mann plaudert im Bett und die fremde Frau will davon profitieren. Sie hat aber in unserem Fall nicht damit gerechnet, dass sie mit ihrer Aktion das eigene Leben aufs Spiel setzt. Die Erpresserin wurde zum Opfer. Frau Torrin wurde ermordet, weil sie für ihr Schweigen eine große Summe haben wollte. Ein klassisches Motiv in der Verbrechensgeschichte."

Nidda schaut konzentriert auf seine Unterlagen, bevor er das Verhör beendet. Sein Gegenüber hat sich hinter der Fassade des Schweigens verschanzt.

„Insgesamt zehn Beweismittel sind hier notiert. Eine Perlenkette von Überführungsstücken, Herr Kranzinger. Ab sofort kann die Presse ohne Übertreibung von einer exquisiten Beweislage berichten. Wir suchen derzeit intensiv nach den Habseligkeiten der Ermordeten, die sie in Ihrem Wagen bei sich hatte. Wir lassen nicht locker, um das Netz noch enger zu machen. Nach dem aktuellen Stand der Ermittlungen kommen nur Sie als Mörder von Clara Torrin in Frage. Es existiert nicht einmal eine winzige Spur zu einem anderen möglichen Täter. Demzufolge beschuldige ich Sie des Mordes an Frau Torrin in der Nacht des 1. Oktober. Über das weitere Vorgehen gegen Sie werden die Staatsanwältin und der Untersuchungsrichter entscheiden."

„Hast du eine Hütte oder ein Bootshaus gefunden, Karen?"
„Ohne Ergebnis."
„Hast du auch unter dem Mädchennamen seiner Frau recherchiert?"
„Natürlich. Nichts gefunden unter dem Namen Menze."
Karen schaut den Kommissar nachdenklich an und meint schließlich:

„Julius, es ist dir anzumerken, dass er den Mord nicht gestanden hat. Habe ich Recht?"

„Ja. Die meiste Zeit war er stumm wie ein Fisch. Den Transport der Leiche hat er gestanden. Da konnte er nicht mehr aus, schließlich ist die Beweislage in dieser Sache erdrückend."

9. Oktober

In einer Serie von Aufnahmen seiner Wildbeobachtungskamera findet ein Abgeordneter der Partei Die Unabhängigen ein kurzes Video in Schwarz-Weiß mit dem Zeitstempel 2. OKTOBER 0:36 UHR. Der Politiker hat ein großes Jagdrevier im Bereich Nimberg gepachtet und will durch die Kamera, die an einem Wildwechsel in unmittelbarer Nähe einer Forststraße versteckt ist, erfahren, wie viele abschussreife Wildschweine dort leben. Das Aufnahmegerät liefert durch das Infrarotlicht ausgezeichnete Bilder bis zu einer Entfernung von 25 Metern. Einmal wöchentlich hält der Jäger Nachschau und überträgt das festgehaltene Material auf seinen Laptop. Bei der Sichtung der Aufzeichnungen stößt er auf das Kurz-Video, das wegen des längeren Verweilens eines Menschen im Blickfeld der Kamera aufgenommen wurde.

Ein großgewachsener Mann zerrt eine schlanke, leblose Frau vom Beifahrersitz und hievt sie in den Gepäckraum eines alten Land Rovers. Vom Waldboden neben dem Geländewagen sammelt er helle High Heels auf und verstaut sie neben der Frau, die mit einem dunklen Mantel bekleidet ist. Nach dem Schließen der Tür zum Kofferraum wird das Kennzeichen sichtbar. Der Wagen ist in Steinfeld registriert. Der Mann steigt auf der Fahrerseite ein, dann bricht das Video ab, weil von der Kamera kein Lebewesen mehr erfasst wird.

„Jetzt haben wir ihn!", ruft Karen Wintrich euphorisch, als ihr Chef am späten Vormittag das Büro betritt.

Nidda kann mit der Jubelmeldung nichts anfangen und übergeht sie, als wäre er zufälliger Zeuge eines Selbstgesprächs geworden. Der lange Abend mit zwei dunklen Augen wirkt in ihm nach. Es fällt ihm nicht leicht, seinen Kopf für berufliche Aufgaben freizumachen. Seit vorgestern spürt er ein lange vermisstes Gefühl. Kommt ein Neuanfang? Was erwartet die noch junge Taxifahrerin von ihm? Was folgt, wenn die Stimmung des ersten Abends verflogen ist?

„Du kommst mir so zerstreut vor in letzter Zeit. Verstehst du denn nicht, Julius?", wendet sich Karen direkt an ihn. „Es geschehen noch Zeichen und Wunder", betont sie euphorisch.

„Wenn sich Wunder ereignen, brauchen wir zumindest keine Zeichen", spottet er kühl. Von Vorzeichen will er nichts mehr wissen. Von ihnen hat er genauso genug wie vom rauschenden Wasserfall in seinem Kopf. Ihre kryptischen Äußerungen will er nicht länger übergehen und so fragt er nach.

„Worum geht`s wirklich, Karen?"

„Den Kranzinger haben wir. Wen denn sonst? Ein seriös wirkender Abgeordneter ist heute Früh mit seinem Laptop ins Büro gekommen und hat uns ein Video seiner Wildbeobachtungskamera überspielt -" Nidda unterbricht sie plötzlich interessiert.

„Das will ich sehen, Karen."

„Unglaublich", informiert sie ihn, „wie die Jäger heutzutage ausgerüstet sind. So eine Kamera reagiert auf den Körper eines Menschen oder eines Tieres und liefert auch bei Nacht hervorragende Bilder. Schau dir das an, Julius!"

Sie spielt die Aufnahme ab, ohne dass gesprochen wird. Gebannt schauen beide auf den Monitor. Am Ende schnalzt der Kommissar zufrieden mit der Zunge und sagt anerkennend: „Ein wahrer Blattschuss! Weidmannsdank! Jetzt muss Don K in U-Haft. Jetzt gibt es für den Untersuchungsrichter keine Bedenken mehr. Der Mordverdacht gegen Kranzinger ist wasserdicht. Da helfen ihm kein Leugnen und kein Schweigen mehr. Als Unternehmer erfolgreich – als Mörder eine Niete. Kapitale Fehler hat er begangen. Wie ein Anfänger eben."

„Ein langes und zermürbendes Warten bis zum Prozess steht ihm bevor. Keine angenehme Sache für einen vom Luxus Verwöhnten. Eingesperrt in der öden Leere einer beheizten Gruft", stellt sie sich seine nächste Zukunft mit Genugtuung vor.

„Vor einer versteckten Kamera und hinter Gittern sind alle gleich", meint Nidda zuversichtlich.

Und vor Gericht? überlegt Karen. Soeben erinnert sie sich an die dubiose Entführung des Premierministers und die Weisung aus dem Justizministerium.

Zeitfracht Medien GmbH
Ferdinand-Jühlke-Straße 7
99095 Erfurt, Deutschland
produktsicherheit@kolibri360.de